몽룡(성이성)전

춘향전을
다시 쓰다

몽룡
(성이성)
전

안문현 지음

좋은땅

작가의 말

　몽룡은 춘향전에 나오는 남자 주인공이다. 춘향전은 우리나라 고전소설의 백미로 불리는 불후의 명작으로 우리 민족이면 누구나 읽었거나 이야기를 들어 그 내용을 알고 있으며 나아가 전 세계에 소개된 소설이다. 춘향전은 오랜 세월 동안 여러 사람의 손을 통해 필사되면서 내용이 더해지고 개작되어 지금까지 전국에서 발굴된 춘향전의 종류는 125종에 달하지만, 그 줄거리와 주인공은 변하지 않고 춘향과 몽룡의 순고 지순한 사랑 이야기에서 벗어나지 않았다.
　소설은 작가가 생각한 것이거나 듣고, 보고, 느끼거나 경험한 것에 상상력을 더하여 글로 옮긴 것으로 사람들은 허구라고 생각한다. 소설 중에는 모델이 있어 실존하거나 실존했던 사람의 일들이나 경험을 바탕으로 작가의 상상력을 더하여 쓰기도 한다. 우리나라에서 널리 알려진 명작이고 앞으로 대를 이어 읽힐 고전소설 중의 주인공들은 당시의 시대상에 의하여 작가가 만들어 낸 가공인물이 대부분이었다.

따라서 춘향전에 나오는 주인공 춘향이나 이몽룡도 작가가 상상하여 만들어 낸 가상의 인물로 생각해 왔다. 그렇지만 국문학자들의 오랜 연구 결과 춘향전의 남자 주인공 이몽룡은 성이성이라는 실존 인물임이 밝혀졌다.

춘향전의 배경이 된 시대는 조선 중엽 임진왜란과 병자호란 양대 전란 후로 온 나라가 외적의 침입을 받아 피폐했을 때였다. 전란이 끝나도 나라는 안정을 찾지 못하고 탐관오리들이 가뜩이나 어려운 백성들의 고혈을 빨아, 임금의 손길이 닿지 않는 지방 곳곳 관료들의 폭정에 시달리던 백성들에게 암행어사의 역할이 한 줄기 빛이었다. 암행어사가 출두하여 백성들을 괴롭히는 탐관오리를 척결하는 이야기는 민중들에게는 통쾌한 것이었다.

어사가 되어 호남지방을 암행하던 성이성은 어릴 때 스승이었던 조경남을 만나 하룻밤을 지내면서 스승에게 이팔청춘 때 남원에서 기생의 딸과의 사랑했던 이야기를 하게 된다. 조경남은 제자의 사랑 이야기를 듣고 반상의 계급이 엄존하는 시대상을 넘어 사또의 아들과 천민인 기생 딸과의 사랑 이야기를 소설로 써서 엄격했던 양반과 천민의 장벽을 뛰어넘는 춘향전을 탄생시킨다. 그러면서 당시 사회적 분위기로 소설 주인공의 성씨를 바로 쓸 수 없어 성이성을 이몽룡으로 본래 성이 없는 기생의 딸을 성 없이 춘향으로 썼다. 지금까지 전해오는 춘향전 중에 가장 오래된 유진한의 만화집에 나오는 춘향전은 성 없이 춘향으로 나온다. 그 100년 후 쓰인 남원 고사에는 김춘향으로 성을 갖게 되고, 다른 이본에는 안춘향으로 나오기도 한다. 그 후 1885년 완판 84장 본의 춘향전에 성춘향으로 춘향의 성이 바뀌었다. 춘향전우 옮겨 쓸 때마다 필사하는 사람의 생각이 추가되어 내용이 조금씩 달라졌다. 몽룡과 이별 장면에서도 초기 춘향전은 거칠게 표현되었는데 후기로 오면서 양반가의 요조숙녀로 표현된다. 춘향전은 반상이 엄격하던 사회에서 계급을 뛰어넘은 사랑과 천민인 춘향이 변학도라는 부당한 권력에 맞서 조선 사회의 부조리를 고발하는 내용으로 많은 사람들을 감동하게 하며 오랜 세월 동안 읽히는 명작이 되었다.

　대학에서 국문학을 강의하며 우리나라 고전 연구에 권위 있는 교수는 춘향전에 관한 연구에서 이몽룡의 모델이 성이성이라는 것을 확신하고 그때 시대의 상황에 의하여 성씨를 바로 쓸 수가 없어 소설 속에 성이성을 이몽룡으로 쓴 것이라는 논문을 발표했다. 성이성이 열일곱 살 되던 때인 1611년 아버지 성안의가 승진되어 남원을 떠날 때 기생의 딸과 헤어지게 된다.

　그 후 어사가 된 소설 속의 주인공인 성이성은 실제 몇 차례 호남지방을 암행하며 관료들의 정치를 살피고 백성들의 불편을 해소해 왔다.

　작가는 춘향전의 이몽룡 모델이 되었던 성이성의 실제 삶에 상상력을 더하여 소설 "몽룡(성이성)전"을 쓰면서 역사의 뒤안길에 머무르던 성이성을 소설 속의 주인공으로 끌어내었다. 이 소설에서는 400여 년 전 성이성과 서로 사랑했던 기녀 딸 이름과 그의 주변 사람들의 이름을 알 수 없어 춘향, 향단, 월매, 방자와 같이 춘향전의 등장인물 이름을 그대로 차용하였다. 성이성이 살았던 시대의 임진왜란과 정묘, 병자호란 등 외적의 침입과 국내에서는 인조반정과 이괄의 난과 같은 끊임없이 일어난 역사적 사건들과 함께 그의 어사 활동과 관료 생활은 최대한 사실을 근거로 하였다.

아울러 이 소설에 나오는 옛 연인 춘향을 그리워하며 평생을 살아가는 성이성의 이야기는 작가가 상상하며 쓴 것으로 성이성의 실제 생애와는 무관하며 또 이 소설의 특성상 내용 일부분은 춘향전에서 인용하였음을 알려 드린다.

2025. 10.

안문현

차례

작가의 말　　　　　　　　　　4

1. 광한루에 온 어사　　　　　10
2. 어린 시절　　　　　　　　27
3. 성안의 사또와 아들 이성　　36
4. 춘향과 운명적인 만남　　　52
5. 스승 조경남　　　　　　　80
6. 춘향의 죽음　　　　　　　101

7. 암행일지　　　　　　　　　　127

8. 변란의 나라　　　　　　　　182

9. 지방 관장이 된 성이성　　　214

10. 청백리 성이성　　　　　　242

11. 춘향을 그리워하며　　　　251

12. 계서초당에 온 임금　　　　265

13. 이산에서 영원히 잠든 어사　278

1. 광한루에 온 어사

　정해(1647)년 동짓달 초하룻날, 네 번째 암행어사로 인조 임금의 밀명을 받고 호남지방을 암행하던 성이성 어사는 임무를 마치고 한양으로 돌아가는 길에 남원으로 향했다. 지천명 넘어 인생도 황혼기에 들어선 성 어사지만, 남원은 잊지 못할 젊은 날의 추억이 깃들어 있는 애틋한 곳이었다.
　흰 눈이 펄펄 내리는 날씨였다. 들판은 온통 하얀 눈에 싸여 길과 도랑 구분이 없이 회색빛 하늘 가득 부드러운 목화송이 같은 눈이 춤추듯 흩날리며 내려앉아 쌓여 갔다. 눈 내리는 잿빛 하늘을 가만히 바라보고 있으면 검게 보이던 눈송이는 점점 가까이 내려오며 희게 변했다. 손바닥에 내려앉은 눈송이를 들여다보면 육각형 결정체가 잘 조각된 보석처럼 오묘했다. 성 어사는 눈송이를 바라보며 오십이 넘은 나이에도 열여섯 호시절에 만나 사랑하며 장래를 언약했던 여인을 생각했다. 그 여인은 눈송이보다 더 고결하고 예쁜 여인이었다. 세상 남자들은 아내가 아닌 한 여인을 평생 가슴에 품고 산다고 하지만, 성 어사는 살아오면서 이팔청춘 때 만나 정을 나누던 여인을 잊을 수 없었다. 성 어사는 젊은 시절의 낭만과 꿈이 깃들어 있는 광한루를 향하여 내리는 눈을 온몸으로 맞으며 눈 쌓인 길을 터벅터벅 걸어가고 있었다. 발걸음을 옮길 때마다 두 줄로 나란히 따라오던 발자국은 이내 내리는 눈에 쌓여 지워졌다.

  고개를 넘어서자, 바람이 불어와 곱게 내리던 눈은 눈보라로 변해 몰아쳤다. 겨울 날씨는 추운 날씨가 이어지다가도 눈 내리는 날이면 추위가 한결 누그러져 푸근한 편인데 불어오는 바람과 얼굴에 닿는 눈발이 차가웠다. 쌓인 눈은 발목까지 푹푹 빠지고 주위의 산과 들은 온통 하얀 은빛 세상을 이루어 사람들이 지상에 만들어 놓은 아름다운 것과 눈에 거슬리는 것이 모두 가려져 깨끗하게 새로 단장된 순백의 세상이었다. 쌓인 눈의 무게에 소나무 가지가 부러지고 하늘 향해 쭉쭉 뻗은 대나무도 잎에 내려앉은 눈의 무게를 못 이겨 휘어져 있었다. 사계절 푸르름을 자랑하던 소나무의 기개와 대나무 절개도 눈앞에서는 무색했다.

  성 어사는 광한루로 가는 길과 주위 환경이 젊은 날 다니던 곳이라 눈에 익어 추억 속으로 흘러간 오래전 일들이 어제의 일처럼 생생하게 떠올랐다. 남원고을 부사로 부임하는 아버지를 따라왔던 때가 엊그제 같은데, 강산이 몇 번씩이나 변하여 나이 쉰이 넘어도 이팔청춘 때 만났던 첫사랑 여인 춘향을 잊을 수 없었다. 춘향을 만나 장래를 약속했던 광한루는 생각만 해도 마음 설레는 곳이었다. 처음 만났을 때 선녀처럼 예쁘고 다소곳하던 춘향의 모습이 평생 살아오며 성 어사의 가슴 속을 떠나지 않았다. 주위는 온통 은빛 세상인데 광한루는 수십 년의 세월이 지나도 변하지 않고 옛 모습 그대로였다. 어디선가 춘향이 서방님 하고 부르며 나타날 것만 같았다.

1. 광한루에 온 어사

성 어사가 온다는 연락을 받은 퇴기 여진과 나이 든 관노 동개가 기다리고 있었다. 젊을 때 인연이었던 그들은 8년 전 기묘년에 와서 만났을 때보다 더 변해 귀밑뿐만 아니라 머리에도 서리가 내려 반백이 되고 얼굴에는 주름살이 늘어 초로에 들어서서 노인 티가 났다.

"도련님 오시느라고 수고가 많았사와요."

여진이 성 어사에게 반갑게 인사했다. 젊은 기생이었던 여진의 그 곱던 얼굴도 세월을 이기지 못해 주름살이 늘어나 있었다.

"허허, 여진! 오랜만이오. 이제 같이 늙어 가는데 아직도 내가 도련님이오?"

"나이 들어도 소인에게는 지금도 춘향 언니를 사랑하던 열여섯 살의 젊은 도련님으로 남아 있는데요."

옆에 있던 관노 동개가 말을 거들었다.

"어사또 나리께 도련님이 무슨 소리다요? 어사또 나리 저 동개인디요."

"동개도 같이 늙어 가는구나."

동개는 관청에 소속된 노비였던 그의 부모가 태어나자 이름을 짓지 않고 똥개처럼 천하지만, 건강하게 자라라고 부르던 별명이 이름이 되어 자라서 성인이 되자 똥개라고 부를 수 없어 한자로 동개(同介)라고 써서 부른 것이 이름이 되었다. 퇴기 여진은 춘향의 몸종 향단의 친구였고 나이 든 관노 동개는 성이성의 몸종 방자와 가까이 지내던 사이였다. 그들은 양반과 천민 관계였지만 젊은 날 친구처럼 지내던 사이로 오랜만에 만나 지난 날을 회상하며 감회에 젖어 있었다.

창밖에는 펄펄 쉼 없이 눈이 내리고 광한루 별채에 딸린 방은 군불을 때어 따뜻했다. 따뜻한 실내에서 창을 통해서 눈 내리는 밖의 풍경을 바라보니 방안은 더 아늑하고 포근하게 느껴졌다. 성 어사는 여진과 동개가 준비해 온 술과 안주를 먹으며 젊은 시절의 이야기로 시간 가는 줄 몰랐다.

성 어사는 8년 전인 기묘년에 전라도 지방 암행어사 임무를 마치고 한양으로 돌아가는 길에 남원에 들러 옛 스승 조경남을 만났다. 스승 조경남은 남원 부사로 부임하는 아버지를 따라온 열세 살 도령이었던 성이성을 제자로 맞아 가르치던 때를 회상했다. 그리고 과거에 급제하여 임금의 명을 받고 호남지방 관리들을 감시하며 민생을 보살피는 암행어사가 되어 돌아온 제자를 보고 말했다.
"성 어사, 자네는 머리가 뛰어나 남들보다 학습 속도가 빨랐지?"
"다 스승님 덕분입니다."
"그동안 조정에서 나랏님을 모시고 일하는 자네 소식 인편으로 종종 들었네."
"과거시험에 합격하고 나랏일을 하느라고 스승님을 찾아뵐 수 없었습니다. 이제 호남 암행 임무를 마치고 한양으로 돌아가는 길입니다."
"아무쪼록 후세에 칭송받는 좋은 관리가 되게."
"예, 명심하겠습니다."
오랜만에 만난 스승과 제자는 술상을 앞에 놓고 밤늦도록 이야기를 나누었다. 스승 조경남은 임진왜란이 일어나자, 의병장이 되어 왜군과 싸우던 이야기를 했다. 조경남은 문무를 겸비한 학자로 과거에 급제했으나 출사하지 않고 낙향하여 후학을 가르치고 있었다.
성 어사는 열여섯 이팔청춘 때 기녀의 딸을 사랑하며 서로 사귀던 이야기를 했다. 스승과 제자이지만, 성 어사는 지천명에 접어든 나이라 서로의 이야기에 스스럼없어 사랑 이야기도 자연스럽게 할 수 있었다. 조경남은 제자인 성 어사의 이야기를 듣고 기녀의 딸과 고을 사또 아들의 사랑 이야기가 양반과 천민 신분이 엄존하던 조선 사회에서 신선한 충격으로 받아들여졌다. 조경남은 임진왜란 때 의병장으로서 양반과 상민, 노비까지 의병으로 모아 나라를 지키면서 조선에서 반상의 신분제도가 없어져 사람은 누구나 평등해야 한다고 생각하고 있었다.

조경남 스승을 만나 이야기했던 때가 어제 같은데 벌써 8년이 지나 스승님은 세상을 떠나고 없었다. 이제 다시는 스승님을 만날 수 없어 옛 시인의 글에 나오는 "산천은 의구한데 인걸은 간데없네."라는 말이 생각났다.

오늘도 성 어사는 광한루로 오면서 조경남 스승 집에 들렀다. 스승님은 몇 년 전 중풍으로 고생하다가 돌아가시고 스승님 아들들을 만나 이야기를 나누었다.

"아버님이 병으로 고생하시며 외출이 힘들 때 써 놓은 글이 문집으로 남아 있습니다."

"그랬소, 스승님이 병으로 고생하셨다니 안타깝소. 스승님은 뛰어난 학자이시니까 남기신 글은 후대에 널리 읽힐 것이오."

"아버님의 문집 중에 반상을 뛰어넘는 젊은 청춘 남녀의 사랑을 다룬 소설도 있습니다."

"스승님이 소설을 썼소?"

"지금은 아버님의 소설이 너무 급진적이라 보관하고 있습니다만, 언젠가는 누구나 읽을 수 있게 책으로 나오게 될 것입니다."

　타계한 스승의 자제들을 만나 이야기를 나눈 성 어사는 눈길을 걸어 광한루로 와서 여진과 동개를 만나 젊은 지난날을 회상하고 있었다. 밤늦게까지 이야기를 나누던 여진과 동개는 돌아가고 시중드는 동자와 서리는 잠들었으나 성 어사는 잠을 이룰 수 없었다.

　온종일 내리던 눈이 그치고 구름 한 점 없이 맑게 갠 하늘에는 별들이 초롱초롱 빛났다. 불을 지핀 방안은 따뜻하지만, 성 어사는 지난날 생각에 잠이 오지 않았다. 세월은 사십여 년이나 흘러갔어도 춘향과 행복했던 날들이 어제의 일처럼 느껴졌다. 성 어사는 눈을 감고 잠을 청해도 잠은 오지 않고 아련히 떠오르는 옛 시절이 그리워 혼잣말하며 일어났다.

　"흰 눈이 온 산야를 덮으니 대나무 숲은 온통 흰데, 젊은 시절 생각에 잠이 오지 않는구나."

　성 어사는 밖으로 나가 찬바람을 맞으며 오작교 위를 걸었다. 젊은 날 사랑하던 여인과 같이 걷던 길이었다. 오작교 위에 쌓인 눈을 모두 쓸어 내면 그 시절 춘향과 같이 나란히 걸어갔던 발자국이 아직도 남아 있을 것 같았다. 눈 쌓인 대나무 숲을 바라보니 숲은 그대로인데 젊음은 흘러가고 추억 속 지난날들이 그리움으로 다가왔다.

　방으로 돌아와 자려고 눈을 감았으나 잠은 오지 않고 또렷이 떠오르는 여인의 얼굴, 성 어사는 사십여 년 전에 평생을 함께 하기로 언약했던 여인 춘향을 잊을 수 없었다. 헤어지던 날 이별주를 나누며 서러워하던 기억이 아직도 생생했다. 그때 술을 따르던 춘향은 눈물을 흘리며 말했다.

"지금 우리 헤어짐은 이별이 아니옵고 곧 다른 날에 다시 만나 행복하게 살아갈 약속입니다."

"그렇소, 사나이 대장부로 내 그대와 약속을 꼭 지킬 것이오. 과거에 급제하면 그대를 데리러 올 터이니 그때까지 몸조심하오."

"기다리겠나이다. 서방님, 한양에 가서는 소녀를 잊고 과거 공부에만 전념하소서. 과거에 급제하면 소녀를 데리러 오소서."

"그렇게 하겠오, 내 어찌 그대를 잊을 수 있겠소."

"소녀, 서방님이 급제하여 데리러 올 때까지 십 년이든 이십 년이든, 할머니가 될 때까지라도 서방님을 기다리겠나이다."

한양으로 온 성이성은 밤낮을 가리지 않고 열심히 공부했으나 과거 시험은 호락호락하지 않아 급제하여 출사하는 데 10년이 넘는 세월이 걸렸다. 과거 공부를 하면서 문득문득 떠오르는 춘향을 생각하면 하루라도 빨리 급제해야 한다는 조급함이 앞섰다. "소녀 잊고 과거 공부에만 전념하소서."라는 춘향의 말을 생각하며 그동안 편지 한 장 보내지 못했다. 헤어지기 전날 마주 앉아 이별주를 나누며 서로 시를 써서 주고받은 기억이 생생했다. 춘향은 시와 서와 그림에 능해서 남자로 태어났으면 어쩌면 성 어사 자기보다 먼저 과거에 급제했을지도 모른다고 생각했다. 성 어사는 춘향과 헤어지던 날, 과거에 급제하고 데려가겠고 약속하며 써 주었던 시가 기억났다.

선녀인 듯 고운 여인아
그대를 만난 것은 넘치는 행운이었고
함께한 나날은 행복이었다

우린 서로 사랑하며
한 백 년을 같이하자고 맹세했지만
약속은 끊어지고
천 리 먼 길 떠나는
내 가슴 미어지는구나
강산 겹겹이 싸여 길은 아득한데
이별이 서러워 무거운 발길
헤어지는 이 한 어디에 비기리오
떠나는 길 위로 빗방울이 눈물 되어 흘러내려
하늘도 우리 이별 슬퍼하누나
멀리 있어도 내 마음 변하지 않으리
사랑하는 여인아, 다시 만날 그날은
어사화 쓰고 백마 타고 와서
꽃가마 태워 그대 데려가리다

성 어사는 춘향과 같이 지낸 젊은 시절이 눈에 선했다. 헤어지던 날, 그녀의 집 뜰 안의 정원석 하나하나와 연못가의 나무와 꽃들까지 모두 눈에 익어 정이 들었는데 이제 떠나가면 사랑하는 여인이 있는 이곳에 오랫동안 올 수 없다는 생각에 발걸음이 무거웠다. 연못가 회화나무 밑을 돌아 대문을 지나 나오며 몇 번이나 뒤돌아보았다. 그 나무 밑에서 춘향과 즐거웠던 날들이 언제 다시 오려나. 대나무 숲 모퉁이를 돌아 안 보일 때까지 춘향은 눈물을 흘리며 손을 흔들고 있었다. 옆에는 춘향 모 월매와 향단이 안타까워하며 바라보았다. 그렇게 떠난 것이 춘향과의 마지막 이별이었다.

 춘향과 헤어진 성이성은 과거 공부에 열중했다. 삼 년마다 치르는 식년과에는 한 번 낙방하면 삼 년을 준비하며 기다려야 했다. 과거시험 공부는 꼭 급제하여야 한다는 긴장 속에 피 말리는 정신적 압박의 연속이었다. 너무 힘들고 지쳐서 과거시험 공부를 그만두고 남원으로 내려가 '춘향을 데리고 깊은 산속에서 산전을 일구어 농사를 지으며 살아갈까.'라고 생각했다. 인적이 없는 깊은 산속에서 산새와 노루 산토끼를 벗하고 고사리 두릅 곰취 같은 산나물을 뜯고 머루 다래 따 먹으며 누구에게도 간섭받지 않고 사랑하는 여인과 한세상을 보내고 싶었다. 그러면 평생을 산속에서 화전민이 되어 세상과 단절하고 살다가 한 번뿐인 인생이 끝나고 말 것이 아닌가? 부모님과 나에게 기대하고 희망을 품었던 주위 사람들은 얼마나 실망할까? 춘향과 헤어질 때 과거에 급제하고 데려가겠다고 약속했는데, 지쳐서 나약해지는 생각을 가다듬고 사나이 대장부 한번 마음먹은 과거시험에 꼭 급제하려고 십 년을 하루 같이 공부에 매달렸다. 춘향이 그립고 보고 싶어도 아직 글방에서 공부는 성이성은 천 리 멀리 떨어진 남원에 연락할 수 없었다. 떠나올 때 춘향이 하던 말이 귓전에 쟁쟁했다.

 "한양에 가서는 소녀를 잊고 과거 공부에만 전념하소서. 십 년, 이십 년이 지나고 할머니가 될 때까지도 서방님을 기다리겠나이다."

 성이성은 자신이 과거에 급제하지 못하면 춘향은 평생을 수절하면서 기다리며 살아갈 것 같았다.

 십육 년 동안의 고통스러운 과거 공부가 끝나고 급제하여 임금님이 어사화를 머리에 씌워 주던 날, 오직 이날을 바라보고 공부할 때는 급제하면 춤이라도 출 줄 알았는데, 오히려 힘들게 공부해 온 그 긴 시간이 허탈감으로 밀려왔다. 이 순간을 위하여 그리도 피 말리는 긴장 속에 십수 년을 그렇게 고생했던가, 기쁨보다는 그동안의 일들이 마음속 저편에서 슬픔으로 다가왔다. 성이성은 집으로 돌아와 아무도 없는 별당 공부하던 방안에서 책상을 끌어안고 엉엉 소리 내어 울었다. 얼마나 기다리던 긴 기간이었던고? 얼마나 뼈를 깎는 인고의 시간이었던고? 기뻐서 울고, 그 긴 고통의 시간을 생각하며 울고, 초조와 불안, 압박에서 벗어난 해방감에서 울었다. 울면서도 이제 춘향을 한양으로 불러올 수 있다는 생각에 부풀어 있었다. 생각 같아선 당장에 남원으로 달려가 춘향을 얼싸안고 춤이라도 추고 싶지만, 아직 그럴 형편이 못 되었다. 남원으로 가는 인편을 구하여 편지를 썼다.

그리운 춘향

화춘지절에 장모님 평강하오며 춘향도 잘 있고 향단도 잘 있소?

우리가 헤어진 지도 이십 년에 가까운 십육 년이나 지났소. 그동안 나를 그리며 오랜 세월 독수공방 외로움 속에서 얼마나 기다렸소? 나는 춘향과 헤어져 한양에 와서 일심히 과거시험 공부를 하였소. 헤어질 때 말한 대로 춘향을 잊고 공부에만 전념하려고 해도 자꾸만 떠오르는 그대의 모습을 잊을 수 없었소. 그동안 몇 번이나 과거를 치르면서 계속 낙방하는 가운데 강산이 변하는 십 년이 지나자, 마음은 조급하고 과거시험에 대한 압박과 초조 속에 보낸 나날이었소. 그러면서 춘향을 생각하였소. 모든 것을 때려치우고 '춘향과 같이 산속으로 들어가 신전을 일구어 화전을 가꾸며 살까?' 하는 생각도 해 보았소. 찌는 듯한 여름 더위와 눈보라 몰아치는 추운 겨울에도 외로운 독수공방에서 오직 한양 간 서방이 급제할 날만 기다리고 있을 춘향, 그대를 생각하고 마음을 고쳐먹고 용기를 내었소. 그렇게 열심히 공부해도 내가 둔재인지 다른 사람이 너무 잘하는 건지 계속 낙방하였소. 과거시험 준비생 중에 이팔청춘에서부터 시작하여 오십이 넘어 인생이 저물어 가는 육십 줄에 가까워져 와도 계속 낙방 되어 대궐이 바라보이는 남산 소나무에서 목을 매 자살하는 사람을 보았소. 나도 십 년이 넘도록 낙방하자 초조하고 불안한 마음에 남의 일 같지 않았소, 그럴 때마다 춘향 그대를 생각하고 용기를 내며 마음을 가다듬었소.

  같이 덮고 자던 원앙 이부자리를 펴놓고 벌 나비 나는 봄철도, 창밖에 장맛비 추적추적 내리는 여름밤도, 낙엽 지는 가을도, 북풍한설 몰아치는 동지섣달 긴긴밤도 오직 서방님이 과거에 합격하기를 염원하고 있을 춘향의 모습을 떠올리며 다시 용기를 얻곤 하였소.

  보고 싶은 춘향!

  그대의 따듯한 미소와 다정하던 말소리가 그립소. 이제 과거에 급제되었으니 아무 걱정하지 말고 우리 같이 생활하며 처음 만났을 때 같이 살아가도록 합시다. 그리고 춘향에게 한 가지 미리 알릴 것이 있소. 한양으로 와서 과거 준비를 하는 동안 나이 차자 부모님이 배필을 정해 주었소, 춘향을 생각하며 혼인하지 않으려 하였으나 부모님의 뜻을 거역할 수 없었소. 그렇지만, 나는 춘향을 잊을 수 없었소. 비록 육례를 올리지는 못하였지만, 춘향은 나의 첫사랑이고 첫 배우자고 내 첫 여인이었소. 춘향은 여자로서 힘들지도 모르지만, 이것이 우리가 살고 있는 조선이라는 사회에서 거역할 수 없는 일이었소. 그러나 내 마음속에 깃든 첫사랑 춘향 그대를 한시도 잊은 적이 없었소. 춘향은 그동안 나를 기다리며 보고 싶고 그리운 마음을 삭이면서 보낸 외로운 나날들이 얼마나 힘들었겠소. 인편으로 소식 보내오니 연락 주기 바라오.

내가 혼인한 내자에게 춘향 이야기를 하였소. 내자도 한집에서 같이 살자고 하였소. 비록 육례를 못 올렸지만, 우리 한집에 모여 평생을 행복하게 살도록 하오. 내 첫사랑 춘향 소식 바라오.

성이성은 과거 공부 중에 부모님이 정해여 준 여인과 혼인했다. 마음속으로는 남원에서 기다리고 있을 춘향을 한양으로 데려와 혼인하고 싶지만, 부모님의 뜻을 거역할 수 없었다. 혼인한 금 씨 부인은 갑오생으로 을미생인 남편 성이성보다 한 살 많았다.

성이성은 과거에 급제하고 춘향과 약속을 지키기 위해 편지를 쓰면서 부인에게 미안했다. 마음속에 옛 여인 춘향을 품고 있으면서, 자신만 바라보고 살아가는 부인을 속이고 싶지 않아 부인 금 씨에게 춘향과의 관계를 이야기했다. 남편이 다른 여자를 마음속에 품고 그리워하고 있다면, 어느 여인이 좋아하리오마는 금 씨 부인은 담담히게 말했다.

"서방님한테 그런 과거의 추억이 있었네요. 세상에 양반이나 벼슬하는 관리들이 두 부인을 데리고 사는 집이 얼마나 많은데, 데려와요. 같이 살면 되잖아요."

"시앗을 보면 부처도 돌아앉는다는데, 그렇게 말해 주니 고맙소."

"서방님이 좋아하는 여인인데 내가 어찌 외면할 수 있겠어요, 서방님과 동갑이라니 내가 한 살 많네요. 육례도 내가 먼저 올렸고, 한 가지 확실히 해 두어야 할 것은 내가 오는 여인의 언니뻘이고 형님이니 그건 확실히 하고 데려오세요."

"여부가 있겠소. 춘향은 비록 기녀의 딸이지만, 사대부의 핏줄로 예법을 익힌 명문 양반가의 여인과 다름없으니, 부인을 형님으로 모시고 잘 따를 것이오. 부인이 넓은 마음으로 품어 주시니 내 마음속 시름이 사라졌소."

한 달이 넘어 남원을 다녀온 사람이 가져온 전갈이 너무나 허망했다. 할머니가 될 때까지 기다린다던 춘향은 한양 간 서방님을 기다리지 못하고 세상을 떠났다고 했다. 춘향이 죽었다는 소식에 성이성은 믿었던 성벽이 와르르 무너지는 것 같았다. 이팔청춘 때 처녀 총각으로 만난 첫사랑이었는데 육례는 올리지 않았지만, 부부의 연을 맺은 첫 여인이었는데 과거에 합격하면 한양으로 데려오기로 했는데 과거 시험에 합격하여 데리러 오도록 기다리다가 지친 춘향은 서방님의 급제 소식도 듣지 못하고 먼저 저세상으로 떠난 것이었다.

춘향은 얼마나 애타게 나를 기다리면서 죽어 갔을까? 성이성은 눈물이 앞을 가렸다. 과거 공부를 하면서 몇 번이나 포기하고 싶은 고비마다 춘향을 생각하며 버티어 왔었다. 공부에 지칠 때마다 춘향을 생각하면 힘이 나고 용기가 났다. 일찍 과거에 합격하여 소식 보냈더라면 춘향은 그렇게 이 세상을 떠나지는 않았을 텐데 하는 생각에 아쉽고 안타까웠다. 춘향이 죽었다는 것을 현실로 받아들일 수 없었다. 기다림에 지쳐 얼마나 나를 원망하며 죽어 갔을까? 춘향은 죽었지만, 성이성의 가슴속에서는 살아 있었다. 그녀를 마음속에서 떠나보낼 수 없었다. 남원을 다녀온 사람은 춘향이의 유품 중에 서방님을 그리워하며 쓴 시가 있어서 가져왔다며 전해 주었다. 예쁘고 단아한 글씨에 서방님과 헤어져 그립고 외로움에 몸부림치며 쓴 애절한 시였다.

> 저녁노을 물든 가을바람 차더니
> 풀잎에 맺혀 있던 이슬이 찬 서리가 되었구나
> 보고 싶은 서방님
> 그리움은 하늘에 닿고 서방님의 미소는
> 달빛 되어 사무치네
> 저 하늘 밑 어디쯤 서방님이 계시겠지
> 멀리 떨어져 있어도
> 마음은 언제나 함께 있어
> 서방님 말소리 들리는 것 같네
> 바람결에 실려 온 그 목소리
> 꿈속에서 다정하게 속삭이며
> 별빛처럼 내 가슴속에 스미네
> 서방님 떠난 자리엔 추억만 남아
> 빈방에 우두커니 서서
> 임 그리워 눈물 흘리네
> 꽃잎은 바람에 흩날리고
> 서방님은 곁에 없어도
> 숱한 밤 들려 주던 밀어들이

가슴을 울려

그립고 보고픈 마음에

밤마다 눈물로 지새네요

*

서로 만날 날 기약 없어

하루가 일 년 같고 한 달이 십 년 같아

기러기 울음소리 구슬프고 시린 가을밤

홀로 켠 등불에 비치는 그림자의 위로마저

외롭고 가련한데

내 마음 서방님께 전하지 못해

북쪽 하늘 쳐다보니 슬프고 막막하네

바람아 구름아 내 말을 실어다가

서방님에게 전해 다오

기다리다 지쳐 그리움이 슬픔 되고

외로움이 눈물 되어 흐르네

하늘도 내 마음 닮아 먹구름 가려지고

함께 베던 뿔 베개 혼자 베고

원앙 침 비단이불도 설렁하기만 한데

찌는 여름날도 긴긴 겨울밤도

서방님 생각에 내 마음은 외롭고 아프구나

구구절절이 한양 간 서방님을 그리워하며 외로움에 몸부림치며 쓴 시였다. 성이성은 춘향의 시를 읽으며 눈물을 흘렸다. 춘향은 그렇게 절절히 서방님을 기다리다가 끝내 사랑하는 서방님도 주위의 인연들도 모두 이승에 남겨 두고 혼자서 쓸쓸히 저승으로 떠났다. 오지 않는 서방님을 원망하면서 얼마나 애타게 부르며 죽어 갔을까? 생각할수록 가련하고 애달프고 가슴이 아려 왔다.

세월은 그렇게 흘러가고 춘향의 영혼은 지금도 낭군을 그리워하며 구천을 떠돌고 있을 것 같았다. 성 어사는 춘향이 죽었다는 소식을 들은 지 십 년도 더 지나, 호남 어사가 되어 남원을 지날 때 춘향의 무덤을 찾아갔다. 헤어지고 삼십여 년이 지나 어사가 되어 남원에 돌아왔으나 춘향은 말없이 무덤 속에 누워 있었다. 백옥같이 아름답고 선녀처럼 예쁜 춘향이 내가 오도록 얼마나 기다렸을까? 기다림에 지쳐 얼마나 몸부림쳤을까? 이별주를 따르며 눈물로 헤어졌던 그때를 기억하며 성 어사는 춘향의 무덤 앞에서 술잔을 따라 놓고 눈물을 흘렸다.

"춘향 내가 왔소. 과거에 급제하여 어사가 되어 남원 땅을 찾았건만, 호호백발 할머니가 될 때까지도 기다리겠다는 약속 어이 다 버리고 그대는 백골이 되어 자는 듯 누워 있나?"

불러도 대답 없고 솔바람 소리만 스산하게 들려오는 춘향 무덤 앞에서 넋두리하며 운 지도 벌써 십여 년 세월이 흘러갔다. 춘향이 이승을 떠나가고 세월은 강산이 몇 번이나 변하여 무덤가 솔방울에서 나온 씨앗이 싹이 터 자라서 몇 길이 되는 큰 소나무가 되어도 성 어사는 가슴속에서 춘향을 떠나보낼 수 없었다.

성 어사는 춘향 생각에 밤새 한잠도 자지 못했다. 춘향과 만나 행복하고 즐거웠던 젊은 시절이 어제 같은데 삼십여 년 세월이 흘러갔다. 눈 그친 하늘에는 별들이 초롱초롱 빛나고 찬바람이 불어와 쌓였던 눈이 가루가 되어 흩날렸다. 성 어사는 이제 나이 오십이 넘어 인생의 황혼기에 접어들었지만, 젊은 날의 여인 춘향을 잊을 수 없어 같이 거닐던 오작교를 혼자서 거닐며 밤을 새우고 있었다. 방으로 돌아와 자려고 눈을 감아도 춘향과 아름답고 황홀했던 지난날 추억에 잠이 오지 않았다. 수십 년 세월이 지났지만, 생각하면 춘향은 열여섯 예쁜 모습으로 어디에선가 기다리다가 환하게 웃으며 나타날 것만 같았다. 성 어사에게 과거에는 행복하고 즐거웠던 사랑이었는데 지금은 슬프고 괴롭고 외롭고 안타깝고 애절하고 허망함과 그리움으로 남아, 밤잠을 못 이루며 홀로 눈 쌓인 오작교를 거닐었다. 성 어사는 새벽이 되어 방으로 돌아와 희부옇게 밝아오는 창밖을 바라다보았다. 눈감으면 젊은 날의 예쁜 춘향의 모습이 떠올라 어디선가 "서방님" 하고 부르며 종종걸음으로 달려와 품 안에 안길 것만 같았다.

2. 어린 시절

　성이성은 경상도 영천(영주)군 이산에서 태어났다. 아버지는 부용당 성안의이고, 어머니는 예안 김 씨로 김계선의 딸이었다. 아버지는 창녕 성씨로 고려 말 두문동 72현 중 한 사람인 성만용의 7대손으로 충신의 후손이었다. 성안의는 30세 때인 1591년에 문과에 급제한 이듬해에 임진왜란이 일어나자, 의병을 모집하는 소모관이 되어 창녕에 있는 전 재산을 팔아 군자금으로 사용했다. 의병장이 된 성안의는 경상우도 관찰사인 백암 김륵의 휘하에서 수천 명의 의병으로 열악한 무기와 각종 전쟁물자가 부족한 가운데도 수십만 왜병과 맞서며 바람 앞 등불처럼 위태로운 나라를 지키기 위해 고군분투하고 있었다.
　성안의는 임진왜란이 한창인 1953년 2월 부인 황씨가 사망하여 상처한 몸이었다. 관찰사 김륵은 전쟁 중인데도 성안의의 깊은 학문과 사람 됨됨이 뛰어남을 보고 후처이지만, 자기의 종손녀와 혼인을 주선했다. 왜병과 전투하는 의병장으로서 한순간 앞의 생사도 예측할 수 없는 상황이었지만, 성안의는 예안 김 씨 계선의 딸과 재혼했다.
　성안의는 재혼 후 고향 창녕은 왜적의 침입으로 전쟁터가 되어 부모 형제 친척들을 모두 처가가 있는 영천(영주)군 이산으로 피난시켰다.

관향지 창녕에서 영천으로 옮긴 성안의의 형제들은 동면 문단리, 이산면 석포리, 신암리 지역에서 난을 피해 와서 살고 있었다.

이산과 문단은 예안김씨가 오래전부터 터전을 잡고 살아온 곳이었다. 일천 미터도 넘는 봉화의 박달산과 문수산에서 발원하는 내성천은 문단과 이산 동네를 감싸 흐르고 있어 들이 넓고 땅이 기름지고 가뭄이 없어 농작물이 잘 자랐다. 영천과 봉화와 이웃 예천에는 정감록에 나오는 조선에서 가장 살기 좋은 명지로 삼재, 즉 가난과 질병과 전쟁이 없다는 십 승지 중에 금계동과 두문동, 금당리 세 곳이나 멀지 않은 곳에 있었다. 이곳에서도 김계선의 집은 멀리는 하늘에서 환웅이 인간 세상에 내려온 태백산과 가까이는 소백산, 선달산과 문수산 기운이 모이는 명당으로 집 뒤 초당에서 출산하면 높은 벼슬을 하는 귀인이 태어난다고 믿었다. 그래서 집안 며느리들만 초당에서 출산할 수 있고 출가한 딸들은 친정에 와서 출산하여도 초당에서 출산할 수 없도록 집안에서 불문율이 정해져 있었다.

성안의 아내는 산달이 되어 출산하기 위해 친정에 왔다. 전쟁터에서 의병을 이끌고 왜병들과 싸우고 있는 남편의 안위가 걱정되지만, 수십만 왜군이 쳐들어와 풍전등화 같은 나라를 지키기 위한 것이니 천운에 맡기는 수밖에 없었다. 성안의 아내는 친정아버지에게 말했다.

"아버님, 초당에서 출산하도록 허락하여 주십시오. 외손자도 아버님의 핏줄이 아니옵니까?"

"그래, 네 말이 맞다. 그렇지만 온 집안에서 정한 법도이니 아비로서는 허락해야 하나 집안을 다스리는 가장으로서는 허락할 수 없구나."

성안의 아내 김 씨는 아무리 집안의 법도가 그렇다고 하지만, 딸에게 너무한다 싶어 섭섭했다. 옆에서 친정어머니가 듣고도 아무 말도 하지 않아 어머니에게도 서운했다. 딸자식도 아들과 같은 부모 몸에서 태어난 자식인데 출가외인이라더니 남처럼 생각했다. 성안의 아내는 태어나서 자란 집이 남의 집처럼 느껴지고 친정 부모도 출가하기 전의 아버지와 어머니 아닌 남처럼 느껴졌다. 아무리 집안 법도라지만, 아버지가 이럴 수 있을까? 그렇지만 성안의 아내는 만삭의 몸으로 섭섭하고 억울하며 서러운 마음이 들어도 어떻게 할 수 없었다.

출산 날이 되었다. 친정아버지는 일이 있어 출타 중이었다. 어머니가 말했다.

"너의 아버지가 '초당에서 출산하는 것은 안 된다.'라고 하였으나 나는 너의 어머니이기 전에 같은 여자의 입장으로 친정에 가서 이런 말을 들었으면 몹시 섭섭했을 거다. 외손자도 손자이거늘, 친손자만 잘되고 외손자는 안 되어도 된다는 말인가? 집안에서 정한 법도가 그렇다지만, 나는 사촌, 오촌들의 자식보다 내 외손자가 잘되는 것이 더 좋다. 너의 아버지가 안 계시니 초당에 가서 출산하자. 출산하고 나면 너의 아버지도 집안에서도 어찌하지 못할 것이다."

성인의 아내는 어머니의 도움을 받아 집안 몰래 초당에 들어가 출산하였다. 남자아이였다. 그렇게 태어난 아이가 성이성이었다.

전쟁 중에 태어난 성이성의 유년 시절은 임진왜란으로 온 나라가 초토화되고 농사를 지을 사람의 손이 귀한 데다 농사를 지어도 왜군들이 와서 약탈해 가고 마을을 불태우고 사람들을 학살하며 여인들을 납치해 갔지만, 다행히 이산에는 왜병이 들어오지 않았다. 나라는 전란으로 국토의 반이 외적에게 점령되어 왜군에 의하여 사람들이 죽임을 당하고 마을은 불타고 부서지고 온통 엉망이었지만 그런 가운데도 의병과 승병이 관군과 힘을 합쳐 왜적과 힘겹게 싸우고 있었다. 명나라 원군이 와서 합세하여 왜적과 전투하며 많은 병사와 백성이 죽어 가면서 승기를 잡기 시작했다. 왜병은 철수했다가 정유년에 또 쳐들어 와 전쟁은 다시 시작되었다. 아버지 성안의는 군사들이 먹을 군량미를 모으는 조도사가 되어 전쟁터로 나가고 이성은 어머니와 유년 시절을 보냈다.

승승장구하며 조선의 국토를 초토화하던 왜군은 전쟁에서 수많은 전상자를 내며 밀리기 시작했다. 바다에서는 이순신 장군이 해전에서 십수 차례 왜적과 싸우면서 한 번도 패하지 않고 수백 척의 왜선을 격침하여 수만 명의 왜군을 수장시켰다. 왜군은 도요토미 히데요시가 죽자 더 버티지 못하고 물러갔다. 왜적의 침입으로 7년 동안이나 긴 전쟁은 끝났지만, 수십만 백성이 학살당하고 불타고 부서지고 국토는 유린당해 상처투성이였다. 해마다 흉년이 들어 백성들은 하루하루 살아가는 것이 힘에 겹고 조선팔도 곳곳에 많은 아사자가 생겨났.

왜군이 물러가고 이성이 다섯 살이 되자 의병장으로 전투에 참여하였던 아버지가 돌아와 글을 배우기 시작했다.

이산은 들이 넓고 땅이 기름져 많은 사람이 모여 살고 있었다. 멀지 않은 곳에 외가인 예안김씨 집안뿐만 아니라 이웃에는 홍 씨도 살고 이 씨, 우 씨와 많은 성씨가 어울려 살았다.

전란을 피해 피난 온 성안의 형제와 집안은 창녕으로 돌아가지 않고 영주 이산과 신암, 문단, 봉화 지역에 머물러 살면서 뿌리를 내렸다.

내성천이 감싸 흐르는 문단은 동네가 넓어 여러 마을로 이루어져 있어 사람들은 열두 문단이라고 불렀다. 이산에는 퇴계 선생이 후학을 양성했던 이산 서원이 있어 선비들의 글 읽는 소리가 끊이지 않았다.

이성의 할아버지가 돌아가시자 아버지는 집을 떠나 할아버지 묘소에서 시묘살이했다. 할아버지 시묘살이 중에 할머니가 돌아가셔서 아버지의 시묘살이는 계속되었다.

시묘살이는 부모가 죽으면 부모의 묘소 옆에 움막을 짓고 삼 년 동안 부모님이 살아 계실 때처럼 아침저녁 문안드리며 생활하는 것이었다. 비가 오면 무덤에 비 맞지 않게 덮어 주고 겨울철 눈이 오면 눈을 쓸어 내었다. 충효를 바탕으로 하는 조선 사회에서는 부모의 상을 당하면 시묘살이가 일상이었다. 형편상 시묘살이를 할 수 없는 집에서는 사랑방 문 앞에 나무와 짚으로 움막 형태의 틀을 만들고 방안 상위에는 혼백을 모시는 위패를 두고 살아 계실 때처럼 아침저녁 음식상을 차려 상식을 올렸다. 그뿐만 아니라 어버이가 운명할 때 그 고통을 같이한다고 열 손가락을 불에 태워 장을 지지는 사람도 있었다. 효경에 나오는 공자 말씀에 "신체 발부 수지부모 불감훼상 효지시야(身體髮膚 受之父母 不敢毁傷 孝之始也) 즉 신체와 털과 살갗은 부모에게서 받은 것이므로 이를 손상하지 않는 것이 효의 시작이다."라고 했는데 그렇게 자기 신체 일부를 태워서 망가뜨리고 불구가 된 사람도 있었다. 사람들은 부모 운명 시 고통을 같이한다고 손가락을 태운 사람을 효자라고 말하기도 했지만, 손가락을 못 써 평생 장애인으로 불편하게 살아가는 사람은 효도하는 것이 아니라 공자 말씀대로 불효를 저지르는 것이었다.

조선 사회는 양반과 천민의 계급이 엄격했다. 천민 중에는 노비가 있어 노비는 재산처럼 사고팔 수도 있었다. 노비의 자식도 노비라, 태어나면서부터 운명이 결정되어 자손 대대로 노비였다. 노비와 노비가 결혼하여 낳은 자식은 물론이고 노비와 평민이 결혼하여 놓은 자식도 노비라, 양반이 소유하는 노비가 출산하면 재산이 불어나는 것이었다. 양반의 자식이라 하여도 첩의 몸에서 태어난 자손들을 서얼이라고 해서 아들은 얼자 딸은 얼녀라고 부르며 신분의 차이가 심했다. 서얼로 태어나면 집안에서만 차별받는 것이 아니라 사회에서도 차별이 있어 과거시험에도 제약이 있고 관료가 되어도 승진에 제약이 있었다.

　어린 이성은 동네 또래 꼬마들을 따라 내성천에 가서 물고기를 잡으며 놀았다. 강가 넓은 모래밭에서 맨발로 뛰어다니며 여느 집 아이들과 다르지 않았다. 내성천 모래밭은 햇볕을 받아 반짝이며 구불구불 흘러가는 물줄기 따라 끝없이 펼쳐져 있고 강물은 아이들 종아리 깊이로 얕았다. 모래 위에는 아이들이 이리저리 뛰어다닌 작은 발자국들이 어지럽게 널려 있었다. 양반 집 아이들과 천민 집 아이들은 따로 놀기도 하지만, 아이들이니까 같이 어울려 다녔다. 물속에는 피라미 버들치 송사리들이 떼로 몰려다녔다. 아이들은 물속에서 첨벙거리며 물고기를 잡았다. 물고기들은 빠르게 헤엄치며 아이들의 가랑이 사이로 도망쳤다. 아이들은 물고기 떼를 물 섶 얕은 모랫가로 몰아 잡아서 버드나무 새순에 주렁주렁 아가미를 꿰어서 들고 다녔다. 마른 나뭇가지를 모아 불을 피워 놓고 호박잎에 잡은 물고기를 싸서 구울 때는 양반집 아이들보다 천민 집 아이들이 더 잘했다.

　버들이는 홍 진사 댁 노비의 아들로 이성과 나이가 같았다. 버들이는 노비인 어머니가 만삭으로 출산일에도 일하다가 밭둑가 버드나무 밑에서 아기를 낳아 아기의 이름을 버들이라고 지었다. 아버지 어머니가 성씨가 없는 노비이니 버들이도 성 없이 이름뿐이었다. 다른 아이들은 버들이를 종의 자식이라고 잘 놀아 주지 않지만, 어린 이성은 버들이 와도 잘 놀았다. 버들이와 이성은 내성천에 나가 같이 고기 잡고 물놀이하며 빨가벗고 물장구치며 목욕했다.

어느 날 이 참봉 집 아들이 버들이를 이유도 없이 때렸다. 버들이는 양반 집 아이가 때리니 맞고만 있었다. 노비의 아들이 양반 집 아이를 때리는 것은 큰 문제가 되어 부모까지 고통을 받는다는 것을 아는 버들이는 맞으면서도 참을 수밖에 없었다. 이성은 이 참봉 집 아들을 보고 말했다.

"그만둬, 왜 이유도 없이 왜 사람을 때리는 거야."

"내 마음이야."

"너도 맞으면 아프고 억울하잖아. 버들이도 너와 똑같은 사람이야."

"노비도 사람이야? 너는 왜 노비 아이들하고 노는 거야?"

"노비도 너와 똑같이 생각하고 말하는 사람이야."

이유 없이 버들이를 때리던 이 참봉 집 아이는 이성에게 달려들었다. 싸움이 벌어졌다. 이성은 이 참봉 집 아들을 쓰러트리고 올라타서 코피가 나도록 흠씬 두들겨 패 주었다. 온 동네에 소문이 나고 이 참봉 아내는 이성의 집에 찾아와 항의하는 소동이 벌어졌다. 이성의 어머니는 이 참봉 아내에게 사과하여 겨우 아이들의 싸움 사건을 무마시켰다. 어머니는 아들 이성에게 말했다.

"노비 아이를 못 때리게 한 것은 잘한 일이지만, 그렇지만 싸운 것은 잘못된 것이다."

"먼저 달려들어 때리는데 맞고만 있을 수 없잖아요?"

"그래, 상황이 그렇게 되면 어쩔 수 없지만, 그래도 싸우지 않는 것이 제일 좋은 방법이다."

"앞으로 싸우지 않도록 노력하겠습니다."

이성은 사람이 태어나면서부터 양반과 상민, 천민, 노비와 같이 정해지는 계급제도를 이해할 수 없었다. 똑같은 사람인데 태어나는 부모에 따라 평생 왜 노비로 살아야 하지? 그리고 자신이 양반의 집에서 태어나지 않고 노비의 집에서 태어났으면 버들이와 같이 노비가 되어 평생 자기의 주장도 펼 수 없이 주인이 시키는 대로 일만 해야 할 것이 아닌가? 그리고 아무리 부당한 일을 당해도 어디 가서 하소연할 곳도 없지 않은가? 어린 이성은 사람은 태어나는 부모에 따라 신분이 정해지는 조선 사회의 계급제도를 이해할 수 없었다.

이성은 동네 서당에 다니며 천자문을 배웠다. 글자를 한 자 한 자 익히니 재미있으며 흥미도 있었다. 생각과 하고 싶은 말을 글자로 적어 멀리 떨어져 있는 사람에게도 전할 수 있고 수백 년 후에 태어날 후대의 사람들에게도 전할 수 있다는 것이 신기하고 경이로웠다. 이 신통한 글자를 만든 사람은 누구일까? 서당에서는 세종대왕이 만들었다는 조선 글자인 언문도 가르쳤다. 한문은 글자 하나하나에 뜻이 있어 수많은 글자를 외우며 익혀야 하는데 언문은 글자 하나에는 뜻이 없고 글자가 여러 개가 어울려 사람의 말뿐만 아니라 새소리 바람 소리 천둥 치는 소리 짐승 우는 소리 세상의 모든 소리를 다 기록할 수 있어 너무 신기했다. 언문은 글자 수도 얼마 되지 않고 초성과 중성 종성의 소리를 익혀 원리를 알고 나니 아주 쉬웠다. 한문과 달리 글자를 조합하여 우리말을 표현하지 못할 것이 없고 쉬우니까 한문을 모르는 여자들도 쉽게 배워 사용하니 여인들이 안방에서 사용한다고 안글이라고도 했다. 언문은 글자 수가 스물여덟 글자밖에 되지 않아 외우는데, 시간이 오래 걸리지 않았다. 어떤 사람은 통시에서 변을 보면서 글자를 다 외워 사람들은 통시글이라고도 했다. 언문은 배우기 쉬워 누구나 며칠만 공부하면 어떤 말과 세상의 모든 소리를 다 글자로 표현할 수 있었다. 그렇지만 과거시험은 한문으로 나오니 한문 공부를 계속했다. 천자문을 떼고 동몽선습 배우고, 이어서 명심보감과 소학을 배웠다. 이성은 한번 배운 것을 잊지 않고 기억하며 문장을 이해하는 학습 속도가 빨랐다. 이성이 어릴 때 서당에서 공부하며 쓴 글을 본 당대의 학자 정경세는 장차 나라의 동량이 될 인물이라고 칭찬했다.

  이성이 열세 살 되던 해 아버지 성안의는 남원 부사 교지를 받았다. 이성은 부사로 부임하는 아버지를 따라 남원으로 갔다.

3. 성안의 사또와 아들 이성

　왜군이 물러가고 의병장에서 돌아온 이성의 아버지 성안의는 조정에서 근무하다 영해 부사로 있을 때 부모상을 당하여 수년간의 시묘살이를 했다. 시묘살이가 끝나자 남원 부사 교지를 받았다.
　나라는 임진왜란(1592년)에 이어 정유재란(1597년)이 끝난지 9년밖에 안 되어 국토 곳곳이 전쟁터가 되어 왜군이 훑고 지나간 상처가 그대로 남아 있었다. 전국 어느 가정이나 전쟁으로 가족이 죽고 흉년은 계속되어 기근에 허덕이는데 지방에는 탐관오리들이 가뜩이나 살기 힘든 백성들의 고혈을 짜내어 사욕을 채우기도 해서 온 나라가 피폐하고 어수선했다. 백성들은 가족 잃은 슬픔과 가난을 견디며 고통스럽게 살아가고 있었다. 조정에서는 청렴하고 지혜로운 관리를 지방으로 내려보내 전쟁의 후유증을 치유하고 가난하고 고단한 백성들의 삶을 돕도록 했다.
　성안의 부사는 임진왜란 때 어려운 가운데에도 군량미를 조달하는 영남 조도사 업무를 무난하게 수행하는 것을 보고 영의정 류성룡은 "세상의 빈곤을 구제할 수 있는 재간이 있는 관료"라고 극찬했다. 조정에서는 나라의 곡창지대인 호남지방 남원에 성안의를 부사로 내려보내 선정을 베풀도록 했다.

이성은 나이 13세에 남원 부사로 부임한 아버지를 따라 남원으로 왔다. 자라던 고향을 떠나는 것이 섭섭했지만, 새로운 곳에서 새로 사귈 친구들이 기다려졌다. 그동안 이성은 서당에 다니고 집에서는 아버지에게 글을 배워 열세 살이지만, 통감절요와 명심보감, 소학을 끝내고 대학을 공부하고 있었으며 시도 잘 써서 주위 사람들의 칭찬을 받았다.

남원에 도착한 성 부사는 아들 이성을 조경남에게 맡겨 가르치도록 부탁했다. 조경남은 강직한 선비일 뿐만 아니라 임진왜란 때는 의병장으로 왜군을 무찌른 문무를 겸비한 학자였다. 그래서 사람들은 조경남을 훈장님이라고 부르기보다 장군님이라고 불렀다. 조경남은 조정에서 치르는 과거시험에 합격하였으나 벼슬길에 나가지 않고 낙향하여 서당을 차려 후학을 양성하고 있었다. 그는 어려운 세태에 관료로서 생활보다 인재를 기르기 위한 후학양성의 길을 택했다. 이성은 조경남의 제자가 되었다.

이성은 서당에 가서 훈장께 큰절로 인사드리자, 훈장님이 물었다.

"학동은 어디까지 배웠는고?"

"명심보감과 소학을 마치고 사서 중에 대학을 배우고 있습니다."

"대학에 나오는 '부윤옥 덕윤신 심광체반 고 군자 필성기의(富潤屋德潤身心廣體胖故君子必誠基意)'가 무슨 뜻인고?"

"부는 집을 윤택하게 하고 덕은 마음을 윤택하게 한다. 마음이 넓으면 몸이 편안하다. 그러므로 군자는 그 뜻을 정하게 하여야 한다. 라는 뜻으로 재산이 넉넉하면 집안에 윤기가 나듯이 덕을 넉넉하게 하면 몸에 윤기가 나므로 군자는 정성을 다하여 덕을 쌓아야 한다라는 뜻입니다."

"나이에 비해서 학습 진도가 무척 빠르군."

훈장에게 인사가 끝나자 서른 살이 넘은 집장이 학동들에게 이성을 소개하고 서당의 앞쪽 자리인 집장 옆자리에 배정하였다. 서당에서 앉는 자리는 학습 과정에 따르는 것으로 학년의 개념이지만, 나이와 서당에서 공부한 햇수와 관계없이 배우는 책의 난이도에 따라 결정되었다.

조경남 훈장이 가르치는 서당에는 어린 학동부터 스무 살이 넘은 성인까지 공부하는 학생이 많았다. 서당에서 배우는 것은 강독과 제술, 습자로 나이 어린아이들이 배우는 천자문, 동몽선습, 사자소학, 추구로부터 중급과정인 통감절요, 명심보감, 채금담, 근사록, 소학을 거쳐 상급과정인 사서와 삼경까지 가르치며 공부하는 학동들은 각자의 개인별 수준에 맞는 책으로 공부했다. 나이 든 집장이 서당의 학동 전체를 통솔하고 훈장이 유고할 때는 집장이 학동을 지도하기도 했다. 학동들의 수준이 천차만별이라 늦게 들어온 나이 많은 학생들도 동몽선습으로 공부하는 사람도 있었다.

조경남 훈장은 이성을 가르치며 아버지 성안의 부사를 닮아 머리가 좋고 예의범절이 있어 장차 과거에 급제하여 국가의 큰 인물이 되리라고 생각했다. 이성은 조경남 스승에게 대학을 공부하며 그날 배운 내용은 그날 습득하여 집으로 돌아가기 전, 평가에 늘 대통으로 통과했다.

서당의 학동 중에는 양반의 자제뿐만 아니라 평민의 자제도 있고 상인의 자제도 있었다. 조경남 훈장은 양반의 자제나 상인의 자제를 가리지 않고 평등하게 가르쳤다. 조경남 훈장은 임진왜란 때 양반, 상인, 노비들까지 의병으로 모아 의병장으로서 나라를 지키기 위해 왜군과 싸우면서 조선의 반상 계급은 철폐되어야 한다고 생각했다. 그렇지만 뿌리 깊은 조선 사회의 반상 계급은 나라에 큰 변혁이 일어나기 전에는 타파될 수 없을 것이라, 완고한 조선의 계급제도는 개인의 힘으로는 어떻게 할 수 없었다.

같이 공부하는 학동 중에 나이가 비슷한 양성호는 하루 수업이 끝날 무렵 훈장님이 평가할 때 이성과 같이 늘 대통으로 통과해 칭찬받았다. 매일 그날 배운 것은 그날 외우고 쓰게 하여 불통인 학생은 진도를 나가지 못하고 다음 날도 같은 내용을 반복해서 공부했다.

처음 들어온 학동 중에는 천자문을 석 달 만에 떼어 책거리하는 학생도 있고 일 년이 넘어도 천자문을 다 익히지 못하는 학생도 있었다. 서당 안에서 나이가 적은 학생은 나이 많은 학생들에게 의지하고 나이 든 학생은 어린 학생들을 동생처럼 잘 보살피지만, 공부 시간에는 나이 관계없이 학력대로 서열을 지어 앉아 훈장의 지도를 받으며 서당에서는 언제나 낭랑한 글 읽은 소리가 울려 퍼졌다.

이성과 같이 열세 살인 이종수는 말이 없고 늘 혼자였다. 다른 학동들이 특별히 따돌리지도 않는데도 어울리지 못하고 그는 한쪽 구석진 곳에서 조용히 있었다. 이종수보다 한 살 많은 이종원은 같은 색깔의 도령복을 입고 있지만 서로 말이 없었다. 항상 외톨이인 종수는 옆 친구가 말을 붙여도 대답도 잘하지 않았다. 외모는 헌칠하고 종원보다 잘났으나 종원 앞에서 주눅이 들어 있었다. 이성은 종수를 만날 때마다 다정하게 말을 건넸으나 어물어물 머뭇거리며 대답도 잘하지 못하고 사람 대하는 것을 두려워했다. 어느 날 옆 친구가 둘 사이의 관계를 알려 주었다. 두 사람은 형제간으로 종원은 본처의 아들이고 종수는 첩이 낳은 서얼이었다.

　아버지 이 대감은 남원에서 명성 있는 양반가인 전주이씨로 조정에서 호조판서를 지내다가 낙향한 대감이었다. 이 대감은 나라의 재정을 담당하는 호조판서로 본처가 있지만 장안에서 이름난 예쁜 기생을 첩으로 두었다. 관직 생활을 끝내고 남원으로 낙향하여 아흔아홉 칸의 대궐 같은 큰집에 많은 노비 종을 거느리고 본처와 함께 첩실을 데려와 살면서 종원과 종수를 같은 서당에 보냈다. 서얼인 종수는 형인 종원 앞에서 항상 기가 죽어 있고 말이 없었다. 서얼은 사회에서뿐만 아니라 집안에서도 차별이 심했다. 서얼뿐만 아니라 양반과 평민, 상민, 천인, 노비까지 있는 조선 사회는 어디서나 귀천이 존재하는 사회였다. 양반가에서 첩은 본처와 나란히 앉을 수도 없고 같은 밥상에서 밥을 먹을 수 없으며 첩의 몸에서 태어난 자식은 어머니가 첩실이었다는 이유로 집안과 사회에서 평생 제약을 받으며 살아야 했다. 종수는 분명 이 대감의 자식이지만, 아버지를 아버지라고 부르지 못하고 마나님으로 부르며 본처의 몸에서 태어난 형제를 형이나 동생이라고 부르지 못했다. 한집에서 살아도 본처의 자식들뿐만 아니라 일가친척들에게도 차별받으며 자신을 나타내지도 못하고 유령처럼 없는 듯이 살아야 했다. 서얼은 집안의 대소사에 간여할 수도 없고 제사 때도 같은 자손이면서 뒷줄이나 한쪽 변두리에 서며, 시제 때 조상 산소에서도 묘축 밑에서 제사를 올려야 했다. 공부해서 과거를 보려고 해도 제약이 따라 응시할 수 없는 곳이 많았다. 집안의 재산처럼 취급되어 평생 종살이를 하며 물건이나 가축처럼 사고팔 수 있는 노비는 아니지만, 서얼로 태어나면 자기를 드러낼 수도 없어 같은 형제이면서도 많은 차별과 제약 속에서 평생을 살아야만 했다.

이성은 같은 형제로 태어났으면서도 어머니가 첩실이었다는 이유로 가족에게서도 차별받고 소외되는 것과 반상과 노비 제도는 꼭 타파되어야 하는 악습이라고 생각하지만, 수백 년 고착된 조선 사회의 계급제도는 혁명이 일어나 조선이 송두리째 바뀌기 전에는 없어지지 않을 것이었다. 이성은 종수와 종원, 두 형제의 사정을 알고 나니 종수에게 더 정이 갔다. 종수는 형인 종원보다 외모는 잘났지만, 하루 공부가 끝나고 훈장님에게 평가받을 때는 항상 조통을 받았다. 서당에서 배운 과정의 평가는 대통, 통, 약통, 조통, 불통 다섯 가지가 있는데 조통은 네 번째로 겨우 통과 하는 정도이고 불통은 통과하지 못하여 다음 날 같은 과정을 다시 공부해야 한다.

종수는 길을 갈 때도 항상 형인 종원의 뒤에서 멀찍이 떨어져 걸었다. 그는 다른 사람이 물어도 큰소리로 대답 못 하고 상대가 잘 알아듣기 힘들 정도로 어물어물 말했다. 이성은 그런 종수의 친구가 되어 용기를 주고 싶었지만, 묻는 말에 잘 대답하지 않았다. 며칠 후 이성의 진심이 통해 종수는 묻는 말에 대답했다.

"이종수! 너는 왜 용기가 그렇게 없니? 훈장님이 물을 때 틀려도 좋으니, 큰소리로 똑똑하게 대답해."

"나도 몰라. 속으로는 큰소리로 아는 대로 말한다고 생각하는데, 사람들 앞에 서면 자꾸만 움츠러들어."

"용기 내. 너는 키도 크고 얼굴도 잘났고. 말만 큰소리로 하고 공부만 열심히 하면 돼."

"공부? 공부 열심히 해서 무엇해. 나는 첩의 자식 서얼이야. 공부해도 과거를 볼 수도 출세를 할 수도 없어. 아버지를 마나님이라고 부르고 형을 형이라 부르지도 못하는걸. 나는 사람이 아니야. 집안에서도 어머니 외에는 아무도 나를 챙겨 주지 않아."

작은 소리로 조곤조곤 말하는 이종수의 말을 들으며 '종수는 공부 못하는 것이 아니라 서얼로 태어나서 어릴 때부터 기가 눌려 살아와서 그렇구나.' 하는 생각이 들었다.

"종수야, 서얼로 태어난 것은 네 잘못이 아니야. 서얼로 태어나서도 과거를 볼 수 있어, 조선의 임금 중에서 서얼로 태어난 임금이 많아. 그리고 세종대왕이 가장 총애했다는 신하 장영실도 서얼 출신이야."

"나, 위로하려고 하지 마. 정실을 어머니로 둔 너희들은 서얼의 고충을 몰라. 서얼은 집안에서 아무 일에도 나설 수 없는, 사람이 아니라 자기를 나타낼 수 없이 유령처럼 살아야 해."

"그래. 너는 많이 힘들구나. 우리 자주 이야기하자."

이성은 이종수를 만날 때마다 다정하게 이야기했다. 그러자 종수는 조금씩 달라졌다. 이제는 다른 사람을 대할 때도 똑바로 바라보고 이야기하지만, 목소리는 여전히 가늘었다. 종수는 조금씩 자신감을 찾아 가고 있었다. 종원에게 종수가 형제니까 잘 감싸 주라고 말했다. 종원은 생각 같아서 종수를 동생이라고 따뜻하게 부르고 싶지만, 서얼에 대한 사회와 집안의 분위기가 그렇지 못하다고 했다.

어느 날 종수가 먼저 말을 걸어왔다.

"너는 참 열심히 공부하잖아. 공부해서 무얼 할 거니."

"공부해서 한양 가서 과거시험을 봐야지. 그리고 관리가 되어 억울한 사람도 굶는 사람도 없도록 할 거야."

"그래, 너는 좋겠다. 그런 희망과 꿈이 있으니."

"왜? 너는 그런 꿈이 없니?"

"나는 그런 꿈이 없어. 나라에는 서얼들은 문과와 진사에 응시할 수 없다고 하잖아. 문과에 응시할 수 없으면 다음 단계의 소과와 대과에 응시할 수 없고 그 위인 초시, 복시, 전시는 꿈도 꿀 수 없는 나는 서얼이잖아."

"서얼도 과거에 응시할 수 있어. 역관과 의관, 유학, 산학 같은 과거를 보아 조정의 관료가 될 수 있어. 실망하지 말고 공부해."

"내가 그런 기술직에 응시할 수 있을까?"

"너는 충분히 할 수 있어. 사람은 신언서판이라고 하잖아. 그중의 제일인 몸은 너를 따를 사람이 한양에서도 드물 거야. 말은 용기를 갖고 큰소리로 하면 돼. 글은 공부하면 되고 생각하고 판단하는 것도 너는 뛰어나. 사람은 다른 것은 다 노력하면 모두 이룰 수 있지만, 부모로부터 타고난 몸은 고칠 수 없어, 너는 서얼이라고 하지만 빼어난 몸을 가지고 있잖아. 너는 할 수 있어 우리 나중에 과거에 급제되거든 조정에서 만나자."

"그래. 그렇게만 되면 얼마나 좋을까? 네 말 들으니 나 같은 서얼에게도 희망이 있네, 용기 주어 고마워. 앞으로 네 말대로 모든 것에 열심히 할게."

"그래, 우리 열심히 공부하자."

종수는 하루하루 달라졌다. 이제 수업이 끝나고 훈장님이 구술을 치를 때도 큰소리로 대답했다. 훈장님은 달라지는 종수를 보고 대톳을 주면서 아주 기뻐했다. 이제 형 종원과 이야기할 때도 똑바로 보며 큰 소리로 분명하게 자기주장을 이야기했다. 그렇지만 집으로 돌아갈 때는 나란히 걷지 못하고 언제나 한 걸음 뒤쳐져서 걷고 있었다. 이성은 '사람이 태어나는 것은 하늘의 뜻이고 서얼도 노비도 같은 조선의 백성인데 차별 없는 세상이 왔으면 좋겠다.'라고 생각했다. 언젠가는 나라의 제도가 바뀌어 사람으로 태어나면 노비도 천민도 양반도 서얼도 없이 누구나 평등한 그런 조선이 될 수도 있을 것이라는 생각이 들었다.

성이성의 아버지 성안의 부사는 임진왜란 때 의병을 모아 의병장으로 왜군과 맞서 싸웠다. 왜군은 삼십만 대군으로 물밀듯이 쳐들어와 부산에 상륙한 지 보름 만에 한양도성이 점령되자, 선조 임금은 북쪽으로 피난 가고 나라의 운명은 풍전등화였다. 성안의는 의병을 모집하며 집안의 토지와 재물을 팔아 군자금으로 쓰면서 말했다.

"비록 초망의 백성이지만, 나라가 이렇게 위태로운 데 마땅히 일어나 몸 바쳐 나라를 구해야 한다."

왜적의 침입을 받아 나라가 망하고 수많은 사람이 도륙을 당하는데 토지와 제물이 있으면 무엇하리오. 나라가 있어야 개인과 가정이 있는 것이 아닌가? 대대로 내려오던 토지를 팔면서도 전혀 아깝다는 생각이 들지 않고 전 재산과 목숨을 바쳐 나라를 지켜야 한다는 생각뿐이었다.

성안의는 천여 명의 의병을 모집하여 침략해 오는 왜적과 싸우며 나라를 지키다가 적과 함께 죽겠다고 결의했다. 성안의는 토지를 팔아 마련한 돈으로 군량미 백 섬을 상주 관군 진영으로 보내고 거창과 삼가에서 일어난 의병들이 합세하니 의병의 수는 이천 명이었다. 이어서 단성과 초계 지리산에서 활동하던 의병들도 회동하니 의병의 수는 수천 명으로 늘어났다. 성안의는 조정에 장계를 올리고, 경상 우수사 김학봉에게 연락하여 의병을 이끌고 곽재우 진중에 합류했다.

성안의 의병 수천 명과 여춘을 비롯한 삼십 개 고을에서 모인 의병장들이 의병을 이끌고 곽재우 진영인 창령 화왕산으로 모여들었다. 화왕산의 의병들은 낙동강 전선을 지키고 곡창지대인 호남으로 진격하려는 왜적을 막고 있었다. 왜장 가토 기요마사가 본진 이끌고 여러 차례 전투에서 끝내 화왕산이 점령하지 못하고 후퇴하였다.

성안의 의병장은 경상도에서 활동하며 수많은 왜군과 대적하여 싸우고 있었다. 삼십여만 명의 왜군이 신무기인 조총으로 무장하고 쳐들어와 활과 칼을 가진 관군이 괴멸되어 한양도성까지 점령당했는데, 훈련되지 않은 민간인을 모은 의병으로 왜병과 정면으로 부딪치며 싸워서는 이길 수 없었다. 나라를 지키기 위하여 모였지만, 조총을 가진 수십만 왜군 앞에 수천 명의 의병들은 불안하고 초조했다. 성안의는 목숨을 다해 나라를 지키자고 불안해하는 병사들을 다독이며 용기를 돋우었다. 소수의 의병으로서는 수많은 왜병과의 전투는 전면전으로 대항할 수 없어 왜군이 가는 길목에 지형지물을 이용하여 매복하여 기습하거나 야간에 적진지에 침투하여 불을 지르고 칼과 창으로 왜병을 도륙하는 특공작전을 할 수밖에 없었다. 의병장 성안의는 용맹하고 날랜 젊은이들을 뽑아 왜군을 기습공격하기로 계획하고 훈련했다. 농사일로 단련된 농민과 상인들로 구성된 의병들의 체력은 강하나 담력이 약해 적이지만 사람을 죽이는 것에 지레 겁을 먹고 있었다. 왜병을 기습하여 창과 칼로 백병전이 벌어졌을 때는 겁을 먹고 주춤거리면 죽은 목숨이었다. 적과 맞붙어 싸우는 전투 현장에서는 적을 죽이지 않으면 내가 죽어야 하는 살육의 현장이므로 무자비하게 적을 도륙해야 살아남을 수 있었다. 밤뿐만 아니라 낮에도 험한 산악 지역에 매복하고 있다가 왜병이 지나가면 순식간에 달려 나가 칼로 찌르고 도끼로 찍어 왜군이 조총을 쏠 시간과 거리를 주지 않고 단숨에 적을 도륙하여야 이길 수 있었다. 지형지물을 이용한 전투에서 왜군은 처음 오는 낯선 곳이고 의병들은 늘 다니던 지역이라 유리했다. 왜병 천여 명이 고개를 넘기 위해 좁은 산길을 일렬로 행군하고 있었다. 바위 뒤와 도랑 옆 숲속에 잠복하고 있던 의병은 소리치며 달려 나가 순식간에 왜병 수백 명을 창으로 찌르고 칼로 베고 도끼로 머리통을 깨부수어 죽였다. 그 기습작전에 의병도 백여 명이 전사당했지만, 기습은 성공이었다. 아무리 치밀하게 작전계획을 짜서 기습한다 해도 백병전이 벌어지면 의병들도 많은 희생을 당할 수밖에 없었다. 의병들은 자기 한 몸을 바쳐 나라를 구한다는 심정으로 왜적을 쳐부수며 초개같이 목숨을 버렸다. 왜병들은 워낙 순식간에 벼락같은 기습이라 동료의 시신과 조총, 탄약을 버려둔 채 도망갔다. 왜병의 시신에서 투구와 신발, 옷을 벗기고 총과 탄환 등 무기를 노획했다. 노획한 총과 탄약으로 조선에 없는 신식 무기인 조총으로 사격훈련하고 왜군의 옷과 투구는 야간 기습 때 유용하게 쓰일 것이었다.

  가산을 팔고 민간에서 지원받았지만, 수천 명의 의병이 먹을 군량미가 떨어져 갔다. 전쟁에서 무기 못지않게 중요한 것은 병사들이 먹을 군량미와 부식이었다. 아무리 좋은 무기와 강한 군대라도 식량이 떨어져 굶어서 기진맥진한 몸으로는 전쟁할 수 없었다.

초유사가 의병대장 성안의에게 보고했다.

"군량미가 바닥나 사흘분밖에 남아 있지 않습니다. 전쟁 중이라 민가에서도 식량이 떨어져 굶고 있으니, 식량을 충당할 길이 없습니다."

"병사들을 먹이지 않고 전쟁할 수 없다. 관군에게 군량미를 나누어 달라고 연락하여라."

성안의 의병대장은 전쟁으로 기근에 허덕이는 백성들에게 거둘 군량미가 없는 것을 알고 초유사에게 관군에게 부탁하라고 말했다.

"경상 우수사 김학봉 장군에게 연락했으나 관군도 군량미가 바닥나 식량을 보내어 줄 수 없답니다."

"참모들과 초유사가 상의해서 식량을 구하는 방법을 모색해 봐."

"한두 명도 아니고 천명도 넘는 병사들의 식량을 어떻게 구합니까. 식량이 우박처럼 하늘에서 쏟아져 내리는 것도 아니고, 식량이 없으면 굶고 싸울 수 없으니, 병사들을 해산할 수밖에 없을 것 같습니다."

"무슨 소리야! 도성이 함락되어 나라의 운명이 촌각을 다투는데 힘들게 모아놓은 의병을 해산하다니? 식량을 구하는 방법이 있다. 백성들에게는 거둘 양식이 없다면 희생이 따르더라도 왜군의 병참선을 탈취하면 적과 우군의 입장이 바뀐다. 우리는 식량을 구하고 왜군은 군량미가 모자라 굶어서 자멸할 것이다."

성안의 의병장은 왜군의 병참 물자를 실어 나르는 배를 탈취하기로 하고 참모들에게 명령을 내렸다.

"참모들은 왜군 병참기지와 군량미를 옮기는 길목을 파악하였다가 습격하여 탈취할 작전계획을 짜도록 하라."

　의병 몇 명을 민간인으로 가장해서 부산 해안가와 낙동강 하구에서 왜군들의 병참 물자를 실은 보급선의 움직임을 염탐했다. 부산 앞바다에서 왜군의 병참선이 출발하여 낙동강을 거쳐 왜병이 주둔하고 있는 기강까지 배로 옮기고 있었다. 기강은 낙동강과 남강이 만나는 지점이었다. 의병 수백 명이 부산에서 낙동강을 거슬러 기강으로 가는 길목인 외진 곳의 강물 가운데에 말목을 물 위에서 보이지 않게 여러 겹 깊이 박았다. 그리고 활과 칼뿐만 아니라 왜병에게서 노획한 조총까지 총동원하여 매복하고 기다리자, 군량미와 무기를 실은 배가 부산에서 출발해 왜군주둔지로 가기 위해 낙동강을 거슬러 오르고 있었다. 낮이라 왜선은 경계병만 몇 명만 탄 채 늘 다니던 길이니 별 의심 없이 노를 저으며 올라오고 있었다. 외진 강에 이르러 갑자기 배가 무엇에 걸려 앞으로 나갈 수 없어 강 중간에 멈춰 섰다.

　왜병 몇이 강으로 뛰어들어 배 밑에 무엇에 걸렸는지 살피고 있었다. 그때 조총 소리와 함께 화살이 수없이 배 안으로 날아들었다. 성안의가 지휘하는 오백 명의 매복해 있던 의병이었다. 왜병은 대항해 조총을 쏠 사이도 없이 순식간에 화살에 맞아 죽고 조총에 맞아 죽었다. 의병은 한 사람도 다치지 않고 일본 병참선을 나포했다. 의병들은 물속으로 뛰어들어 배를 끌어 강섶으로 붙이고 배 안에 실려 있는 많은 양의 쌀과 부식 조총과 탄약을 노획했다. 배 안의 군량미와 병참 물자를 모두 끌어내려 강섶으로 옮기고 배를 불태웠다. 오백 명의 의병들은 쌀과 조총과 탄약 전쟁에 필요한 물자를 한 짐씩 잔뜩 지고 기지로 돌아왔다. 이천 명의 의병들이 앞으로 두 달은 먹고도 남을 식량이었다. 그뿐만 아니라 조총 탄약도 충분하여 지난번 매복전투에서 노획한 조총 수백 정으로 이제는 왜병과 낮 전투도 두렵지 않게 되었다.

정유재란 때 성안의는 어명에 의하여 명나라 군사에게 군량미를 조달하는 경상도 조도사 일을 관장했다.

"고대일록"에는 백성들에게 어렵게 거두어 명나라군에게 군량미를 보내던 기록이 남아 있었다.

"오운, 곽율… 등 여러 사람과 성안의가 모여 명나라 군대를 지원하는 논의를 했다. 경상우도의 각 고을에 통문을 내고 유사를 정하였다. 큰 고을은 술 50동이와 소 3마리, 작은 고을에는 술 30동이와 소 2마리를 내기로 정하고 명나라 군대가 내려오는 날을 기다리다가 단식호장(簞食壺醬)으로 맞이하기로 했다. 이것은 실로 사람들이 원하는 것이기는 하지만, 백성들의 능력이 고갈된 상황에서 변변치 못한 성의나마 표시하지 못할까 걱정된다."

성안의는 경주에서 명나라 군사 군량미를 모으는데 여의치 않자, 경주 부윤 박윤과 함께 바둑을 두면서 명나라 군사가 자신인 조도사를 잡으러 올 때 경주부윤을 잡아가게 했다. 경주의 관리와 백성들이 부윤이 체포되어 갔다는 말을 듣고 각자가 비축해 놓았던 쌀을 모두 내어놓으니 하루 밤새 일만 이천 석을 거두 부윤이 풀려나게 되었다. 부윤이 풀려 나 성안의에게 말했다.

"어떻게 나를 잡아가게 하였는가?"

"그것은 나의 계략이었소. 나는 비록 죽더라도 경주 백성들의 마음을 움직일 수 없지만, 공의 은혜와 사랑이 백성들에게 두루 미치니 공이 체포되었다고 하면 반드시 명나라 군대의 군량미를 내어놓아 군량미를 보급할 길이 열릴 것 아니오."

"당신의 지략을 따르기 힘드오."

경주 부윤은 웃으며 말했다.

군량미 확보를 위하여 전국에서 군역에 나가지 않은 55세 이상 되는 사람들도 나이에 따라서 쌀을 바치게 하고 가을철 쌀이 떨어져 군량미를 거둘 수 없으면 백성들은 굶고 나물죽으로 끼니를 이어 가면서도 벼가 익어 가는 논에서 먼저 익은 벼 이삭을 잘라도 불에 말리고 솥에 쪄서 군량미를 만들었다. 그렇게 모은 군량미를 운반하는 것도 큰 문제였다. 강원도에서 모집한 군량미를 산 넘고 강을 건너 천 리 길 경상도 전쟁터까지 옮겨야 했다.

성안의는 선조 임금으로부터 군량 운반 독촉을 받았다. 그리고 명나라 장수로부터 "온 힘을 다해서 군량미를 차질 없이 운반하여 납입하라."라는 압박을 받으며 선조 임금에게 군량 모집으로 인한 백성들의 어려움을 장계로 올렸다.

"전쟁으로 기근에 허덕이는 백성들에게 몹시 힘들고 어렵게 납입하도록 재촉하였으나 온 나라가 피폐한 가운데 사람들의 힘도 이미 쇠약해져서 운반하기 어려워졌으니 힘들고 괴로우며 가엽고 박절한 형상은 차마 눈 뜨고 볼 수 없습니다."

왜군이 물러가고 두 차례 침입으로 7년 동안 온 국토가 전쟁터가 되어 수많은 사람이 죽고 집들이 불타고 부서져 곳곳에 상처를 남긴 채 전쟁이 끝났다. 성안의는 그동안 나라를 지키기 위하여 죽고 부상 당해 가며 동고동락하던 의병들을 해산하여 각자의 가정으로 돌려보내고 조정으로 복귀하였다. 조정과 지방 부사로 근무하던 성안의는 부친상을 당하여 몇 년 동안 시묘살이를 하던 중 모친이 별세하여 연이은 시묘살이가 끝나자, 남원 부사 교지를 받아 가족과 같이 남원으로 온 것이었다.

4. 춘향과 운명적인 만남

　성이성이 부사로 부임하는 아버지를 따라 남원에 온 지 삼 년이 지난 그해, 봄꽃은 유난히도 아름답고 흐드러지게 만발하여 벌 나비가 날고 꽃향기는 온 들판으로 퍼져 나갔다. 봄나들이 나온 성 도령은 바람결에 실려 오는 꽃향기에 취해 몸종 방자가 이끄는 대로 광한루에 올랐다. 높다란 광한루 누각에서 바라보는 봄 경치는 글공부에 지친 심신의 피로를 풀어 줄 뿐만 아니라 이팔청춘 열여섯 살 성 도령의 마음에 춘심을 불러일으켰다. 엄하던 부친에게서 모처럼 벗어나 방자와 같이 깊어져 가는 봄의 정취를 즐기고 있었다. 성 도령은 화사한 봄날 꽃내음이 온 누리에 가득한 봄 향기에 도취 되어 이럴 때 '예쁜 여인이 곁에 있으면 얼마나 좋을까?'라고 생각하며 시를 읊었다.

　　남원의 봄은 꽃 속에 무르익고
　　광한루 누각은 꽃향기에 젖어 있네
　　봄바람에 수양버들은
　　하늘 스치며 너울너울 흔들리고
　　냇물에 비친 그림자도 따라서 춤을 추네

바람이 지나가면 아쉬운 기억뿐
수양버들은 지나가는 바람을
붙잡을 수 없었다네
벌 나비 쌍쌍이 봄을 즐기고
들짐승 산짐승도 짝을 찾아나서고
개구리 맹꽁이도 서로 만나 행복을 노래하는데
이팔청춘 이내 맘은 외롭고 허전하네
봄바람에 꽃잎 흩날리고
한 가닥 길게 이어진 길은 수려함을 더 하는데
붉은 댕기 처녀가 그 길 위를 걷고 있네

    성 도령은 온산과 들판에 만발한 꽃과 함께 무르익어 가는 봄 풍경에 취해 시를 쓰고 춘심에 겨워 광한루 난간에서 봄 경관을 내려다보면서 허전하고 공허한 마음으로 이성에 대한 막연한 그리움을 느꼈다. 파릇파릇 잎이 돋아나는 수양버들 늘어진 가지는 봄바람에 너울너울 춤추는데, 멀리서 한 여인이 몸종을 데리고 나들이하는 모습이 보였다. 두 처녀는 봄나들이를 나와 개울가에서 버들강아지도 꺾어보고 흐르는 개울물에 손을 씻으며 무엇이 그렇게 좋은지 소리 내어 깔깔 웃으며 물장난을 치고 있었다. 그러다가 고목이 된 수양버들 밑에서 그네를 탔다. 처녀는 그네 신발 위에 두 발을 살며시 올렸다. 버선 신고 꽃신을 신었지만, 하얀 발목이 예쁘게 드러났다. 두 손으로 그넷줄을 잡고 올라선 처녀를 몸종이 뒤에서 밀었다. 그네는 허공에서 앞뒤로 움직였다. 그네가 움직일 때마다 얇은 비단옷이 선녀의 날개

옷처럼 팔랑이며 하늘을 나는 모습이 너무 아름다웠다.

　성 도령은 넋을 놓고 추천 놀이하는 처녀를 바라보고 있었다. 그 모습이 너무 예뻐 황홀했다. 그네가 움직일 때마다 처녀의 붉은 댕기 드린 머리꼬리는 나풀나풀 춤을 추듯이 따라 움직였다. 머리꼬리에 붉은 댕기가 드리워진 것으로 보아 혼인 적령기가 된 처녀였다. 여자아이가 자라서 나이 십이삼 세가 되면 머리를 땋아 검은 댕기를 드리다가 나이가 들어 초경을 치르고 혼인할 적령기가 되면 붉은 댕기로 바꾸었다. 붉은 댕기 드린 처녀는 시집갈 때가 되었다는 표시였다. 봄은 사람뿐만 아니라 미물들도 짝을 찾아 분분했다. 벌들은 꿀을 찾고 나비는 꽃잎에 앉아 사랑을 나누며 들과 산에 사는 짐승들도 짝을 찾아다니고 연못가에 개구리와 맹꽁이도 짝을 만나 사랑을 나누는데, 이팔청춘 성 도령은 봄이 되어도 짝 없이 혼자 지내니 더 적적하고 외로웠다.

　성 도령은 그네 뛰는 처녀를 넋 없이 바라보다가 몸종 방자에게 말했다.

　"애! 방자야 저기 저 처녀가 어느 집 규수이냐?"

　"어디요, 소인의 눈에는 아무것도 안 보이는디요."

　방자는 성 도령의 마음을 다 알면서 어깃장을 부렸다.

　"네, 눈이 왜 그 모양이냐? 저기 수양버들 밑에 그네 뛰는 처녀가 보이질 않느냐?"

　"어디요?"

　방자는 이마에 손을 대고 엉뚱한 쪽으로 바라보았다.

　"야! 이 녀석아, 그쪽이 아니고, 이쪽이다."

　성도령은 방자를 처녀들이 그네를 뛰는 쪽으로 돌려세웠다.

"진작 그렇게 말했어야지요. 그네 뛰는 처녀는 퇴기 월매 딸 춘향이옵니다요."

"기생의 딸이면 기적에 올라 있을 터, 가서 내가 잠깐 보자고 한다고 전하여라."

"춘향은 기생의 딸이오나, 기방에 나가지 않고 명심보감과 소학까지 배우고 시와 서를 하는 여염집 규수와 다름없습니다요. 사또 자제인 도령님이 불러도 오지 않을 것인게 마음 접으시라요."

"기생의 딸이면 기생이지, 여넘 집 규슈는 무슨 말이냐? 잔말 말고 가서 데려오너라."

방자는 성 도령의 말을 거역할 수 없어 내키지 않는 마음으로 어기적어기적 걸어 춘향에게 가서 말했다.

"춘향아, 사또 자제 성 도령이 너 그네 뛰는 모습에 반해서 보자고 하는디 같이 가자"

"사또 자제이면 글방 도령일 텐데, '남녀칠세부동석이거늘 왜 나를 오라 가라 하느냐?'라고 가서 전해라?"

"그렇게 네 말을 전하라고 하지 말고 춘향이 네가 직접 가서 우리 도령님을 보고 따져 보아라. 다 큰 처녀가 도령님 앞에서 그네를 탄 네가 잘못이다. 나는 네 말을 전했다가는 잘못하면 볼기짝을 맞을 거다."

"좋다. 네가 볼기짝을 맞는다니 너를 봐서도 안 갈 수 없구나. 가서 그 잘난 너의 사또 아들 낯짝이나 한번 보자,"

춘향은 오기가 나서 방자를 따라나서자 옆에 서 있던 향단이 말했다.

"춘향 아씨, 가지 마시옵소서, 공연히 글방 도령을 만나 사람들의 구설에 오를 수 있습니다요."

그렇지만 춘향은 그 건방진 사또 아들의 코를 납작하게 해 주리라고 생각하며 방자를 따라가서 광한루에 올랐다. "글방 도령이 글공부는 하지 않고 남의 집 규수에게 헛눈 팔면서 오라 가라 하느냐?"라고 따질 참이었다. 춘향은 성 도령을 보는 순간 생각했던 말이 기억에도 나지 않고 가슴이 콩닥거리며 얼굴이 붉어졌다. '세상에 이렇게도 잘생긴 도령이 있다니.' 큰 키에 늠름한 모습, 흰 피부에 이목구비 수려하고 호수같이 그윽한 눈동자, 춘향은 사또 자제 글방 도령을 보고 따지려는 생각은 간곳없이 한눈에 반했다.

성 도령도 춘향을 보는 순간 '세상에 이렇게 아름다운 여인이 있다니' 말로만 들었던 하늘의 선녀가 인간 세상에 내려온 것 같았다. 하늘나라 옥황상제 딸이 아버지의 분부를 어겨 지상으로 보내졌다는 이야기가 있더니 춘향이 '옥황상제 딸이 아닐까?' 하는 생각이 들 정도로 아름다웠다. 이 세상에 아무리 아름다운 꽃이라도 이 여인에 비길쏘냐? 성 도령도 춘향에게 한눈에 혹하여 이 여인과 평생을 같이하고 싶은 생각이 들었다. '이 여인은 내 여자다. 평생을 이 아름다운 여인과 낮과 밤을 마주 바라보며 살아가리라'라고 생각했다. 천생연분이 있다더니 성 도령과 춘향이 만나자마자 서로에게 첫눈에 사로잡혀 연정을 느꼈다.

성 도령은 정신을 가다듬고 위엄을 차리며 말했다.

"낭자 나이 몇 살이고 이름이 무엇이오?"

성 도령은 용모뿐만 아니라 목소리 나긋나긋하여 여심을 혹하게 하였다.

"나이 열여섯 살이옵고, 이름은 춘향이라 하옵니다."

미소를 머금은 모습으로 대답하는 춘향의 목소리는 쟁반 위에 옥구슬이 굴러가듯 맑고 청아했다. 그녀의 둥글고 갸름한 얼굴에 초승달 같은 눈썹, 잘록한 허리에 단아한 자태를 바라보며 성 도령은 말했다.

"낭자의 나이가 내 나이와 같아 이팔청춘으로 서로가 동갑으로 천생연분이구료. 낭자의 부모는 다 계시고, 형제는 몇이시오?"

"오십이 된 모친의 무남독녀로 어머니와 단둘이서 살고 있사옵니다."

성 도령은 꿈을 꾸고 있는 것 같았다. 이렇게 아름다운 여인과 평생 옆에서 바라보며 살고 싶었다. 본래 사대부집의 혼인이란 양가의 부모님 승낙을 받아 중매쟁이가 사주단자를 가지고 왕래하며 양가 부모가 허락하여야 하는 것이지만, 성 도령은 그런 복잡한 절차도 생각나지 않고 당장에 이 여인을 아내로 맞이하고 싶은 생각에 들떠 있었다.

"낭자도 고이 자랐구려. 우리 둘이 이팔청춘으로 이 좋은 호시절에 만났으니 백년가약 맺고 싶소."

춘향의 마음도 당장 이 잘난 글방 도령을 놓치고 싶지 않지만, "남자가 여자에게 한 언약을 믿을 수가 없다."라는 어머니의 말이 생각나서 마음속과 다른 말을 했다.

"소녀의 미천한 신분이 도령님의 덕에 누가 되지 않을까 걱정이옵니다. 그리고 충신은 두 임금을 섬기지 않고 열녀는 두 지아비를 섬기지 아니한다고 하였사온데, 지금 소녀는 귀인인 도령님을 만나 분수에 넘치는 청을 받았사오나 남자는 한때 춘정에 벌과 나비가 꽃을 탐하는 것과 다름없어 꽃이 활짝 피어 화려할 때는 향기를 찾아 좇아오다가 봄이 가고 꽃이 시들게 되면 돌아오지 않은 것과 같이 소녀가 세월이 지나 늙어 얼굴이 주름지면 보기가 싫어질 것입니다. 그뿐만 아니라 젊어서라도 남자는 풍류로서 다른 곳에서 소녀보다 더 예쁜 여인을 만나면 마침내 소식이 없고 영원히 소녀를 돌아보지 않으면 여름 더위와 겨울 북풍한설 독수공방에서 꺼져 가는 촛불과 같은 신세가 될 것입니다. 비록 당장에 육례를 올리지 못하더라도 진실로 도령님이 지금 한 한마디가 정함이 있어 영원토록 변하지 않아 함께 하며 늙어간다는 확신이 생기면, 소녀의 소원으로 도령님을 즐거이 따르겠나이다."

성 도령은 춘향의 말을 듣고 보니 속 깊고 구구절절이 옳은 말이고 마음에 들고 사리 분명한 말이었다. 그러면서 지금 이 미인을 놓친다면 평생에 후회하며 살 것 같았다. 성 도령은 춘향에게 맹세했다.

"태산이 변해 흙먼지가 되고 푸른 바다의 물이 말라 뽕나무밭이 될지언정 그대를 향한 나의 정과 마음이 어찌 변함이 있으리오. 우리 둘이 만나 살아가며 검은 머리가 파뿌리가 되어도 그대와 맺은 약속을 꼭 지킬 것을 사나이 대장부의 이름으로 맹세하오."

"소녀 도령님의 맹세를 금석처럼 믿겠나이다."

"낭자 집을 찾아가서 장모님을 찾아뵈옵고 인사드릴 것이오니 집이 어디에 있소?"

"소녀의 집은 이곳 광한루에서 동쪽 소나무 잣나무가 우거진 곳을 지나 서쪽에는 대나무 숲이 있고 남쪽으로는 연못이 있는 곳에 있습니다. 이번 달 밝은 보름날 밤에 찾아오셔서. 모친을 찾아뵙고 승낙하면 백년가약을 맺고 육례는 못 올리더라도 합방하도록 도령님을 기다리겠사옵니다."

성 도령은 집으로 돌아와 글을 읽으려 해도 잘 읽히지 않았다. 머릿속에는 춘향 생각뿐이었다. 예쁘고 그 다소곳하면서도 당당한 말소리, 춘향의 말소리는 천상에서 들려오는 소리같이 맑았다. 책을 펴도 온통 춘향의 모습만 떠올랐다. 글자를 보아도 책장을 넘겨도 글귀 하나하나와 책장 하나하나가 춘향의 예쁜 눈이 되고 입술이 되어 얼굴이 그려져 있는 것 같았다. 그렇게 당당하고 선녀처럼 예쁜 처녀의 마음을 얻었으니, 성 도령은 세상을 다 얻은 것 같았다.

열흘을 기다려야 보름날이 되는데 그 열흘이 너무 길게만 느껴졌다. 성 도령에게 한 시간이 하루 같고 하루가 한 달같이 날짜가 더디게 흘러가 매시간이 길고 지루했다. 해와 달이 한 식경에 뜨고 지고 뜨고 지고 하루같이 보름날이 빨리 왔으면 좋으련만, 성 도령은 날짜가 지나가는 것이 답답하여 방자에게 말했다.

"방자야, 오늘이 며칠이냐?"

"오늘이 오월 초아흐레입니다요."

"이 녀석아! 네가 날짜를 잘못 알고 있는 것이 아니야? 보름날이 며칠 남았느냐?"

"아직 엿새 남았습니다요."

"얘! 방자야, 오늘 저녁에 춘향의 집에 가면 안 될까?"

"아이고머니! 도령님이 춘향에게 홀딱 반해 단단히 미쳐 버렸구나. 춘향 집에서 준비도 안 되얏는디 쳐들어가면 어떻게 한단디요?"

"야! 이놈아, 니 놈이 미쳤다고 해도, 보고 싶은 걸 어떻게 하란 말이야?"

성 도령은 책을 읽을 수 없었다. 이팔청춘에 처음 느낀 첫사랑에 성 도령의 마음은 송두리째 빼앗겨 춘향이 이외 아무것도 생각나지 않았다. 눈을 감아도 잠을 자도 밥을 먹으면서도 춘향의 얼굴이 떠올랐다.

춘향을 보고 싶은 마음은 사랑의 열병이 되어 펄펄 끓어올랐다. 성 도령은 춘향에게 편지를 시로 써서 보냈다.

> 광한루 누각에 춘풍 불어올 때
> 봄의 화신(花神)인 양 찾아온 그녀
> 하늘이 맺어 준 인연이었나
> 우린 사랑하며 영원을 약속했지
> 햇살 반짝이는 냇물에 오작교 걸려 있고
> 그녀 머물던 자리엔 꽃향기 스며 있네
> 버선발 하얀 예쁜 자태로 그네 뛰던 그녀
> 나부끼는 옷자락은 천사의 날개일까
> 수양버들 사이로 하늘하늘 날았네
> 그대는 피어나는 매화꽃 송이
> 그대 미소는 활짝 핀 장미 같아
> 하늘의 달도 별도 시샘하고
> 먼 산은 발돋움하며 그녀를 바라보네
> 그대 아름다움은
> 내 영혼 속에 깃들어
> 춘하추동 밤낮 얼굴 마주 보며
> 한세상을 그대와 함께하리

성도령은 왕희지 필법으로 일필휘지 편지를 써서 방자를 불러 춘향에게 가져다주라고 말했다. 방자는 투덜거렸다.

"도련님, 글공부는 안 하고 춘향에게 연애편지만 쓰면 춘향이한테 가져다주지 않고 사또님에게 바로 가져다줄 수도 있는디."

"야! 이놈이 지금 너 뭐라고 했나. 너 나 죽는 꼴 보려고 그러느냐?"

"알았어요. 죽지 마셔요. 도련님이 죽으면 내가 먼저 사또님한테 맞아 죽을 것입니다요."

"잔말 말고 춘향에게 가져다주고 답장 받아 오너라. 오가는 길에 주막에 들러 술 퍼마시다가 편지 잃어버리지 말고."

"예 알기는 알겠는데 도련님 연애편지 심부름은 이번이 마지막입니다요."

"야! 이놈아, 이번이 처음인데 언제 편지 심부름을 시킨 적이 있느냐?"

"야! 알겠구만요. 춘향이는 좋겠다. 한양에서 온 사또 자제 도령님의 사랑을 독차지했으니까,"

"야! 이놈 방자야, 무슨 사설이 그렇게 많냐? 빨리 가지 않고…."

"그러나저러나 도련님은 춘향이 마음을 빼앗았는디, 이놈의 방자는 향단이 마음을 언제 빼앗노? 글자를 알면 이놈도 향단이한테 연애편지나 쓸 것인디, 내 팔자가 종놈으로 태어나서 까막눈이니 편지노 쓸 수 없고, 도련님 향단이한테 이놈 대신 연애편지 써 줄 수 있을까요?"

"야! 이놈아, 향단이가 글을 읽을 줄 아나? 향단이 타령 그만하고 빨리 가."

"알았구만요."

방자는 성 도령에게 약이라도 올리려는 듯이 편지를 받아 들고 꾸물꾸물 어기적거리며 별당을 나섰다.

방자는 춘향 집에 당도하여 큰 소리로 외치며 대문을 들어섰다.

"춘향아! 도련님 연애편지 가지고 왔다."

춘향은 별당에서 방자의 소리를 듣고 달려 나왔다.

춘향은 편지를 받아 들자, 방자가 말했다.

"춘향아, 도련님이 답장을 받아 오라고 했는디, 편지 읽고 답장 써 주거라. 그리고 향단이 어디 있나, 장래 서방님이 왔는디, 막걸리라도 한 사발은 주어야 할 거 아니냐?"

옆에 있던 향단이 발끈하며 말했다.

"장래 서방님! 누구 마음대로, 내가 싫어하는지도 모르고 지 멋대로 씨부렁거리는 이 멍청이 자식아."

"향단아! 나는 네가 그렇게 앙탈 부려도 왜 이렇게 예쁘고 귀여워 보이지. 나는 너한테 장가들 거야. 향단이 없는 세상에 나 혼자 살아갈 수 없을 것 같다."

"이 덜떨어진 등신아, 누가 네 놈한테 시집간대?"

그때 춘향이 향단을 보고 말했다.

"향단아, 방자에게 어제 사다 놓은 돼지고기를 삶아서 막걸리를 내어다 주어라."

춘향은 도령님의 편지를 가지고 온 방자가 고마워 향단이에게 돼지고기 안주에 술을 주라고 했다.

향단이는 입을 비쭉이며 불만스럽게 말했다.

"야."

방자는 춘향이의 말을 듣고 향단이에게 말했다.

"봐라! 너는 벌써 장래에 서방님이 될 내 술상을 차려야 하잖나?"

약이 오른 향단은 방자를 향하여 허공에 주먹질하면서 부엌으로 들어갔다.

춘향은 성 도령의 글을 읽으니 구구절절히 예쁘다 사랑한다고 쓰여 있어 너무 황홀했다. 한양에서 온 사또 아들 글방 도령을 지난번 광한루에서 보고 첫눈에 반해 평생을 약속하고 이제 육례는 못 올려도 며칠 후 보름날이면 혼인한다고 생각하니 가슴 설레었다. 춘향은 비록 기생 월매의 몸에서 태어났으나 양반 씨로 뼈대 있는 집안 후손으로 천자문과 명심보감은 물론 소학까지 공부하여 시에도 능했다. 춘향은 성 도령의 편지를 읽고 답장을 썼다.

> 벌 나비 날갯짓에 꽃향기 흩어질 때
> 어쩌다 만난 도련님은
> 한양에서 온 빛나는 남자이고
> 나는 대나무 향 그윽한 남원고을
> 기생 딸이지만
> 우리 만남은 우연이 아니라
> 하늘이 맺어 준 인연이지요
> 한 백 년 함께하자는 도련님 언약에
> 온 세상 다 얻은 듯
> 가슴 두근거려 잠 못 드는 밤
> 달빛 젖은 정원을 홀로 거닐며
> 도련님 생각에 이 밤이 설렙니다

편지를 써서 방자 편으로 보냈다. 방자는 향단이 차려 주는 돼지고기 두루치기에 막걸리 몇 사발을 걸쳐 알딸딸한 기분으로 흥얼거리며 돌아왔다.

"도련님 연애편지 전하고 춘향 답장 받아 왔습니다요."

방자는 혀 꼬부라지는 소리로 말했다.

"방자야! 이놈, 오면서 또 주막에 들러 술 퍼마셨구나. 편지 잃어버린다고 주막에 들리지 말라고 일렀거늘…."

"아닙니다요. 춘향이 편지 읽고 답장 쓸 동안 술상을 차려 주어 한잔 하고 왔습니다요. 크엄…."

성 도령은 답장을 읽고 춘향을 당장 만나지 못하는 아쉬움을 달랬다. 선녀 같은 춘향이 동쪽 하늘 밑 자기 집으로 돌아가니 만나기로 한 보름날이 너무 멀어 10년같이 느끼면서 처음 만나던 날 춘향이 광한루에서 집으로 돌아가던 아름다운 뒷모습이 눈에 선하게 떠올랐다.

나날이 지나는 것이 그렇게 지루하여 오지 않을 것만 같던 보름날이 되었다. 아침부터 성 도령은 설레었다. 꿈에도 그리던 여인을 만나는 날이다. 부모님이 주선하고 친척과 온 동네가 떠들썩한 육례를 치르며 올리는 결혼식이 아니라 부모님 몰래 장가가야 한다는 불경과 불효라는 부담감과 미안함이 춘향을 향한 불타는 마음에 묻혀 버렸다. 이제 누가 뭐라고 해도 이 세상이 오늘로 끝난다고 해도 춘향을 만나지 않고는 공부도, 아무 일도 할 수 없을 것 같았다. 날이 새고 해가 뜨자 빨리 해가 지고 달이 뜨도록 기다려졌다. 시간은 더디게 흘러갔다. 아침을 먹고 책을 폈으나 글자가 머리에 들어오지 않았다. 책에 쓰인 글씨 한자 한자가 춘향의 눈이 되고 눈썹이 되고 예쁜 코와 입술이 되어 성 도령에게 다가왔다. 춘향, 그녀가 없으면 이 세상에서 살아갈 수 없을 것 같았다. 춘향이 없는 세상은 물 없이 말라 모든 것이 비틀어져 죽은 황량한 사막과 같을 것이라는 생각이 들었다. 저녁때 아버지 성 사또가 퇴청하면서 아들의 공부하는 모습을 보러 들렀다.

"고을 일에 바빠 며칠 동안 네 얼굴을 보지 못했구나. 글공부는 잘하고 있느냐?"

"예. 아버지."

성 도령은 아버지에게 춘향의 이야기를 꺼낼 수 없었다. 만약에 아버지가 아들이 춘향과 백년가약을 한 줄 안다면 불호령이 떨어질 것이었다. 성 도령은 아버지 성 사또에게 자신의 속마음을 알릴 수 없었다.

"열심히 공부하여 진사시에 응시해야 한다. 한양에서는 네 나이 또래에서 진사시에 응시하는 사람이 있단다. 쉽지 않은 일이지만, 열심히 공부하면 이룰 수 있다."

"예, 아버지 말씀 명심하겠습니다."

"그리고 너를 이때까지 가르쳐 준 조경남 스승님께도 시간이 있을 때마다 자주 찾아가 문안드려라. 조경남 스승은 학문뿐만 아니라 무예에도 능해 임진왜란 때 의병장이었느니라. 조경남, 그 사람은 배울 것이 많은 분이다."

"예. 아버지 분부대로 하겠습니다."

성 사또는 안채로 들어갔다. 이제 별당에는 성 도령과 방자뿐이었다. 식구들 아무도 오지 않는 공간이었다.

동산 위에 밝고 둥근 보름달이 휘영청 떠올라 중천 가까이 오는 이

경이 되자 성 도령은 방자를 데리고 식구들 몰래 집을 나섰다. 광한루 동쪽 춘향의 집을 찾아가는 길이었다. 성 도령은 처음 가는 길이지만, 방자는 몇 번이고 다녀 밤길도 익숙했다. 길가 논에서는 개구리가 울고 밤이슬이 풀잎에 맺혀 있었다. 밤이지만, 보름달 밝은 빛에 길 위잔 돌부리까지 훤하게 보였다. 방자는 개울 건너 대나무 숲지나 앞서 가며 성 도령을 춘향의 집으로 안내했다.

춘향모 월매는 사또 아들 성 도령과 딸 춘향이 광한루에서 백년가약을 약속했다는 이야기를 듣고 사또 아들을 사위로 맞아들이는 것이 좋기는 하지만, 한편으로 걱정되었다. 사또와 마나님이 알고 정식으로 육례를 올리는 것도 아니고 그냥 합방하여 혼인하는 날이라 마음이 불안했다. 그래도 무남독녀인 딸, 춘향이 오늘 새신랑과 신방을 차리는 날인데 육례는 아니지만, 할 수 있는 격식을 최대한으로 차렸다. 청사초롱에 불을 켜서 대문에서부터 집 안팎에 걸고 장터 어물전에 가서 방어, 홍어, 문어, 갈치 사고 푸줏간에서 소고기와 돼지고기 사서 안주를 장만하고 술은 향이 좋은 국화주와 과일도 골고루 준비했다.

성 도령이 춘향의 집에 도착하자 집 안팎에 청사초롱이 걸려 환하게 불이 켜져 있었다. 방자는 대문 앞에서 큰 소리로 말했다.

"이리 오너라. 남원고을 사또 아들 성 도령이 듭신다고 여쭤라."

대문이 열리고 춘향 모 월매와 향단이 달려 나오고 춘향이 뒤따라 나왔다. 월매가 말했다.

"도련님 누추한 이곳까지 오시느라고 수고 많았습니다."

"장모 처음 뵙소. 법도가 그래서 장모께 큰절을 올리지 못하여 미안하오."

"괜찮습니다. 쉰내는 도련님을 오서서 큰 영광이옵니다."

"아니요, 춘향을 낳아 천하일색으로 길러 저를 사위로 맞아 주서서 큰 영광이오."

"아직 도련님께 내 딸 춘향과 혼인을 허락하지 않았습니다. 도련님 여기서 이러지 말고 방으로 들어가 이야기를 나눕시다."

뜰에는 작은 연못도 있고 뒤편 회화나무에는 그네가 매어져 있었다. 월매는 성도령과 춘향을 데리고 방으로 들어갔다. 방자는 문간방에서 기다리고 향단은 부엌에 들어가 준비해 놓은 음식상을 차리기에 바빴다. 값나가는 비싼 살림살이는 아니지만 깔끔하게 꾸며진 방이며 반들거리게 잘 닦아 길들여 놓은 마룻바닥이며 온 집안이 정결했다.

춘향 어머니 월매가 말했다.

"지난 단옷날 광한루에서 내 딸 춘향과 사또 아드님 성 도령이 백년언약 하였다기에 무남독녀인 과년한 춘향의 어미로서 여러 가지로 생각하며 걱정하였소."

"장모, 그럴 거이오, 고이 기른 외동딸을 보내는데 육례도 못 치르고 양가 어른들의 승낙도 없이 신방을 차려 준다는 것이 얼마나 걱정이 되겠소. 이해하오."

그러자 춘향 모 월매는 춘향이 태어나 자란 이야기를 했다.

"내 일찍이 평생 일부종사를 못 한 기녀로 살아왔습지요. 늦게 만난 한양에서 온 성도 이름도 모르는 잘 생긴 참판 영감님이 남원에 왔을 때 나를 원하기에 춘심에 못 이겨 하룻밤 수청 하였사온데 뜻밖에 잉태되어 낳은 것이 저것이라, 그 사실을 아비인 참판 영감님께 연락하려고 해도 성도 이름도 몰라 연락할 길이 없어 저것을 혼자서 길렀지요. 그러느라고 내 청춘은 다 지나가고, 저 여식 춘향만이 내 인생 전부였소. 저 어린 것을 끌어안고 눈물도 많이 흘렸소. 어려서 잔병조차 그리 많고 일곱 살에 글을 읽혀 먼저 천자문을 시작하여 동몽선습, 명심보감, 소학 모두 떼고, 집안을 다스리고 화합하여 순종하는 마음을 낱낱이 가르치니 성도 이름도 모르지만, 뼈대 있는 양반의 씨라 모든 일에 널리 통하니 삼강행실 뉘라서 내 딸이라 하리오. 집안 형편이 부족하니 재상집은 당치 않음이요, 사대부는 높고 서민은 낮아 혼인이 늦어 가매 밤낮으로 걱정이었으나 도련님 말씀은 잠시 춘향과 백년가약 한단 말씀이오나 그런 말 마시고 춘향을 잊으시고 사옵소서."

춘향 모는 속마음에서 나온 말이 아니라 장차 성 도령이 사나이 젊은 기분에 꽃을 찾아다니는 벌 나비처럼 지금은 춘향에게 목을 매지만 언젠가는 금쪽같은 딸 춘향이 버려질지도 모른다는 생각에 미리 대비하는 말이었다. 춘향과 약조하고 열흘 동안 오매불망 춘향과의 첫날밤을 치를 오늘을 기다려 왔던 성 도령은 기가 막혔다.

"호사다마라고 장모 말 듣고 보니 앞으로 마가 끼어들지 몰라 걱정하는 것은 이해하오. 그러나 나도 총각이고 춘향도 처녀인데 피차에 육례를 못 올릴망정 사나이 대장부가 한 입으로 두말하오리까?"

그리고 성 도령은 말을 이었다.

"내 춘향에게 첫 장가드는 것이오니 염려 마오. 이팔청춘 대장부 약속을 믿고 박대하지 말고 춘향을 나의 아내로 허락하여 주고 오늘 밤 합방을 시켜 주면 백년가약을 맺고 일평생 변하지 않으리다."

춘향 모 월매는 성 도령의 이 말 듣고 심히 안심되어 춘향과 합방을 허락했다. 그리고 춘향이 거처하는 후원 별당으로 성 도령을 안내했다. 후원 별당 마루에서 교자상 위에 정화수 떠다 놓고 춘향 모와 향단과 방자가 지켜보는 가운데 성 도령은 마주 절하며 맹약했다.

"나, 성이성은 그대 춘향을 아내로 삼아 일평생 지아비로서 그대를 위해 살아갈 것을 맹세하오."

"저, 춘향은 도령님의 아내로서 평생을 도령님의 뜻을 받들면서 지어미로서 살아가겠나이다."

춘향과 성 도령은 맞절하며 혼례를 대신했다.

간단한 혼례 절차를 마치고 춘향의 방으로 들어갔다. 며칠 동안 준비하여 놓은 주안상을 차려 오고 향기 나는 술을 은주전자에 담아와 합환주를 준비했다. 성 도령과 춘향은 이팔청춘 16세라고는 하나 처음 남녀 둘만 동석하니 서먹한 분위기였다. 성 도령은 책방 도령답게 지필묵으로 왕희지 필체로 시를 썼다.

오작교 아래 한줄기 물은
흘러 흘러가서 다시 돌아오지 않지만
서산 위 걸린 달은
기울면 차오르고 차면 기울겠지
인생사 모두가 이런 것을
즐기지 않고 무엇을 기다릴까
이 세상은 잠시 들렀다 쉬고 가는
나그네 봉놋방 같은 것
백 년을 살다 가도 지나고 나면 하루살이 같다네
몇 잔 술에 오늘 하루 만족하나니

인생살이 무얼 위해 그리도 아등바등 살아 갈까
　　　취하면 비틀대고 술 깨면 몽롱하니
　　　오래도록 텅 빈 세상에 그대와 있고 싶네
　　　춘향이 나를 위하여 권주가를 부르니
　　　그대의 미색에 취해 자꾸만 술잔을 드는구나

　성 도령은 일필휘지로 시를 써서 춘향에게 보여 주었다. 춘향은 시를 읽고 감격하며 말했다.
　"서방님 시에는 인생철학이 담겨 있네요. 어쩌면 우리도 이와 같아 아무것도 없는 텅 빈 세상에서 백 년을 같이 살다가도 떠날 때는 되돌아보면 하루를 산 것 같겠지요."
　"춘향, 그렇게 말이오. 천하일색인 그대와 이렇게 마주 보고 있으면 하루살이 같은 인생이라도 즐겁기만 하오."
　"그래요. 나도 시를 쓸게요. 서방님처럼 인생철학이 담겨 있는 깊은 뜻을 가진 오묘한 시가 아니라 오늘 서방님을 만나 우리 평생 기억에 남을 초야를 치르는 시를 쓸게요."
　춘향은 성 도령의 붓을 받아 들고 시를 쓰기 시작했다. 성 도령처럼 일필휘지로 휘갈겨 쓰는 왕휘지 필체가 아니라 구양수의 서체로 또박또박 예쁜 해서체로 쓰는 시였다.

　　　화촉동방 밝힌 불로
　　　벽면 그림자 번져 가고
　　　밤 깊어 북두칠성 별자리도 옮겨 가는데

은하수는 하늘 가로질러 흘러가네
　　수줍음 안고 함께 베는 베개에
　　낭군님 사랑이 머물고
　　머리에 꽂은 비녀는 바닥에 떨어져 있네
　　서방님과 함께 꾸는 단꿈 깨지 않게
　　닭아 닭아 울지 마라
　　이 밤이 새지 않게

춘향이 시를 써서 보이자, 성 도령은 말했다.
"참 좋은 시요. 처음 만난 우리가 서로 사랑하며 초야를 보내는 즐거움과 애절함이 담겨 있네요."
"우리 영원히 이렇게 살아요. 서방님."
"그래요, 춘향이 이렇게 좋은 시를 써서 주었으니, 차운시를 쓰지 않을 수 없지."
"좋아요. 서방님과 이렇게 둘만 있으니, 가슴 떨리고 너무 좋아요."
성 도령은 춘향에게서 붓을 받아 시를 썼다.

　　원앙 춤추는 금침 위에서
　　그대와 나 첫날 밤
　　천년 두고 변치 않으리
　　달빛은 장막 사이로 살며시 훔쳐보고
　　아름다운 그녀와
　　세상 잊은 둘만의 공간에서

깊고 은밀한 성벽도 허물어 버리고
수줍은 숨결이 방안을 채우네
그녀 황홀한 우윳빛 살결 요동치며
감미로운 비성(鼻聲)에 사랑은 깊어지고
향로엔 사향노루 향기
옅게 피어 방안을 감도네

성 도령이 춘향의 시에 차운시를 써서 보여 주었다. 그러자 춘향이 말했다.

"서방님, 우리 둘만의 시이네요. 써 주신 시 영원히 간직하겠어요. 그런데 지금 서방님과 우리가 첫날 밤 시만 쓰고 있잖아요. 이제 합환주를 들고 서방님 시처럼 자도록 해요."

"맞아, 춘향이 말하지 않아도 처음 우리 신방에 들어올 때부터 춘향을 안고 싶었지만, 참으며 시를 쓴 거요."

"서방님 소녀도 마찬가지였어요. 이제나저제나 서방님이 안아 주도록 기다렸어요."

춘향은 은주전자를 들고 술잔에 술을 따라 섬섬옥수 고운 손으로 성 도령에게 올렸다.

성 도령은 술잔의 술을 반만 마시고 춘향에게 주니 춘향이 두 손을 고이 받쳐 들고 받아 마시려고 하였다.

"아니오. 내 손으로 그대 춘향의 예쁜 입술에 술잔을 대어 마시게 하겠소."

"예, 서방님."

춘향은 부끄러워하면서 성 도령이 가져다 앵두 같은 입술에 대어 주는 술잔의 술을 마시며 행복에 겨웠다.

"이제 술상을 윗목으로 밀어요."

술상을 한쪽으로 밀어 두고 원앙침 깔고 성 도령은 춘향의 옷고름을 풀었다. 춘향은 부끄러워 고개를 돌리며 귀밑까지 빨갛게 달아오르며 가슴이 콩닥콩닥 뛰었다. 윗옷을 벗기고 조심스럽게 속옷을 벗기자, 백옥 같은 춘향의 속살이 드러났다. 이팔청춘이 되도록 아무에게도 보여 주지 않았던 춘향의 선녀처럼 곱고 아름다운 속살이었다. 치맛말기를 풀자, 춘향이 말했다.

"너무 부끄러워요. 불을 꺼요."

성 도령은 불을 끄면 백옥같이 아름다운 춘향의 살결을 볼 수 없다. 손과 몸 촉감으로만 춘향을 느낄 수밖에 없지 않은가. 한 번도 보지 못했던 옷 벗은 여인의 나신, 거기다가 선녀처럼 예쁜 춘향의 몸 구석구석을 눈으로 보고 그 아름답고 신비스러운 신혼 초야 나신인 춘향 모습을 오래도록 기억 속에 간직하고 싶었다.

"불을 끄면 선녀처럼 예쁘고 백옥보다 더 아름다운 그대의 살결을 볼 수 없잖소. 불을 끄지 않겠소, 별낭에는 아무도 오지 않아 우리 둘뿐인데…."

"아이참, 서방님두…."

성 도령은 춘향의 치마를 살며시 벗기고 속옷을 벗겼다. 거추장스러운 옷을 벗어 버린 선녀처럼 예쁜 춘향의 나신이 드러났다. 세상에서 가장 잘 깎아서 조각한 옥을 여기에다 비교할 수 있으리오? 성 도령은 숨이 넘어갈 것만 같이 가슴이 쿵쿵 뛰었다.

이 시간 별당 춘향의 방문 앞에서는 남자와 여자 둘이 손가락에 침을 묻혀 창호지 구멍을 뚫고 들여다보는 눈이 있었다. 옛날부터 신혼 초야는 집안사람들이나 일가친척들이 창호지에 문구멍을 뚫어 구경하는 산적이라는 풍습이 있었다. 자정이 넘은 시간 방자와 향단은 각자 주인들의 신혼 초야를 훔쳐보고 있었다.

성 도령은 장난기가 발동해서 등을 돌려 춘향을 보고 업히라고 했다.

"아이참! 서방님, 너무 부끄러워요."

"평생 우리는 이렇게 살 건데, 지금은 처음이니까 부끄러워도 금방 정이 들어 익숙해지면 앞으로는 자주 업어 달라고 할 거요."

"아이참! 서방님은 못 말려."

춘향은 못 이기는 채 부끄러워하면서 성 도령의 등에 업혔다. 숨어서 보고 있는 방자와 향단은 못 볼 것을 본 듯이 가슴이 콩닥콩닥 뛰고 얼굴이 붉게 달아올랐다. 그러면서도 그다음에 일어날 일 궁금하여 뚫어져라 문구멍을 들여다보고 있었다.

문구멍으로 보고 있던 방자는 슬그머니 향단의 손을 잡았다. 향단은 방자의 손을 뿌리치는 척하면서 손목을 맡겼다. 방자는 향단 손을 잡고 연못가 평상 위로 갔다. 밤은 깊어 삼경이라 춘향의 어머니 월매도 깊은 잠에 빠져들었는지 집안에는 인적 없이 고요했다. 아무도 오는 이도 보는 이도 없었다. 방자는 향단을 끌어안았다. 향단은 며칠 전 혼인하자는 말에 펄쩍 뛰며 앙탈을 부리던 때와는 달리 방자가 하는 대로 몸을 맡겼다. 그리고 누가 먼저라고 할 것 없이 두 입술이 포개졌다. 방자와 향단의 진한 입맞춤은 오래 계속되었다. 방자는 너무 황홀했다. 뒷산 숲에서 쭉쭉 새 우는 소리가 들렸다. 향단은 가벼운 신음을 내며 방자가 하는 대로 따랐다. 둘은 평상 위에 스르르 쓰러졌다. 조금 전에 본 성 도령과 춘향, 두 상전이 하던 모습을 그대로 따라 하고 있었다. 환한 달빛이 연못가 평상 위의 두 남녀를 비추고 있었다. 얼마나 시간이 흘렀을까 방자는 번쩍 정신이 차려져 일어났다. 향단은 아직도 밤이슬이 촉촉이 내리는 평상 위에 그대로 누워 황홀경에 빠져 있었다. 울다가 지쳤는지 쭉쭉새 소리도 들리지 않고 은하수가 서쪽으로 기울여져 가는 하늘에서 별똥별이 길게 꼬리를 끌면서 흘러내리고 있었다.

성 도령은 식구들이 잠든 이경이 지나면 방자를 앞세워 춘향의 집으로 향했다. 향단도 방자에게 시집 안 가겠다고 그렇게 큰소리치더니, 춘향과 같은 날 방자와 초야를 치르고 나서는 방자가 오기를 손꼽아 기다리고 있었다. 두 노비와 두 상전은 밤마다 행복의 연속이었다. 봄이 가고 장맛비 내리는 여름이 오고 가을과 함께 제비도 강남으로 떠나가고 흰 눈이 펄펄 내리는 겨울이 되어도 성 도령과 춘향의 사랑놀이는 식을 줄 몰랐다. 성 도령은 책을 펴도 머리에 한 글자도 들어오지 않았다. 밤새 사랑하고 새벽에 돌아와 아침을 먹고 책을 펴고 있으면 졸음이 쏟아졌다. 오전에는 한잠 자는 것이 버릇되었다. 그리고 오후에 책을 펴고 있으면 춘향의 모습이 눈앞에 아른거리며 떠올라 글이 읽히지 않았다. 만나고 돌아서면 또 보고 싶었다. 그렇게 일 년이 지나가고 있었다. 꿈같은 일 년이었다. 이제 춘향이 없으면 어떻게 살아가야 하느냐 하고 춘향에게 푹 빠져 있었다. 이 세상 모두가 춘향을 위해 존재하는 것 같았다. 춘향을 위하는 일이라면 어떤 일이라도 다할 것 같은 생각이 들었다.

 춘향은 밤이면 찾아오는 서방님을 위하여 오전에는 낮잠을 자고 저녁때가 되면 몸단장했다. 언제나 깨끗하게 목욕하며 몸 구석구석을 닦아 내고 창포물로 삼단같이 검은 머리를 감아 곱게 빗고 얼굴에는 분꽃 씨를 말려 빻아 만든 분가루로 곱게 단장하고 나비 날개 같은 옷을 입고 기녀들 방에서 쓰는 사향노루 향을 원앙침 이불 밑에 숨겨두고 서방님이 오도록 기다렸다. 서방님이 오면 이제는 부끄러움 같은 것은 없었다. 춘향은 서방님과 함께하고부터 세상을 다 얻은 것 같았다. 낮으로 조용히 혼자 있을 때면 이 행복, 이 황홀함이 영원히 계속되도록 칠성님께 마음속으로 빌었다. 그러던 어느 날 밤 서방님은 얼굴 가득 수심에 싸여 침울했다.

 "서방님, 무슨 걱정이라도 있사옵니까? 소녀가 무슨 잘못이라도 하였는지요."

 "아니오, 아버님이 남원 부사를 끝내고 한양 조정으로 오라는 교지가 내려왔소. 내일 모래면 식구들이 한양으로 떠나게 되었소."

 "뭐라고요! 그러면 소녀도 따라가면 되지 않사옵니까?"

 "그럴 수는 없어. 춘향과 나의 혼인 관계를 아버님과 어머님에게 말씀드리지 못했소."

 "아이고! 이걸 어쩌나?"

 "아직 나는 집안에서 결혼하지 않은 총각으로 알고 있는데, 춘향, 나는 어떻게 하여야 하오?"

 춘향도 너무나 갑작스러운 일이라 어떻게 하여야 할지 생각나지 않았다. 춘향은 어머니 월매에게 서방님의 아버님이 남원고을 부사에서 한양으로 오라는 교지를 받았다는 이야기를 했다. 월매는 잔뜩 화가 나서 이 도령을 보고 말했다.

"내가 이럴 줄 알고 첫날에 다짐받았잖소. 아직 청춘이 구만리 같은 내 딸이 평생 혼자 살게 될 거 아닌가? 사또님이 뭐라 하더라도 데려가야지. 사또님이 정실로 받아들일 수 없다면 첩실로라도 데려가야지, 정승판서들은 첩실을 두면서, 장가 안 간 총각은 첩실을 두면 안 된다는 법이 없잖소."

그리고 옆에 있던 딸 춘향을 보고 말했다.

"춘향아, 죽든 살든 너는 성 사또 집 식구가 되었으니 따라나서도록 하여라."

"어머님. 그런 말씀 마옵소서. 서방님의 하늘 같은 언약 소녀는 믿사옵니다. 서방님께서 한양 가서 과거에 급제하여 소녀를 데리러 올 것을 소녀는 믿어 의심하지 않사옵니다."

이튿날 성 도령은 마지막으로 춘향의 집을 찾아갔다. 춘향은 성 도령을 보고 말했다.

"서방님, 걱정하지 말고 한양으로 가시옵소서. 한양 가서 소녀를 잊고 과거 공부에 매진하소서. 그리고 과거에 급제하거든 소녀를 잊지 말고 불러 주소서. 그날이 십 년이든 이십 년이든 소녀는 서방님이 데리러 오는 날을 기다리고 있을 것입니다."

"춘향, 그대의 뜻이 가상하오. 내 춘향과 맺은 언약은 이 몸이 늙어서 할아버지가 되어도 잊지 않고 꼭 데리러 올 것이오. 우리 둘이 광한루에서 한 맹약은 태산이 변하여 개미 두덩이 되고 상전이 변하여 벽해가 되어도 꼭 지킬 것이외다."

"서방님 말씀 평생 가슴에 간직하고 호호백발 할머니가 되어도 서방님을 기다리고 있겠나이다. 서방님 급제 후에 꼭 찾아 주시옵소서."

"고맙소. 오늘이 춘향과 훗날 만날 때까지 마지막 밤이오. 이 몸이 늙어서도 죽어서 저승으로 가지 않은 한 춘향과 한 약속을 꼭 지킬 것이오."

"사랑해요. 서방님!"

둘은 처음 만나 신방을 차린 첫날처럼 온밤을 지새웠다. 이 밤이 지나면 몇 년이 될지 십 년이 될지 헤어져 있어야 한다는 생각에 지나가는 밤이 아쉬웠다. 닭이 울어 새벽이 되어 날이 밝자 성 도령은 주섬주섬 옷을 입었다. 이렇게 춘향과 잠자리를 하고 일어나 옷을 입는 것도 오늘이 마지막이 될지도 모른다는 생각에 울컥하는 기분이 들어 눈가에 이슬이 맺혔다. 춘향도 일어나 옷을 입었다. 집으로 돌아가기 전에 성 도령이 말했다.

"춘향! 내가 데리러 올 때까지 몸조심하고 잘 있으시오."

"서방님 한양에 가서는 소녀를 잊고 과거 공부에만 전념하소서. 그리고 하루라도 빨리 과거에 급제하여 소녀를 데리러 오소서. 소녀 기다리고 있겠나이다."

월매와 향단도 눈물을 흘리며 성 도령을 배웅했다.

"장모, 그동안 고마웠소. 과거 급제하여 춘향을 데리러 올 테니 그때까지 백옥 같은 춘향의 몸 잘 보존하게 하여 주오."

"성 서방, 한양 가서 열심히 공부하여 과거 급제하면 하루도 지체 말고 불쌍한 우리 딸 춘향이를 데려가기를 바라오."

"알겠소, 장모. 사나이 철석같은 마음 변하지 않을 테니 믿고 기다리이소."

　옆에 있던 향단이가 울면서 말했다.

　"서방님, 안녕히 가시옵소서, 한양 가서도 우리 춘향 아씨 잊지 마시옵고 꼭 데려가시옵소서."

　"알았다. 향단아. 너도 방자와 결혼하여 아들딸 낳고 잘 살아라."

　그렇게 성 도령은 춘향과 이별했다. 희뿌옇게 밝아오는 여명 지나 어두움이 물러가고 이른 아침이었다. 성 도령은 춘향의 집을 나와 무거운 발걸음을 옮겼다. 멀어져가는 성 도령의 뒷모습을 춘향과 월매 향단은 눈물을 흘리며 바라보고 있었다.

5. 스승 조경남

　남원 부사로 부임하는 아버지를 따라온 성이성은 13세 때부터 조경남 스승의 가르침을 받았다. 스승 조경남은 문무를 겸비한 선비로 본관은 한양이고 자는 선술(善述)이며 호는 산서(山西)였다. 조경남은 선조 3년(1570) 남원에서 출생하여 조실부모하여 외조모 손에서 자라났다. 조경남은 젊어서는 의병장이 되어 나라를 구하는 데 앞장섰으며 그는 말년에는 초야에 묻혀 스스로 산서병옹이라 하며 후학을 양성했다.
　조경남은 일찍부터 일기를 쓰기 시작해 주위에서 일어나는 일과 시대 상황뿐만 아니라 나라의 일까지 꼼꼼하게 일기에 기록했다. 그가 후세에 남긴 일기는 아주 중요한 자료로 난중잡록과 속잡록 같은 임진왜란 전사 기록이 되어 조선 역사의 중요한 사료가 되었다. 그는 율곡 문도인 조헌의 문하에서 학문을 익혔으며 과거는 병과에 급제하였으나 출사하지 않았다. 그는 임진왜란과 정유재란 때에는 의병을 모아 외적을 무찔렀다.
　조경남은 늦은 나이에 과거에 합격하였으나 어지러운 정치 현실에 환멸을 느껴 벼슬길에 나가지 않고 낙향하여 후학을 가르쳤다. 성이성은 조경남 문하에서 학문을 익히다가 한양으로 올라가 공부를 계속

하여 과거에 급제해, 후일 호남지방의 어사가 되어 내려왔다.

성 어사는 스승이었던 조경남을 찾아와서 남원에서 공부하던 때를 회상하며 하룻밤을 같이 지냈다. 조경남은 문무를 겸비한 호탕한 성격이라 사제간이지만, 성 어사에게 스스럼이 없었다. 스승 조경남은 국가의 전란이나 정치뿐만 아니라 지방의 전해오는 전설을 모아 기록하는 것을 좋아했으며 자기가 기록한 일기가 후세에는 중요한 역사적인 사료가 되리라고 생각하며 보고 들은 실제적 사실을 꼼꼼하게 기록했다. 성 어사는 고향 영천의 이웃 봉화에서 전해오는 전설을 스승에게 이야기했다.

봉화고을 재산과 도산 사이에 눈물고개라고 불리는 고개가 있습니다. 눈물고개의 전설은 신라 선덕여왕의 아들 효도 왕자가 궁중을 떠나 전국을 유람 다닐 때의 일이 전해오는 이야기입니다. 서라벌 궁중에서만 생활하던 효도 왕자는 하인 한 명만 데리고 신라 땅 북방을 유람하다가 오월 단오절에 내기군 고사마현(봉화)인 재산에 이르러 주막에서 숙식하며 늦은 아침에 처녀들이 이야기하며 깔깔대는 소리에 창문을 열고 내다보았습니다. 맑은 시냇물이 흐르는 버드나무 밑에서 아리따운 처녀들이 그네를 뛰고 있었습니다. 왕자는 처녀들의 추천놀이를 물끄러미 바라보다가 그중에서 눈에 띄게 예쁜 처녀에게 마음이 끌려 하인을 시켜 집과 이름을 물어 알아 오게 하니, 천민인 백정의 딸 월선이었습니다. 왕자는 온종일 그 처녀의 아리따운 모습이 머리에서 떠나지 않았습니다. 밤이 되어 왕자는 월선의 집에 찾아가자, 백정인 아버지는 서라벌에서 온 왕자인 것을 알고 주안상을 차려 대접하고 딸 월선과 신방을 차리는 것을 허락했습니다. 총각 왕자와 백정의 딸 월선은 합환주를 서로 주고받은 뒤 잠자리에 들어 사랑을 맺었습니다. 그렇게 몇 달을 월선과 밤낮으로 황홀한 사랑에 빠져 지내는 왕자의 소식을 서라벌 궁중에 있는 어머니 선덕여왕이 듣고 크게 노하며 천민의 딸을 세자빈으로 맞아 드릴 수 없다며 급히 환궁하라고 연락했습니다. 효도 왕자는 어머니인 선덕여왕의 어명을 어길 수 없어 눈물로 월선과 헤어질 수밖에 없었습니다. 월선은 왕자를 따라 재산에서 이십여 리 떨어진 고개까지 와서 눈물로 이별했습니다. 왕자도 눈물을 흘리며 후일 왕비가 될 세자빈에게 줄 금비녀를 사랑하는 월선에게 주고 떠났습니다. 신라 효도 왕자와 월선이 눈물을 흘리며 이별한 고개라고 사람들은 그 고개를 천년이 지난 지금까지 '눈물고개'라고 부르고 있습니다.

  그 후 월선은 왕자를 생각하고 평생 수절하며 왕자가 준 금비녀를 머리에 꽂고 효도 왕자를 그리워하며 살았다는 전설이 있습니다.

  스승 조경남에게 고향 봉화의 전설을 이야기한 성이성 어사는 분위기가 무르익자, 남원에서 생활하던 이팔청춘 16세 때 기녀의 딸과 사랑했던 이야기를 했다. 성 어사는 안타깝게 젊어서 죽은 춘향의 묘를 다녀온 지 얼마 되지 않아 더 애틋했다. 제자의 이야기를 듣고 천민인 기생의 딸과 고을 원 아들의 사랑 이야기는 반상의 계급이 엄존했던 조선 사회에서 스승 조경남에게는 신선한 충격으로 다가왔다. 거기다가 봉화 눈물고개의 전설은 왕자와 천민 처녀와의 애틋한 사랑 이야기가 제자인 성 어사의 이야기처럼 들렸다. 조경남은 젊어서 의병장으로 활동하면서 양반과 평민, 천민인 노비까지 모아 신분을 초월하여 나라를 지키기 위해 왜병과 싸우며, 조선 사회 반상의 계급제도는 척결되어야 한다고 생각했다. 조선에서 태어난 사람이면 나라를 다스리는 임금에게는 똑같은 백성인데 백성들 사이에 계급이 있고 거기다가 인간이면서 인간에게 예속된 재산처럼 취급되고 소나 말처럼 사고팔 수 있는 노비까지 있는 제도는 반드시 없어져야 한다고 생각했다.

  조경남은 신분을 뛰어넘은 제자의 사랑 이야기와 신라 왕자와 천민 월선의 전설이 깃든 봉화의 눈물고개 이야기가 겹치며 그것은 한 편의 소설 소재가 되겠다고 생각했다. 조경남은 소설을 쓰기 시작했다. 소설의 주인공에 체면을 중요시하는 조선 사회에서 양반 신분인 성 어사의 성과 이름을 그대로 쓸 수 없어 남자 주인공 성이성을 이몽룡으로 사랑했던 기녀의 딸은 원래 성이 없으니 성 없이 춘향으로 설정하여 춘향전을 썼다. 춘향전은 반상의 계급이 엄존하는 조선 사회에서 사람들에게 큰 반향을 불러일으켰다. 인쇄술이 발달하지 않은 조선시대 사람들은 붓으로 한 자 한 자 베끼어 써서 읽었다. 그렇게 옮겨 쓸 때마다 쓰는 사람의 생각을 넣어 조금씩 개작이 되어 처음 원작에는 성이 없던 춘향은 김춘향에서 안춘향으로 몇백 년이 지나자 성춘향으로 바뀌었다. 춘향전은 세월 따라 조금씩 변화하면서 널리 퍼져 나가 온 국민이 읽고 웃고 울며, 두 사람의 사랑에 응원하고 이별에 같이 슬퍼하며 사또의 폭정에 분노하고 어사 출동에 통쾌해하는 사랑받는 국민 소설이 되어 오랜 세월 대대로 전해지며 사람들에게 읽혔다.

  성 어사는 스승 조경남을 30여 년 만에 만나 서로의 이야기를 하며 밤을 새웠다. 조경남 스승은 임진왜란 때 의병장이 되어 왜적과 전투하던 이야기를 했다. 사람들은 조경남 스승을 대감님이나 훈장님이라고 부르기보다, 의병장으로 나라를 구하기 위하여 왜병들과 싸우던 때를 생각하며 조경남 장군이라고 부르며 존경했다. 성 어사는 임진왜란 중에 태어났다. 성 어사가 태어날 때 아버지 성안의도 의병장이 되어 활동하여 자라면서 주위 사람들로부터 임진왜란 이야기는 많이 들었지만, 의병장이었던 스승 조경남에게 임진왜란 이야기를 들으니, 왜군과 전투하는 현장을 옆에서 보고 있는 듯이 생생하게 느껴졌다.

"임진왜란은 조선이 전쟁 준비도 안 된 상태에서 왜군이 쳐들어와서 7년에 걸친 전쟁으로 온 국토가 초토화되었다네."

성 어사는 조경남 스승에게 물었다.

"그때 조선은 왜 전쟁을 대비하지 못하였습니까?"

"조선 통신사로 황윤길과 김성일이 일본을 다녀와서 조정 대신이 모두 참석한 어전에서 보고하며 황윤길은 '일본이 곧 조선을 침공할 것 같아 사전에 대비하여야 합니다.'라고 보고하고 김성일은 '일본의 도요토미 히데요시의 상을 보니 쥐의 상이라 조선을 쳐들어올 인물이 못 됩니다.'라고 보고 해서 선조 임금은 김성일의 말을 듣고 준비를 하지 않았지. 거기에는 조정 내의 대북, 소북의 당파와 무사안일한 대신들의 생각도 한몫했지. 조선은 전쟁에 대비하지 못한 무방비 상태였다네."

성 어사는 스승 조경남에게 말했다.

"그때 조선에 군사가 있었잖습니까? 산성도 있었고…."

"있었지. 군사는 있어도 극소수였다네. 군사라기보다 나라의 치안을 유지하고 한 무리의 왜구가 쳐들어오는 것을 막을 수 있을 정도였지. 나는 전쟁이 일어나기 전부터 그때의 시대상과 정치 상황을 상세하게 매일 일기에 적어 놓았네. 임진왜란이 일어나자 일기에 상세하게 적어 후세 사람들에게 임진왜란의 참상을 알려서 다시는 이런 참혹한 국난이 일어나지 않도록 대비하는데 참고가 되도록 기록하여 놓았다네."

그러면서 조경남 스승은 임진왜란 때 스스로 의병을 모아 수십만 왜병을 상대로 소수의 관군과 의병들이 얼마나 치열하게 싸워서 나라를 지켰는지를 이야기했다.

선조 25년인 1592년 음력 4월 13일은 언제나처럼 평온한 하루가 시작되었다. 조선의 백성들은 가난하지만, 그래도 삼시세끼 끼니를 이어 가며 농사일로 분주하고, 부산 앞 바다에는 아침 안개가 짙게 끼어 고기잡이배들이 출항하기 위해 안개가 걷히도록 기다리고 있었다.

해가 중천에 떠오르자, 바다 안개가 걷히기 시작했다. 바다에 안개가 사라지자 400척이나 되는 일본 함선이 부산 앞바다를 가득 메우며 쳐들어오고 있었다. 어민들은 놀라서 관가에 연락했다. 부산진성을 지키던 첨사 정발은 성안에서 몇 안 되는 군사들과 활을 쏘며 대항했다. 육지에 상륙한 수많은 왜군은 조총이라는 처음 보는 무기를 들고 성을 에워싸고 공격해 왔다. 처음 듣는 조총 소리는 마른하늘에 천둥이 치는 것 같이 크게 들리고 수십만의 왜군이 새까맣게 성을 에워싸 정발은 놀라 당황하는 병사들을 독려하여 활을 쏘며 대항했지만, 조총을 쏘는 왜군에게 타격을 주지 못했다. 화살이 떨어지자, 정발은 부하 병사들과 칼을 들고 맞섰으나 왜군의 조총에 맞아 모두 전사하고 성은 왜군에게 점령당했다. 임진왜란은 이렇게 시작되었다.

 부산진 전투에 이어 동래 전투에서도 동래부사 송상현은 관민을 동원하여 사력을 다했으나 십만 명의 왜군과 조총이라는 신식 무기 앞에서는 활과 칼 창 같은 재래식 무기로 제대로 대항해 싸우지도 못하고 모두 전사당했다.

 임진왜란이 일어나자, 조경남은 늙은 외조모를 지리산으로 피신시키고 산에서 내려와 의병을 모았다. 한편으로는 조경남은 임진왜란 당시의 상황을 전쟁 일지 쓰듯이 소상하게 일기에 기록했다. 임진왜란 전투 중에 가장 아쉬운 것은 문경새재 넘어 탄금대 전투라고 했다. 조경남은 제자 성 어사에게 탄금대 전투의 전말을 소상하게 이야기했다. 성 어사가 태어나기 전의 이야기이지만, 스승 조경남의 이야기는 너무 실감 나고 비참했다.

 부산진이 함락되고 이틀 만에 동래성이 함락되었다. 거센 파도가 쓰나미가 되어 몰려오는 것과 같이 조총이라는 신무기로 무장한 삼십여만 명의 왜군이 거침없이 쳐들어오자 아무런 준비 안 된 조선 관군은 갈팡질팡하다가 전사당하고 백성들은 무자비하게 도륙당했으며 마을은 불탔다. 관민이 죽어 가며 왜적과 대항했으나 양산, 밀양, 청도, 대구, 안동이 차례로 함락되었다. 조정에는 이일 장군을 순변사로 임명하여 북상하는 왜군이 막게 했다. 이일 장군은 급히 모집한 300명의 장정으로 4월 23일 상주에 도착하니 상주 목사는 백성을 버려두고 식구들을 데리고 도망가고 없었다. 나라가 위급할 때 생명을 다해 국난을 극복해야 하는 지방 관장이 자기만 살기 위해 도망간 것이었다. 이 이일 장군은 훈련도 안 된 민간인을 모집한 300명의 관군으로 상주에서 왜적을 막으려고 진을 치고 있었다. 선산이 왜군에 점령당하자 한 주민이 상주까지 먼 거리를 달려와 왜군이 선산까지 쳐들어왔다고 이일 장군에게 알렸다. 그러나 이일 장군은 소식을 알린 민간인을 묶어 놓고 말했다.

"헛소문을 퍼뜨려 공포 분위기로 주민들과 병사들을 놀라게 하여 사기를 떨어뜨리는 네놈의 목을 당장 베겠다."

이일 장군은 칼을 빼 들었다. 왜병이 쳐들어오는 것을 알린 사람은 기가 막혔다. 나라를 지켜야 한다는 일념으로 가족들을 적진에 남겨둔 채 목숨을 걸고 먼 길을 달려와 알린 사람은 살아날 방법이 없었다. 그는 이일 장군에게 사정했다.

"장군님! 제 말이 틀림없습니다. 저의 목을 베더라도 내일 아침까지 기다려 보고 그때까지 왜군이 쳐들어오지 않으면 제 목을 베십시오."

"좋다. 내일 아침까지 기다리다가 적이 나타나지 않으면 거짓으로 고하는 네놈의 목을 벨 것이다."

당장에 죽음을 면했지만, 적이 코앞에 와 있어도 이렇게 태평하고 부지한 장군을 보니 나라의 앞일이 걱정되고 자신이 죽을지도 모른다는 생각에 정신이 아득했다.

이튿날 아침이 되었다. 왜군은 쳐들어오지 않았다. 이일 장군은 300명의 병사를 모아 놓고 커다란 칼로, 백여 리를 달려와 전황의 급박함을 알린 백성의 목을 쳤다. 목이 떨어지고 피가 솟구쳐 올라 사방으로 튀었다. 300명의 병사는 공포에 꼼짝할 수 없었다. 말로만 들었던 사람의 목을 직접 자르는 것을 본 병사들은 장군이 포악함에 언제 자기

목도 잘릴지 모른다고 생각하니 소름이 끼치고 온몸이 덜덜 떨렸다.

　전방 초소를 지키는 군졸이 머리에 이상한 상투를 틀고 괴상한 옷을 입은 왜군이 초소 먼 곳에 한두 명씩 움직이는 것이 보였다. 보초들은 왜군을 보고도 왜군이 진지 앞까지 왔다고 보고할 수 없었다. 선산에 왜군이 쳐들어왔다고 백 리 길을 달려와 알린 백성의 목을 칼로 잘라 죽였는데, 이일 장군이 눈으로 직접 왜군을 보지 않으면 또 거짓으로 병사들을 혼란에 빠뜨린다고 목을 자를 것만 같았다. 왜군은 조선군의 주둔지를 발견하고 척후병을 보내어 병사와 성벽의 규모를 파악하고 있었다. 이제 곧 수만 명의 왜군이 몰려올 것이었다. 그런데도 병영을 지키던 보초들은 적을 발견하고도 이일 장군이 무서워 보고할 수 없었다. 적들은 조총이라는 우레 같은 소리를 내는 막대기를 가지고 있다는 소문이 파다했다. 한번 우렛소리가 날 때마다 조선 병사 한 명씩 쓰러져 죽는다고 했다. 수만 왜군이 쳐들어오는데 삼백 명의 관군으로는 계란으로 바위 치기이고 삽으로 큰 강물을 막으려는 것이었다.

　드디어 뇌성벽력 치는 듯한 조총 소리와 함께 수만 명의 왜군이 괴상한 옷을 입고 떼로 몰려왔다. 화살을 쏘았으나 왜군에게 타격을 주지 못했다. 왜군은 조총을 쏘고 칼을 휘두르며 몰려오자, 훈련 안 된 관군 300명은 이리저리 피해 다니다가 전멸당했다. 그런 와중에 이일 장군은 살아남아 도망쳤다. 목숨을 걸고 백 리 길을 달려와 왜군에게 선산이 점령당했고 곧 상주로 쳐들어올 것을 알린 백성을 무자비하게 칼로 목을 자르던 이일 장군은 부하들이 모두 도륙당하는 상황에서도 혼자만 살아남아 문경새재 신립 장군의 진영으로 도망쳐 왔다.

　한양 조정에서는 판한성부사 신립을 삼도 순변사로 임명하고 선조 임금이 어도를 내리며 김여물을 종사관으로 하여 병사 일만 육천 명을 문경새재로 급파여 왜적을 무찌르도록 하였다. 일만 육천 명의 병사는 조정에서 동원할 수 있는 병사 전부이고 그 병사도 문경새재로 출병하여 오면서 모은 병사가 많았다. 병사들은 급히 모집하여 훈련 안 된 민간인이 대부분이었지만, 신립은 기마병으로 북방의 여진족을 무찌른 용맹한 장군이었다.

신립 장군은 상주전투에서 패하고 홀로 살아온 이일 장군을 보고 말했다.

"패전을 책임 물어 목을 칠 것이나 우선 적들이 눈앞에 와 있으니 싸워서 공을 세워 죄를 면하도록 하라."

문경새재는 산세가 험한 협곡이라서 적은 수의 병사로 많은 적군을 무찌르기에는 천혜의 장소였다. 문경으로 들어가는 초입에는 후백제의 견훤이 쌓은 고모산성이 있고 조령(새재)은 수십 리 협곡으로 되어 있어 많은 왜군 병사가 일렬로 행군할 때 기습하면 수천 명의 병사로도 수만 명의 적을 막을 수 있는 자연이 만든 요새였다.

김여물 종사관이 신립 장군에게 말했다.

"왜군이 벌써 문경 입구 고모산성까지 쳐들어왔답니다."

"조령은 산악지대라 기마병이 움직이기에 불리하다."

"조령의 계곡에 병사들을 배치하여 적을 기습하면 만 명의 병사로도 십만 명의 왜병을 무찌를 수 있습니다."

김여물 종사관은 문경새재 험한 산지에서 적을 맞아 싸우자고 했다.

"새재 넘어 남강 탄금대에서 진을 치고 적을 무찌른다."

신립 장군은 어진족을 기마병으로 쳐부술 때를 생각하며 상주에서 왜군과 싸우다가 패하고 온 이일 장군에게 적의 정세를 물었다.

"왜군은 과거 왜구들과 비교도 할 수 없으며 또 북쪽 오랑캐같이 쉽사리 제압하지 못할 것입니다. 조령의 험준한 산에서 적을 제압하지 않고 넓은 탄금대 들판에서 왜군과 교전한다면 당해 낼 수 없을 것입니다. 문경새재에서 적을 막지 않으려면 탄금대에서 전투보다 차라리 후퇴하여 한양도성을 지키는 것이 옳을 것입니다."

"아니다. 적은 바다 건너 수천 리를 행군하여 와서 지쳐 있다. 아무리 조총이라는 신식 무기가 있다고 하나 보병은 기마병을 당하지 못한다. 탄금대에다 배수진을 치면 도망가는 우리 병사도 없을 것이고 죽기로 각오하고 싸우면 만 육천으로도 십만 명의 왜군을 이길 수 있다."

신립 장군은 조총 이야기만 들었지, 조총의 위력을 알지 못했다. 기마병을 이용하여 적진을 뛰어들어 적을 도륙하면 만 명의 병사로 십만 명의 적도 무찌를 수 있다고 생각했다. 이에 젊은 장교들이 나서서 말했다.

"장군, 조령에서 진을 치는 것이 맞습니다. 조령의 험한 계곡 양옆 산에 병사들을 매복시키고 적의 대열이 계곡 안을 완전히 들어오면 바위와 나무 뒤에서 적에게 화살을 퍼부으면 적은 기습을 당하여 당황할 것이고 그때 달려 나가면 조총을 쏠 여유가 없어 우왕좌왕하는 적들의 수급을 베어 무찌를 수 있을 것입니다."

신립 장군은 고집불통이었다. 김 종사관과 상주에서 왜군에 패했지만 직접 전투하고 온 이일 장군과 소 대열을 지휘하는 장교까지 모두 나서 탄금대가 아니라 조령에서 매복 작전으로 전생을 치러야 한다고 했다. 화가 난 신립 장군은 장교들을 엎드리게 하고 몽둥이로 두들겨 팼다.

"너희들이 전투를 해 봤어. 무얼 알아, 나는 북방에서 여진족과 전투하면서 평생을 살아온 몸이야."

장교들은 맞으면서 아무 말도 할 수 없었다. 그러나 김여물 종사관은 눈물로 호소했다.

"장군! 국가의 운명이 걸린 전쟁입니다. 다시 한번만 더 생각해 주십시오. 전쟁은 조령의 지형지물을 이용해야 합니다. 허허벌판 탄금대에서 만 육천의 병사로서 십여만 명의 왜군을 어떻게 당하겠습니까?"

신립 장군은 한양을 떠나올 때 선조 임금이 준 어도를 뽑아 들고 말했다.

"더 이상, 탄금대에서 적을 막는 것을 반대하는 사람은 지위 고하를 막론하고 목을 자를 것이다."

아무도 더는 조령에서 싸우자고 말할 수 없었다. 김여물 종사관은 피눈물을 흘렸다.

"나라의 운명이 여기까지인가? 전멸당할 것이 불 보듯 뻔한데 이를 어쩔거나?"

관군 일만 육천 명은 탄금대로 향하고 있었다.

여기까지 이야기하고 조경남 스승은 성 어사를 보고 전쟁에서 장군의 결정은 국가의 운명을 좌우한다고 말했다. 성 어사는 스승 조경남의 이야기가 너무 실감이 나서 마치 태어나기도 전의 탄금대 전투 직전의 진중 회의를 눈앞에서 보는 것과 같았다.

이 시각 고니시 유키나가가 이끄는 십여만 명의 왜군은 문경을 지나 새재 쪽으로 향하고 있었다. 탄금대로 온 신립은 진영을 꾸렸다. 일진이 돌격하여 적을 베고 전투를 치르고 있으면 이진, 삼진은 적을 에워싸 포위하여 공격하기로 했다. 그리고 적이 조총으로 공격할 것을 대비해 말과 말 사이를 최대한 띄어서 돌격하기로 작전계획을 짰다.

부산에 상륙한 왜군은 3진으로 나뉘어 1진은 고니시 유키나가가 이끌고 부산에서 출발하여 동래, 양산, 밀양을 거쳐 대구와 상주를 지나 문경새재를 넘어 충주를 통해 한양으로 향하고, 제2진은 가토 기요마사가 지휘하여 부산에서 양산, 언양, 경주를 거쳐 영천, 의성, 안동을 지나 죽령을 넘어 한양으로 진격하기로 계획했다. 제3진은 구로다 나가마사가 이끌고 김해에서 출발하여 성주, 김산을 거쳐 추풍령을 넘어 영동과 청주를 지나 한양으로 진격했다. 2진은 안동을 점령한 후 계획을 바꾸어 1진의 뒤를 따라 조령을 넘어 한양으로 진격했다.

고니시 유키나가가 이끄는 왜군 1진 10여만 명의 병사가 조령 입구에 들어섰다. 세작들에 의하여 조선 지형을 알고 있는 고니시 유키나가와 그의 10여만 병사들은 조령 협곡을 들어서면서 잔뜩 긴장하고 있었다. 척후병을 앞세우고 조령의 좁고 험한 계곡의 좌우를 살피며 조심조심 전진했다. 어느 순간에 조선군의 화살이 날아와 병사들의 심장을 뚫을지 모른다는 생각에 팽팽한 긴장 속에 전진했다. 그러나 한 시간 두 시간 행군해도 적이 없는 텅 빈 계곡에는 개울물 흘러가는 소리와 산새 소리만 들렸다. 왜군들은 두 시간을 행군해도 아무 일도 없자 긴장이 풀려 떠들면서 행군했다. 고니시 유키나가는 부하들에게 주의를 시켰다.

"이런 천혜의 요새가 비어 있다니? 함정일지도 모른다. 새재를 넘어 평지가 나올 때까지 긴장의 끈을 늦추지 마라."

왜군들은 대장의 말을 듣고 다시 긴장했다. 대열 앞의 진로를 막고 뒤의 퇴로를 막아 버리고 산자락 바위 뒤 어디에선가 매복하고 있던 수많은 조선군이 한꺼번에 쏟아져 나와 공격해 오면 10여만 명의 병사들이 모두 도륙당할 수도 있다는 생각이 들었다. 좁은 협곡에서 기습당하면 조총을 쏠 시간도 피할 곳도 없을 것이었다. 새벽부터 거의 네 시간이나 걸려 문경새재 계곡을 빠져나와 넓은 평야가 펼쳐지자 그제야 왜군들은 춤을 덩실덩실 추면서 말했다.

"이제는 살았다. 멍청한 조선 장수들은 몇십 리 새재 협곡을 비워 놓다니…."

비가 내렸다. 탄금대 주위 논밭으로 되어 있고 벌판은 펄로서 진창을 변해 있었다. 진지 앞에서 보초를 서던 병사 두 명이 달려와서 신립 장군에게 보고했다.

"적병이 벌써 도착해서 둘로 나누어 우리 진영을 양쪽으로 우회하며 포위하려고 하고 있습니다."

듣고 있던 병사들은 긴장했다. 그러자 신립 장군은 확인도 하지 않고 병사들을 놀라게 하는 허위 보고를 한다고 칼을 빼서 두 명 병사의 목을 잘라 버렸다. 조선의 장수들은 병사들의 목을 치는 것을 일상적인 일인 것 같았다. 군율은 엄해야 하지만, 초병들의 보고를 확인도 안 하고 허위라고 죽이다니, 이일 장군이 나라를 구하기 위해 백 리를 달려와 왜군이 가까이 왔다고 알리는 민간인의 목을 치더니 신립 장군은 성실히 임무를 수행하고 보고하는 병사 두 명을 확인도 안 하고 목을 베어 똑같은 짓을 하고 있었다. 보고를 받는 순간 대비를 했어도 시간이 부족한데 병사들의 목을 치느라고 시간을 지체하는 사이 왜병들은 좌우로 조선군을 포위했다. 그제야 왜군을 발견한 신립 장군은 왜군을 포위하려던 계획이 틀어진 것도 모르고 명령했다.

"제1진 기마병 돌격 앞으로."

1진 기마병 수백 기가 달려 나갔다. 그렇지만 비가 와서 진흙탕으로 변한 펄밭과 논밭에 말의 발이 빠져 빨리 달릴 수 없었다. 여기저기서 조총 맞아 쓰러져 죽은 말과 병사들의 시체가 진창이 된 진흙에 나뒹굴었다.

"2진 기마병 돌격 앞으로."

신립 장군이 명령하자 조총에 맞아 수없이 죽어 진흙에 쓰러진 말과 병사들의 시체 사이로 기마병 2진이 앞으로 달려 나갔다. 그 순간 10여만 왜군은 좌우로 편대를 갈라 돌면서 조선 관군을 포위하고 공격했다. 왜병을 포위하여 공격하려는 신립 장군의 계획은 도리어 왜군에게 포위당해서 집중 공격을 당하고 있었다. 왜병들은 거의 피해도 없이 조총으로 조선의 기마병을 격파하며 포위망을 좁혀 왔다. 배수진을 쳐 조선 병사들은 도망갈 곳이 없었다. 앞과 옆으로는 10여만 왜군이 조총을 쏘며 다가오고 뒤에는 시퍼런 강물이 흘렀다. 진퇴양난이었다. 그런 가운데에도 병사들은 죽어 가며 네 시간이나 버티었다. 병사들은 왜군을 피해 강물로 뛰어들었다. 대부분이 헤엄을 치지 못하는 병사들이었다. 강물에는 조선군의 익사한 시체로 가득했다.

김여물 종사관은 기가 막혔다. 한 번 전투다운 싸움을 해 보지도 못하고 관군이 몰살당한 무참한 패배였다. 그렇게 새재의 계곡에 매복하여 전투하자고 피눈물을 흘리고 호소했건만, 이젠 모든 것이 허사였다. 기마병과 궁수들이 모두 죽은 이 마당에 혼자서 살아 무엇하리? 왜군을 한 놈이라도 죽이고 죽으리라. 김여물 종사관은 말을 타고 적진에 뛰어들었다. 칼과 도끼로 왜군 10여 명을 죽였으나 몰려드는 왜병을 감당할 수 없어 말에서 떨어졌다. 말 위에서 떨어진 김여물 종사관은 떼로 몰려든 왜병들의 칼에 난도질당하여 장렬한 최후를 마쳤다.

탄금대 펄과 남강에는 조선군의 시체로 가득했다. 신립 장군은 끝까지 살아남았으나 모든 것이 자기 생각 밖이었다. 그러면서 탄금대 앞 강물에 뛰어들면서 생각했다. 김 종사관과 이일 장군, 많은 초급장교까지 문경새재에 매복하여 전투하자고 했는데 문경새재에 매복하였으면 전투에 이겼을까? 아니 이기지는 못해도 이렇게 무참한 패배는 당하지 않았을 것 같았다. 이제 와서 이런 생각을 하다니, 평생 북방을 지키며 숱한 전투를 하였지만 이렇게 전투다운 전투도 못 해 보고 전멸당하니 허망하기만 했다. 선조 임금이 있는 조정을 향해 삼배를 올리며 말했다.

"소신, 전쟁에 패하여 병사들은 모두 죽고, 나라를 지키지 못한 죄인이 되었습니다. 부디 나라를 회생시킬 방법을 찾으소서."

신립 장군은 갑옷 위에 왕이 내린 어도를 허리에 찬 채 강물로 뛰어내려 자결했다.

조경남은 탄금대 전투에 참전하였다가 기적적으로 살아난 병사의 이야기를 듣고 그날의 상황을 기록했으며 임진왜란이 끝나고 문경새재와 탄금대를 찾아가서 전투 현장의 지형을 살펴보며 그날의 한을 일기에 꼼꼼하게 써서 기록으로 남겼다. 탄금대 전투에 참전한 왜군은 10여만이 아니라 실제 육칠만 명이었을 것이라고 기록되어 있었다. 스승 조경남은 성 어사에게 이야기를 이어 갔다.

관군이 전멸하는 가운데도 상주에서 살아남았던 이일 장군은 또 혼자서 살아남았다. 그의 손에는 왜병의 수급이라는 피 묻은 보자기가 들려 있었다.

한양은 무방비 상태였다. 왜군이 한양에 도착하기 전 선조 임금은 대궐을 떠나 평양으로 피난 갔다. 왕이 도성에 백성들을 남겨둔 채 떠나자 분노한 백성들이 텅 빈 궁궐에 난입하여 불을 질러 전소시켰다. 조선의 궁궐은 왜군이 아니라 백성들에 의해 불탔다.

조경남 스승은 한양이 함락될 때의 혼란을 적은 일기를 성 어사에게 보여 주었다.

"…성문을 엄격히 지키고 있어 사람이건 물건이건 출입을 허락하지 말라고 하였다. 그러나 성안의 사람들은 남녀 귀천할 것 없이 밤낮으로 성에 줄을 걸고 내려가 달아났으며, 어떤 사람은 자기의 권속이 뿔뿔이 헤어지는 것이 두려워 줄로 서로를 엮어 도망치기도 하였다.… 장안의 불량한 무리는 작당하여 고운 여인과 재물을 찾아다니다가 보기만 하면 겁탈과 약탈하였는데, 상대가 고관이라 해도 분별함이 없었다."

조경남 스승이 이야기하는 임진왜란은 참혹했다. 아무런 준비도 없었던 조선은 왜군에게 전쟁 초기에는 속수무책으로 당했다. 조경남 스승은 임진왜란을 생생하게 기억하고 또 후세에 알리려고 일기에 그때의 일들을 상세하게 기록해 두었다. 성 어사는 스승의 일기장을 보면서 너무 비참한 모습에 할 말을 잊었다.

왜군이 침범하자 민간인들이 의병을 모으고 사찰의 스님들도 승병을 모아 칼을 잡고 왜군과 전투에 나서 각 곳에서 왜군의 소규모 부대를 격파하기도 했다. 조경남은 격문을 붙이며 의병을 모았다. 조경남의 스승 조헌이 의병을 모으며 부쳤던 격문이 일기장에 적혀 있었다.

"지금 이 잔악한 왜적의 소행은 짐승보다 더 심하다. 백성들을 살육함에 남녀노소를 가리지 않고, 우리의 강토를 파괴하고 가옥과 식량을 모두 불살랐다. 길에서 아낙네 한 명을 만나면 왜군 열 명이 다투어 음행하니, 이는 바로 하늘 아래 수많은 오랑캐도 하지 않고 산야의 짐승도 하지 않는 짓이다. 태평한 세월이 오래되어 비록 감히 막는 자가 없지만, 천지 산천의 귀신이 모두 은밀히 그들을 벌할 것을 의논하고 중국과 오랑캐들까지도 모두 드러내 처형할 것을 생각하니 비록 죽음을 앞두고 잠시 목숨이 붙어 있는 사이에 우리 백성들을 죽일 수는 있어도 때가 되어 사람이 승리(天定人勝)하는 날에 그 죄를 자복할 것이다."

조경남의 스승 조헌은 1592년 5월 옥천에서 병력을 모아 7월부터 왜군을 대적하며 의병 활동을 했다. 금산 전투를 거쳐 청주성 탈환 전투를 했다. 조헌이 인솔하는 의병 700명은 관군과 승병 1000이 연합하여 왜국장수 고바야가와 다카카게가 이끄는 1만 5천 명의 왜군을 맞아 싸웠다. 수적으로 많고 신식 무기인 조총으로 공격해 오는 왜군에게 관군과 승군 의병들은 활과 칼로 죽어 가면서 악착같이 맞서 싸웠다.
조헌이 이끄는 의병 700명은 화살이 떨어지자, 칼과 도끼를 들고 육탄으로 왜병 1000여 명을 죽이고 의병장 조헌을 비롯해 700명의 의병은 모두 장렬히 전사했다. 나라를 구하기 위해 싸우다가 산화한 700명 외 외병은 모두 한곳에 땅을 파고 묻어 칠백의 총이 되었다.

왜군은 계유년(1597) 추석 무렵 남원성을 침략하면서 5,000명의 민간인을 무참히도 살육했다. 스승 조경남이 일기에서 그때 장면이 기록되어 있었다.

"8월 15일 밤, 한가위 달은 유난히도 밝은데 멀리 남원성에서는 조총소리가 천지를 진동하고 총포에서 번쩍이는 불빛이 하늘을 밝혔다. 악독한 왜군의 포위망에 갇혀 고전하고 있을 조선의 병사들을 생각하니 분하고 원통해 나도 모르게 소리를 내어 통곡했다. 그러면서 나는 사람들에게 이렇게 외쳤다.

'나에게 같이할 군사가 주어진다면 죽음을 무릅쓰고 쳐들어가 포위망에 갇혀 죽어 가는 관군을 돕고 왜군의 기세를 쳐부술 것이다. 하지만 나는 뜻은 있지만 힘이 없으니 분하고 원통할 뿐이다.'"

바다를 지키던 전라 좌수사 이순신 장군은 왜군 함대가 남해를 돌아 서해로 진격하려는 길목을 막고 십수 차례 전투에서 전승하며 수백 척의 적선과 수만 명의 왜군을 수장시켰다. 또 폭탄인 비격진천뢰와 다연장포인 신기전 화차가 만들어져 전선에서 사용하여 활과 칼로 왜군의 조총에 대응하던 관군에게 큰 힘이 되었다. 외교적으로는 명나라에 원군을 청해 명나라에서 지원병이 도착 조명 연합으로 왜적과 맞서 싸웠다.

조경남은 의병을 모아 의병장이 되어 관군과 명나라에서 파병 온 명군과 합세하여 함양지방의 왜군과의 전투에 나섰다.

9월 22일. 남원 동쪽 10리 떨어진 외진 산길에서 왜적 5명을 만나 동지 박언량과 이들을 살해했다.

9월 23일. 임실에서 남원을 거쳐 구례 쪽으로 가려는 왜군의 길목에서 잠복하였다가 활을 쏘아 왜적을 쓰러뜨리고 이어서 큰소리를 치며 달려가 칼로 찌르고 도끼를 쳐서 적 56명을 살해했다. 또 그 무렵 근처 농장에서 왜적 400여 명이 머물며 농부들이 가꾸어 놓은 익어가는 벼를 베어 군량미를 비축하고 또 한 무리의 왜군들이 민가를 습격하여 약탈과 살육을 자행하고 하는 것을 김완, 양덕해 등 10여 명과 함께 야간에 습격하여 왜적 55명을 살해했다.

이 밖에도 조경남이 인솔하는 의병들은 적을 추격하여 지리산 육십령, 불우치, 하동과 산음, 구례, 순천까지 다니며 여러 차례 적을 기습 공격하여 많은 적병을 사살했다.

왜적을 찾아다니고 때로는 대부대를 만나면 피해 가는 길에 살점이 없이 뼈만 남은 시신을 여럿 발견했다. 들짐승들이 시체를 뜯어먹을 것으로 생각했다. 얼마를 가다가 언덕 아래에서 남루한 옷을 입은 백성들이 여럿 모여 있는 것을 발견했다. 내려다보니 죽은 시신의 살점을 뜯어내고 있었다. 전쟁으로 굶주려 아사 직전인 백성이 견디다 못해 시신의 살점을 뜯어내고 있는 것이었다. 너무 참혹한 광경이라 벌도 주지 못하고 쫓아 버렸다.

성 어사는 스승 조경남의 임진왜란 이야기를 듣고 직접 쓴 일기를 보니 너무나 끔찍하고 비통했다. 나라에서는 미리 군대를 모아 국방력을 강화했더라면 왜적을 침략의 막았을 것이라는 생각에 아쉬웠다.

성 어사는 수십 년 만에 만난 스승 조경남과 밤늦도록 이야기했다. 스승님의 임진왜란 이야기는 생생해 실감 나고 너무 비참해서 생각만 해도 통탄할 일이 한둘이 아니었다. 조경남 스승님은 직접 겪고 들은 것을 후세에 전하기 위해 임진왜란 중에 일어난 일들을 상세하게 기록해 놓았다. 기록으로 남기지 않고 한 세대만 지나고 그 일을 겪고 당한 사람이 모두 저세상으로 떠나고 나면 없었던 일처럼 잊힐 것이다. 언젠가는 조경남 스승이 기록한 일기가 국난을 기록한 국가 기록이 되어 다시는 이런 전쟁을 겪지 않도록 후세가 기억하고 대비할 중요한 역사 자료가 되어 남을 것이었다. 스승님의 일기에는 임진왜란의 전쟁 역사뿐만 아니라 당시 조선의 군사, 정치, 경제, 사회, 문화, 외교, 당쟁에 얼룩졌던 시대의 상황이 기록되어 있어 후세 사람들이 비참한 이 시대의 조선 역사를 연구하는 데 매우 중요한 사료가 될 것이었다. 스승님의 일기에는 당대의 사회 문제뿐만 아니라 민속과 전설도 하나하나 상세하게 기록되어 있었다. 성 어사는 밤늦도록 스승 조경남과 이야기를 주고받다가 새벽녘에야 잠이 들었다.

6. 춘향의 죽음

 성이성은 열일곱 살에 남원을 떠나오고, 33세가 되어서야 급제하여 벼슬의 길에 들어섰다. 그동안 과거 공부를 하면서 보낸 날들은 수없는 좌절과 절망을 겪으며 피 말리는 시간의 연속이었다. 남원을 떠난 지 강산이 두 번 가까이 변한 16년 만이었다. 과거에 합격하면 데리러 가겠다는 춘향과의 약속을 생각했다. 춘향은 16년이라는 긴 세월을 기다리고 있을까? 자신도 부모님이 명에 못 이겨 혼인하고 슬하에 자녀가 있는데 춘향은 지금쯤 어떻게 지내고 있을까? 그녀가 헤어지면서 하던 말이 떠올랐다.
 "서방님이 과거에 합격하고 소녀를 데리러 오도록, 십 년이 지나고 이십 년이 지나고 할머니가 될 때까지라도 기다리겠나이다."
 강산도 두 번이나 변했을 긴 세월이 지났지만, 춘향은 기다리고 있을 것 같았다. 춘향에게 한 언약을 지키기 위해 남원으로 가는 인편에 편지를 보내고 답장을 기다렸다. 한 달이 넘어 돌아온 그 사람은 춘향의 편지 대신, 춘향도 그의 어머니 월매도 죽었다는 소식을 전해 주었다. 성이성은 춘향이 죽었다는 말에 큰 충격을 받았다. 더구나 향단과 춘향의 어머니 월매가 모두 죽었다고 하니 생각하지도 못했던 일이었다. 그동안 열심히 공부하였으나 과거에 여러 번 낙방하여 좌절할 때마다 오매불망 기다리고 있을 춘향을 생각하고 용기를 내었는데, 성이성은 공들여 쌓아 놓은 성벽이 한꺼번에 모두 와르르 무너지는 듯이 허탈했다. 춘향뿐만 아니라 그의 어머니와 향단이 모두 이승을 떠났다니 믿기지 않았다. 오래전 호남지방에 전염병이 돌아 많은 사람이 죽어 갔다는데 아마도 그때 병이 들어 죽은 것으로 추측되지만 알 수 없었다.

성이성은 과거에 급제하고 춘향이 죽었다는 소식을 들은 지도 십 년이 지났다. 그동안 늘 첫사랑 여인 춘향의 무덤에라도 찾아가 보아야지 하고 생각하면서도 오랫동안 가지 못했다. 급제 후 조정에 출사한 성이성은 사간원정언과 홍문관 부수찬, 부교리, 사헌부 지평의 관직을 두루 거치며 바쁘게 생활해 오면서도 춘향을 잊은 적이 없었다.

45세가 되던 기묘(1639)년에 암행어사로 떠날 채비를 하라는 어명을 받았다. 은근히 호남지방으로 추생되기 바랐다. 암행어사 행장을 꾸려서 떠나면서 봉서를 받아 남대문을 벗어나 개봉하니 기대했던 호남지방으로 암행하라는 밀명이었다. 성 어사는 마음이 설렜다. 춘향이 죽었다는 소식은 십 년 전에 들었지만, 그녀가 어떻게 세상을 떠났는지는 알 수 없었다. 이번에 암행 길에 춘향의 묘에 가보고, 춘향과의 추억이 서려 있는 광한루에도 들리고 춘향이 어떻게 죽었는지 사인도 알아보리라고 생각했다. "남자는 혼인하여 자녀를 낳고 살면서도 아내가 아닌 한 여인을 가슴에 품고 산다."라고 하는데 성 어사는 지천명을 바라보는 사십 대 중반에 들어서도 젊을 때 사랑했던 여인 춘향을 잊을 수 없어 늘 가슴에 품고 있었다.

서리와 마부를 데리고 말을 타고 호남지방으로 향했다. 하루에 백여 리씩 몇 날이 걸려 호남에 도착했다. 암행을 위해서 위장한 선비 차림의 옷은 때 묻고 낡아 외모가 초라했다. 가는 고을마다 민심을 파악하고 고을을 다스리는 사또들이 백성을 위해 선정을 하는지 악정으로 백성들의 삶을 고단하게 하는지를 살피고 다녔다. 가난하고 헐벗은 사람들을 보면 어떻게 하면 '저 백성들이 굶주리지 않고 배불리 먹고 편안하고 따뜻하게 지내는 윤택한 삶을 살 수 있게 할 수 있을까?' 하고 생각하면서 백성들과 어울리며 암행했다. 고을을 다스리는 관리들의 정치에 따라 그 고을 백성들의 삶의 모습이 달라지는 것을 볼 수 있었다.

고을의 사또와 그 밑의 이방이나 형방, 아전 등 공직자가 책임과 사명감을 가지고 백성을 위한 일을 하며 백성들의 고충을 알아내어 해소해 주는 고을에서는 사또의 선정에 칭찬이 자자했다. 어떤 고을에서는 사또가 백성들의 삶을 돕는 것이 아니라 백성들의 짐이 되는 곳도 있었다. 무사안일로 자신의 몸보신만 하거나 사또로서의 업무를 태만하여 그 밑의 관리들도 일은 하지 않고 녹봉만 받아 챙기며 나라가 준 벼슬로 백성 위에 군림하며 호의호식하는 자도 있었다. 그런 관료가 다스리는 고을은 백성들의 삶은 고단하고 인심이 흉흉했다. 어느 고을 사또는 과도한 세금을 거두어 착복하기도 했다. 성 어사는 관리들이 가로챈 세금은 변상하게 하며 근무를 게을리하는 관리들은 장계에 써서 조정에 보고했다. 고을 백성들을 괴롭히고 사욕을 챙기며 주지육림에 빠져 방탕하여 원성이 많은 고을 사또는 어사출두를 하여 현장에서 봉고파직하고 죄인으로 삼아 한양 의금부로 입송한 때도 있었다.

성 어사는 남원을 지나면서 광한루에서 하룻밤을 유했다. 30여 년 전 이팔청춘 때 춘향을 만나 서로 사랑하며 백년가약을 언약했던 기억이 어제 일처럼 또렷이 떠올랐다. 광한루는 성 어사에게 젊은 날의 아련한 추억이 깃들어 있는 늘 잊지 못할 곳이었다. 앞서간 서리를 시켜 만나 보고 싶은 지난날 알고 지내던 사람들에게 연락해 놓았다. 성 어사가 온다는 소식을 듣고 퇴기 여진과 관노 동개가 음식을 준비해 먼저 와서 기다리고 있었다. 그들은 성 어사와 같은 연배로 기생과 노비였지만, 30여 년 전 젊을 때 가까이 지내던 인연들이었다.

광한루에 도착하자 여진과 동개는 반갑게 인사했다.

"도련님이 어사가 되어 만나니 너무 반갑네요."

"여진도 잘 지내고 있었는가? 아직도 내가 도련님인가. 우리 처음 만났을 때는 이팔청춘 때였는데 어느새 모두 귀밑에 서리가 내렸네."

"한양에서 계시는 도련님 소식을 가끔 들었구면요. 이렇게 만나 뵈오니 옛날의 일들이 어제같이 느껴지네요."

"그러게 말일세, 어느덧 우리 모두 오십 줄을 바라보는 중늙은이가 되었네."

"춘향 언니 소식 알고 있는지요. 그렇게 곱고 고결하던 춘향 언니가 세상을 떠난 지도 26년이 되었네요. 세월 무척 빠르네요."

"춘향이 세상을 떠났다는 이야기는 오래전에 들어서 알고 있었네. 젊은 춘향이 어떻게 죽었는가?"

"춘향 언니 이야기를 하면 길어요."

"길어도 오늘은 춘향의 죽음에 대해 모두 알고 싶네."

"예, 이야기해 드리지요. 그때 소인은 향단과 자주 만나서 춘향 언니 소식을 잘 알아요."

여진은 성 어사가 도령 시절 남원을 떠난 후부터 이야기했다.

춘향은 백년언약하고 부부의 연을 맺은 성 도령이 아버지 성안의 사또를 따라 남원을 떠난 뒤 글공부하며 시 쓰고 색실로 수를 놓으며 지내고 있었다. 춘향은 성 도령이 과거에 급제하여 데리러 온다는 약속이 믿으며 그날이 빨리 오도록 기다렸다.

남원 백성들은 성 도령의 아버지 성안의 사또가 고을을 떠난 뒤에도 그의 공덕을 잊지 못했다. 조세의 제도를 정리하여 가난한 사람들의 세금을 면제해 주고 식량이 떨어진 고을 사람들에게는 고을 창고에서 곡식을 빌려주고 다음 해 농사를 지어서 빌려 간 만큼만 환곡하게 하였다. 구휼미를 항상 넉넉하게 준비하여 흉년이 들어도 고을에서는 굶어 죽는 사람이 없도록 미리 대비하여 성 사또가 부임하고 5년 동안 남원고을에서는 아사자가 한 명도 나오지 않았다. 노비를 체벌하지 못하게 하며 임신한 노비에게 출산 전후 한 달씩 노역에서 면제하고 치산치수로 가뭄과 홍수 없이 풍성한 수확물을 거둘 수 있었다. 성안의 부사가 사또로 와있는 동안의 남원은 태평성대였다. 사람들은 그 공을 잊지 못해 선정비를 세웠다.

춘향은 성 도령이 과거 공부에 열중하도록 떠날 때 자기 생각하지 말고 과거 공부에만 전념하라고 했지만, 서방님에 대한 그리움을 억제할 수 없었다. 편지를 쓰고 싶지만, 한양 천 리 길이라 한양에 가는 인편을 구할 수 없고 사람을 사서 보낸다면 노잣돈과 품삯이 너무 비싸 엄두도 낼 수 없었다.

춘향은 날마다 글공부하고 하얀 천에다 소나무 위에 앉은 학과 날아가는 기러기와 원앙새를 수놓으며 서방님이 그리울 때는 시를 썼다.

비단 장막 두른 신방을 홀로 지키니
외로운 창가에 별빛만 스칩니다
북으로 날아가는 기러기들에게
애절한 사연 서방님께 부치려고 불러 봅니다
야속한 기러기들
이 편지 누구 편에 부치오리이까
서방님 계신 북쪽 하늘
흘러가는 구름을 바라보니
그리움만 쌓이고
꿈에라도 만나고 싶지만
서방님은 꿈에도 오지 않네요
오동잎은 낙엽 되어 쌓여 가는데
한양 가신 낭군이시여
언제쯤 날 데리러
꽃가마 가지고 오시나요
사랑하여도 옆에 안 계시니
애타는 내 마음 누가 알리오
몸단장하지 않아 먼지 낀 거울
화장대에 새겨진 새들만 홀로 춤추고 있네요
꾸미지 않아 덥수룩한 머리칼 보며

> 서방님 생각에 외로움만 쌓입니다
> 술은 있어도 서방님 없는데 누구와 마실꼬
> 사람들은 내 마음 몰라 주네요
> 나달 가고 해가 가고
> 서방님을 기다리다 지쳐
> 눈물만 납니다

　춘향은 시를 쓰며 중천에 달이 높이 걸려 있는 밤하늘을 멍하니 바라보았다. 저 달은 임 계신 한양에도 비추고 있겠지만, 그리움만 쌓여 밤이 되면 슬피 우는 두견이 울음소리가 서럽게 춘향의 가슴을 울렸다. 달빛 비친 창가에 깜빡깜빡 반짝이는 하늘의 별이 애타는 마음을 위로하는 것 같아 장막을 걷어 보니 별빛이 아니라 반딧불이었다. 외로움에 지친 춘향에게 임 대신 반딧불이 찾아온 것이었다. 밤은 깊어 삼경인데 오지 않을 줄 알면서도 임을 기다리며 누워도 잠이 오지 않는다. 눈 감으면 완연히 떠오르는 임의 얼굴, 밤새도록 임 생각에 잠을 이루지 못한 채 창호지 부옇게 날이 밝아왔다. 날이 새고 해가 떠도 그리운 임 생각에 긴긴 낮을 어이 또 보낼거나. 한양간 임이여! 하루빨리 과거에 급제하여 어사화 높이 쓰고 백마 타고 이 춘향을 데리러 오세요. 그 날이 언제일까? 한 시각이 하루 같고 하루가 한 달 같네. 애끓는 내 마음을 뉘라서 알아 줄고. 춘향은 언젠가 한양간 서방님이 자기를 데리러 꽃가마를 가지고 오리라 생각하며 하루하루를 기다리고 있었다.
　봄이 가고 여름이 왔다. 개울가 수양버들 나무에서는 매미가 울고 하늘에는 뭉게구름이 피어올랐다. 춘향은 뭉게뭉게 피어오르는 구름을 물끄러미 바라보았다. 구름 속에 서방님의 얼굴이 떠올랐다. 서방님은 이 더운 여름철에도 도령 옷을 곱게 차려입고 책을 펴놓고 글공부하고 있을 것이다.

과거 준비로 오지 못할 줄 알면서도 매일 기다림 속에서 여름이 지나고 가을도 깊어 곱게 물든 단풍잎도 찬 바람에 우수수 떨어졌다. 서방님과 낙엽을 밟으며 오작교 위를 걷던 생각이 났다. 향단을 데리고 광한루에 올라갔다. 깊어 가는 가을 정취에 춘향의 마음은 떨어지는 낙엽같이 쓸쓸하고 광한루의 넓은 마루가 휑하니 비어 을씨년스러웠다. 그래도 서방님과 추억이 깃든 곳이라 서방님의 다정한 음성이 들리는 것 같았다.

날은 어두워 오고 하늘에는 눈썹 같은 상현달이 떠 있었다. 서방님과 같이 걷던 오작교를 혼자서 걸으며 그리움에 사무친 마음을 시로 읊었다.

　　밤 깊어 연못 위에 은하수가 내려앉고
　　옥황상제 벌을 받는 견우직녀도
　　일 년에 한 번씩은 만나는데
　　오작교 위에 나 홀로 기다려도
　　서방님은 오지 않고 눈물만 흐르네

하늘에 기러기 떼가 날아가고 있었다. 저 기러기는 서방님이 계시는 한양을 지나갈 텐데 편지를 써서 기러기에게 부치고 싶었다.

"날아가는 저 기러기 내 소원 들어다오. 애끓는 내 마음 적은 편지 서방님에게 부쳐 다오. 서방님 답장 써 주면 내게 전해 다오."

춘향은 날아가는 기러기 떼를 물끄러미 쳐다보았다. 기러기 떼는 춘향의 마음을 아는지 모르는지 무심하게 북쪽으로 날아갔다.

날이 저물고 구름이 몰려오더니 빗방울이 후득후득 떨어지는데 춘향은 우산도 없이 비를 맞으며 광한루 앞 오작교 위에서 서방님과의 지난날의 추억 젖어 있었다. 광한루, 오작교, 연못은 그대로인데 서방님만 없어 춘향은 홀로 밤비를 맞으며 눈물을 흘리고 있었다.

    날 저문 광한루에 비가 내립니다
    댓잎에 떨어지는 빗소리는
    애간장을 녹이고
    한양간 낭군님은 소식이 없습니다
    밤비 오는 오작교에 홀로 서서
    못 견디게 서방님이 그리워
    내 가슴에서도 비가 내립니다
    보고 싶은 서방님
    천리 먼 한양 길 달려가서
    임의 품에 안기고 싶지만
    마음뿐,
    비에 젖은 춘향은
    눈물만 흘립니다

계절은 부르지도 기다리지도 않았는데도 어김없이 찾아왔다가 지나

가고 또 찾아와서 흰 눈이 펄펄 내리는 겨울이 되었다. 눈 내리는 날이면 못 견디게 서방님이 그리웠다. 지난날 하얀 눈길에 서방님의 손을 잡고 가다가 미끄러져 넘어지자, 서방님은 등을 돌려대고 말했다.
"춘향, 내 등에 업혀요."
"아이 부끄러워요. 남들이 보면 어떻게 해요."
"아무도 없이 우리 둘뿐인데 괜찮소."
 춘향은 서방님 등에 업혔다. 서방님은 춘향을 업고 눈 내리는 대나무 숲속으로 들어갔다. 그리고 넓고 따뜻한 가슴으로 오래도록 안아 주던 생각이 떠올랐다. 그때는 차가운 눈도 추운 날씨도 서방님의 포근한 가슴과 따뜻한 체온에 감싸여 녹아내리고 세상 모든 것이 아름답고 황홀하고 행복하기만 했다.
 춘향은 서방님이 업어 주고 안아 주었던 눈 내리는 대나무 숲을 하염없이 바라다보았다. 숲은 그대로이고 눈도 내리고 춘향도 있는데 서방님만 없었다. 춘향은 눈 쌓인 대나무밭을 바라보고 우두커니 서 있자, 향단은 저만치 앞서가다가 뒤돌아서서 눈 내리고 날씨 추운데 감기 걸린다고 집으로 가자고 재촉했다.

 계절이 가고 해가 바뀌어 성 도령이 떠난 지도 이 년이 흘렀다. 그동안 남원고을 사또가 두 번이나 바뀌고 또 신임 사또가 온다고 온 고을이 떠들썩했다. 사또가 근무할 동헌과 고을 청사를 수리하고 사또의 행차가 통과할 길에 산에서 황토를 파와서 곱게 깔고 깨끗이 청소하며 온 고을이 떠들썩했다. 이때까지 많은 사또가 부임하고 또 근무를 마치고 떠나가도 이번처럼 온 고을이 야단법석을 피우며 요란을 떨지 않

있는데 처음 일이었다. 새로 부임하는 변 사또는 성격이 불같고 까다로워 비위를 맞추기 힘들다는 소문이 고을에 짝 퍼졌다. 거기다가 주색잡기를 좋아해서 가는 고을마다 이방이 채홍사가 되어 매일 밤 예쁜 관기를 대령해야 한다는 소문이 부임하기 전 남원고을에 소문나서 고을의 이방과 형방, 아전들이 잔뜩 긴장하여 알아서 준비하고 있었다. 농민들이 지게 바소쿠리로 산에서 황토를 져다 길에다 까느라고 며칠 동안 농사일을 전폐한 채 온 고을 사람들이 동원되었다.

변 사또는 부임하고 처음 하는 일이 고을의 식량창고나 백성들의 삶을 살피는 것이 아니라 관기의 명부부터 챙겼다. 사또는 한양 근교 고을에 근무하면서 색향인 남원고을 이야기를 들어 왔던 터였다. 남원은 기생들이 아름답지만, 그중에서 월매 딸 춘향의 미색이 제일이라는 소문이 남원고을 넘어 한양에도 알려져 변 사또도 알고 있었다. 변 사또는 부임하면서 미색이 뛰어나다는 춘향에게 꼭 수청을 들게 하리라고 생각했다. 기생의 딸이라니 기생일 거고, 아름답기로 소문이 났으니 천하일색인 미녀를 품을 희망에 들떠 있었다.

고을 백성들은 끼니를 걱정하는데 변 사또는 부임한 날부터 매일 주연을 베풀었다. 주연이 끝나면 관기 중에 마음에 드는 기녀를 택해 그날 밤 수청 들게 했다.

며칠 후, 변 사또는 남원고을에서 제일 미녀라고 소문난 춘향을 들라고 명령했다.

"내가 한양에서 들기로 남원고을 춘향이라는 기생이 미색이 뛰어나다는데 춘향은 내가 부임하고 며칠이 지났는데도 모습을 보이지 않는구나. 오늘 저녁에는 춘향을 데리고 오너라."

이방이 말했다.

"춘향은 전관 성 사또의 자제와 혼인한 사이라 사또의 수청을 들 수 없습니다."

"허허, 기생의 딸이 혼인했대도 기생이다. 어서 데려오너라."

집사들이 춘향을 데려왔다. 춘향을 본 변 사또는 한눈에 혹했다. 이때까지 밤마다 예쁘다는 기녀들을 수청 들도록 하였으나 이런 절세의 미인은 처음 보았다.

"허허, 소문대로 아름답구나. 네 나이 몇 살인고?"

"열아홉 살이옵니다."

"한창 피어난 좋은 나이로구나. 너는 오늘부터 나의 수청을 들도록 하여라."

"사또 나리. 소인은 혼인하여 지아비가 있는 몸입니다."

"기녀가 혼인해. 네가 첫정을 준 전임 사또의 아들은 한양에서 너를 잊고 또 다른 기녀와 놀아날 것이다."

"그런 말씀 마옵소서. 서방님은 그런 사람이 아니옵니다."

"이런 딱한 데가 있나? 춘향아, 사나이 말을 어찌 그리 믿느냐? 여인 앞에서는 철석같이 맹세하지만, 하룻밤을 자고 돌아서면 다른 계집을 찾아가는 것이 사내들이야."

"사또님이 어떻게 생각하시든 저는 관여 하지 않겠습니다만, 수청 들라는 말만 거두어 주십시오."

"사또의 명령이다. 너는 몸단장하고 오늘 밤에 내 수청들 준비를 하여라."

"불사이군이고, 한 몸으로 두 지아비를 섬길 수 없습니다."

"이런 요망한 것! 어느 안전이라고…."

"사또님께서는 임금님의 명으로 남원 부사로 부임하신 것이 아닙니까. 어이 사또의 권력을 이용하여 유부녀를 겁탈하려 하는 것입니까. 이는 인간의 도리에도 어긋나고 나라의 임금님께도 불충한 것이 아닙니까."

"이년이! 어디에서 임금에게 불충을 나불거리느냐. 여봐라 사또의 명을 어긴 저년을 당장 하옥시켜라."

형리들이 달려와 춘향의 양팔을 잡고 옥에다 가두었다.

이튿날 춘향은 옥에서 끌려 나와 사또 앞에 앉혔다.

"춘향아. 지난밤에는 옥중에서 얼마나 고생하였나? 내가 어여쁜 너에게 너무 심하게 하였구나. 이제 마음을 바꾸고 내 수청을 들거라. 그러면 네가 원하는 것은 다 들어줄 거다. 화려한 비단옷을 입고 맛있는 음식에다 이 고을 모든 것을 네 마음대로 하도록 하겠다. 이제 서울 간 풋사랑 애송이를 잊고 내 수청을 들도록 해라."

"이 몸이 죽어 흙이 되어도 어찌 서방님과 약속을 어기리오. 사또는 수많은 기녀도 부족하여 어찌 유부녀 겁탈에 그리 집착하는 것이오. 제발 수청 들라는 말 거두시고 이 몸을 풀어 주시오."

"이런 악독한 년이 있나. 여봐라! 저년이 항복할 때까지 매우 쳐라."

형리들은 연약한 춘향에게 수없이 매질했다. 한번 곤장으로 때릴 때마다 살이 찢어지고 피가 튀어 올라 온몸에 피가 낭자했다. 그 곱고 아름답던 얼굴은 일그러지고 삼단 같던 머리는 쑥대머리가 되어 춘향의 몰골이 처참했다. 더 매질하면 숨이 끊어질 것만 같았다.

"저년에게 칼을 씌워 옥에 처넣어라."

사또의 명령이 떨어지자, 형리들은 초주검이 된 춘향의 목에 칼을 씌워 옥에 처넣었다.
　춘향 어머니 월매와 향단은 피투성이가 되어 옥에 갇힌 춘향을 보니 억장이 무너졌다. 미음을 끓여 와서 옥 창살을 통해서 춘향 입에 넣어 먹이며 말했다.
　"세상에 내가 너를 어떻게 길렀는데 이 지경이 되었느냐? 춘향아, 이제 성 도령 잊고 사또 말 들어 살고 보아야 할 것이 아니냐? 죽고 나면 너의 정절을 누가 알아주겠느냐?"
　"어머님 그런 말씀 마시옵소서. 이 몸이 죽고 난 후에라도 서울 간 서방님이 오시면 사또에게서 정절을 지키다가 죽었다고 알려 주오. 그러면 서방님은 내 무덤 앞에 와서 술을 따르며 슬퍼하며 통곡할 것입니다"
　춘향은 신관 사또가 수청 들라는 명을 거절한 죄로 석 달 열흘 동안 옥에 갇혀 지냈다. 상처가 아물 만하면 끌어내어 수청 들것을 강요하고, 춘향은 죽음을 각오하고 매를 맞으며 정절을 지키는 일이 계속되었다. 그렇게 오랜 옥살이에 절세의 미인이었던 춘향은 피골이 상접한 초라한 몰골이 되었다. 변 사또는 춘향의 몰골을 보고는 더는 흥미를 잃어 어느 날 명령을 내렸다.
　"여봐라! 옥중에 있는 독한 계집 춘향을 옥에서 끌어내어 쫓아 버려라."
　춘향은 옥에 갇힌 지 석 달 열흘이 넘어 풀려났으나 걸을 수 없었다. 춘향의 어머니 월매와 향단은 방자를 불러와서 업고 집으로 데려왔다. 의원이 와서 진맥하고 탕약을 끓이고, 매 맞은 장독에 좋다는 대나무 식초와 분으로 만든 인중 환을 만들어 먹였다.

그렇게 몇 달 동안 몸을 추슬러도 매에 맞은 장독은 빠졌으나 오랜 옥중생활에 병이 들어 일어날 수가 없었다. 춘향 어머니 월매는 용하다는 점쟁이를 찾아가 점을 쳐서 양법을 하여도 소용없었다.

천하에 하나뿐이 내 딸 춘향이, 고을 사또의 수청을 거절하고 정절을 지키다가 이 지경이 되었는데 서울 간 성 도령은 소식도 없었다. 과거시험에 안 되었는지, 과거에 급제하고도 춘향을 데려가겠다는 약속, 헌 짚신짝 버리듯 내팽개치고 서울에서 새장가 들어 잘 사고 있는지, 아니면 절세 미녀들이 모인 한양의 기생방에서 매일 주색에 빠져 정신을 잃었는지 알 수 없었다. 야속한 성 도령이었다. 처음 찾아와서 백년가약을 맹세하던 말이 생각났다.

"내 춘향에게 첫 장가 드는 것이오니 염려 마오. 이팔청춘 대장부 약속을 믿고 박대하지 말고 춘향을 나의 아내로 허락하여 주고 오늘 밤 합방을 시켜주면 백년가약을 맺고 일평생 변하지 않으리다."

그 허우대 멀쩡하고 잘 생겼던 사또 아들 성 도령이 내 딸 춘향이 신세 망쳐놓고 네 떡 내 몰라라 하고 외면하는 것 같은 생각이 들었다. 그때 그 말 믿지 않고 춘향을 단속하고 합방을 시키지 않았으면 이런 변고를 당하지 않았을 텐데 하고 후회되었다. 그러나 지금은 쏘아 놓은 화살이고 엎질러진 물이 되어 다시 되돌릴 수도 주워 담을 수도 없는 일이니, 춘향 모 월매 속은 천불이 나서 답답하기만 했다. 월매는 딸 춘향이 보는 데서 울 수 없어 뒤뜰 장독 옆에서 소리 내 울지도 못하고 흐느끼며 넋두리했다.

"애고 애고, 불쌍한 내 딸 춘향이, 한양 간 성 도령은 오지 않고 신관 사또 수청 들라는 명을 거절하다가 모진 매에 옥살이로 깊은 병이 들어 저 지경이 되었는데 누가 와서 살리리오. 애고 애고 어이할꼬. 하나 뿐인 내 딸을 어떻게 하면 살려낼까?"

　월매는 넋두리하면서 흐느껴 울다가 이제는 무당에게 굿을 하여 병마를 몰아낼 수밖에 없다는 생각이 들었다. 월매는 그 길로 남원에서 굿 잘하기로 유명한 무당을 찾아갔다.

　"내 딸 춘향이가 신관 사또 수청을 거절하다 매 맞아 장독 들고 긴 옥살이에 병이 들어 죽을 지경이 되어 굿을 하여 살리려고 찾아왔소."

　"잘 왔소이다. 모년 모일 모시부터 밤새도록 굿을 해서 용왕님의 노여움을 풀어 주고 옥황상제 명을 받고 춘향을 잡으러 오는 저승사자들을 잘 달래어 보내면 천수를 살 수 있소."

　춘향을 살릴 수 있다는 말에 춘향의 어머니 월매는 앞뒤 가리지 않고 그러하겠노라 약속하고 집으로 돌아와서 금반지, 금목걸이, 옥비녀를 팔아서 굿할 돈을 마련했다.

　계축(1613)년 시월 을유(乙酉)삭 십이일 병신(丙申) 밤에 춘향의 집에는 대문과 집 곳곳에 청사초롱을 밝혀 놓고 춘향을 잡으러 오는 저승사자를 달래는 굿이 시작되었다.

　병풍이 둘러 진 커다란 상위에는 돼지머리와 시루떡 갖가지 과일로 가득 차려진 상이 있고 상 앞에는 흰옷을 입은 병색이 완연하여 피골이 상접한 춘향이 꿇어앉아 있었다. 깔아 놓은 멍석 위에는 무당과 화랑이가 자리 잡고 해가 지고 어두워지자, 굿이 시작되었다.

　무당은 동정 없는 소매 좁고 푸른색 저고리에 다홍색 호구 치마 입고 그 위에 앞이 터진 전복을 걸쳐 입고 장끼 꼬리털을 꽂은 폐립 닮은 빨간 모자 쓰고 장군 칼과 부채, 방울을 번갈아들고 높이 뛰어오르며 춤을 추며 주술을 외웠다. 옆에는 화랑이들은 장구 치고 북 치고 나발 불며 무당의 주술에 가끔 추임새를 넣었다. 춘향의 굿을 한다니, 남원에서 정절을 지키다가 변 사또에게 온갖 곤욕을 치르면서 초주검이 되어서 병들어 누워 있는 춘향의 소식을 모르는 사람이 없어 구경꾼들이 집 마당과 담장 밖까지 구름처럼 빽빽하게 몰려와 굿 구경을 하고 있었다.

저승사자를 맞이하기 전에 삼신을 비롯해 여러 신을 불러서 사정을 고하는 굿이 시작되었다. 무당은 방울 들고 주술을 외우며 삼신을 부르고 화랑이는 장구치고 나발을 불자 무당이 무가를 부르기 시작했다.

"…삼신에 본을 받고 빛신에 안절 받세/ 삼신에 본은 게 어디가 본이신고/ 하늘궁 일월궁 금으 도실천이 삼신의 본이시며/ 선지왕 시지왕 천지왕씨 본은 서왕산 큰 바위 밑이 천지왕씨 본이시구/ 지지왕에 본은 하늘에 달 가운데 계수나무 밑이 지지왕의 본이시고/ 진지왕의 본은 살강 밑이 진지왕의 본이시고/ 태지왕의 본은 시걸음 질이 태지왕의 본이시고/ 본지왕의 본은 방 가운데가 본지왕에 본이라 하옵니다…."

무당은 방울을 흔들고 춤추면서 긴 삼신풀이 무가를 부르며 신들에게 고하고 있었다. 옆에서는 화랑이가 무당의 무속 가에 장구로 장단 맞추고 나발 불어 흥을 돋우며 무당이 부르는 무속 가에 "어얼쑤~" 하고 추임새를 넣었다. 그리고 저승사자를 달래는 무속가를 불렀다. 저승사자를 맞이하는 굿은 나발 소리가 울려 퍼지고 징과 꽹과리 소리가 고을 원의 행차보다 더 요란히어 춘향을 잡으러 오는 저승사자들의 비위를 맞추었다.

"에루화 에키아 에키 중천에 달이뜨니/ 왔네 왔네, 저승사자님들이 오셨네/ 사자님들 들어 보소/ 천지지간 만물지 중에 한 사람뿐이겠는가/ 한 배 건너 사촌이요/ 두 배 건너 오촌이요/ 육촌 칠촌 팔촌 구촌 십촌도 멀지 않네/ 그 많은 사람 중에 하필 춘향인가/ 이 지상의 신들에게 물어보소/ 자석 남녀 해원신/ 축생 남여 해원신/ 인생 남녀 해원신/ 사생 남녀 해원신/ 이생 남녀 해원신/ 허생 남녀 해원신/ 모두 모두 물어보고 차려놓은 음식 잡수시고 하늘나라로 돌아가소/ 에, 너도 먹고 나도 먹고 많이들 잡수시고 돌아들 가소/ 천국에 돌아가서 옥황상제 문거들랑 춘향의 생년 생월 생일 생시 사주가 잘못 적혀/ 지상에는 그런 사람이 없어 찾을 수 없다고 말해 주소…."

굿은 밤새도록 계속되었다. 구경 온 사람들도 지쳐 대부분이 집으로 돌아갔다. 병색이 완연한 춘향은 흰옷을 입은 채 아픈 몸으로 밤새도록 굿하는 제상 앞에 꿇어앉아 있었다. 무당은 저승사자를 달래는 무속가를 불러 저승사자를 돌려보냈다. 이어서 춘향의 병을 낫게 해 달라는 무속가를 불렀다. 춘향의 어머니는 연신 고개를 숙이며 두 손 모아 빌고 있었다.

밤새도록 무속가를 부르며 이리 뛰고 저리 뛰며 춤추던 무당도 지쳐서 목소리가 갈라지고 쉰 소리가 나며 동작이 느려졌다. 징 치고 장구 치고 나발 불며, 무당의 무속가에 "어얼쑤~" 하고 추임새를 넣던 화랑이도 지치고 구경꾼들도 날이 밝아오자 모두 돌아갔다. 마지막으로 춘향이 제상 앞에서 큰절을 두 번 하고 굿은 끝났다. 이제 춘향을 잡으러 왔던 저승사자들도 돌아갔으니, 춘향의 병은 나을 것이었다.

굿을 해도 춘향의 병에 차도가 없었다. 밤새도록 굿을 하여 저승사자를 달래 보냈지만, 돌아가던 저승사자가 다시 춘향을 잡으러 지상으로 내려오는지 굿의 효험이 없었다. 의원이 와서 진맥하고 약을 지어 먹어도 점을 치고 굿을 해도 춘향의 병은 차도가 없었다. 춘향은 병마에 지쳐 점점 기운을 잃어 가면서도 한양 간 서방님, 성 도령이 너무 보고 싶었다. 온종일 서방님을 기다렸다. 밤이 되어도 기다리다가 날이 밝아 새날인 내일은 서방님이 과거에 급제하여 어사화를 높이 쓰고 자신을 태울 꽃가마를 가지고 백마 타고 올 것 같았다. 매일 밤 내일이면 서방님이 온다는 희망을 품고 잠을 청했으나 자고 나면 언제나 허망한 현실은 초라한 자기 얼굴만이 거울 속에 비쳤다. 춘향은 어떻게든지 서방님이 과거에 급제하여 데리러 올 때까지 살고 싶었다. 춘향은 울면서 한탄했다.

"애고 애고, 이내 신세가 가련하다. 서방님은 한양 가서 소식 없고, 추상같은 신관 사또 수청 들라는 명령을 죽음으로 지킨 정절, 모진 고문 긴 옥살이에 얻은 병을 고칠 길이 없구나. 한양 간 서방님이 오기 전에 내 병이 나아야, 급제하여 백마 타고 오는 서방님을 버선발로 맞을 텐데, 이 내 몸이 병이 들어 이 모양 이 꼴이니, 편작이 온다 해도 천하 명의 이석간이 온다 해도 내 병을 고칠쏘냐? 피골이 상접한 이내 모습 보고 서방님이 뭐라 할까, 에고 애고 서럽고 가련하다. 이내 신세 어찌할쏘. 북망산천 가기 전에 마지막 내 소원은 그리운 서방님 만나서, 서방님 넓은 품에 안기면 시름을 잊을 텐데 애고 애고 서럽구나! 내 소원이 이뤄질까?"

춘향은 흐느껴 울면서 넋두리했다. 그렇지만 한양 간 서방님 성 도령을 애타게 기다려도 감감무소식으로 소원은 이루어지지 않고 피 말리는 기다림만 계속되었다. 앞뒤 산에 붉은색 노란색으로 곱게 물들었던 단풍은 무서리 찬바람에 흩날리며 떨어져 흩어졌다. 떨어진 단풍잎은 그 곱던 색깔은 간곳없고 검고 회색의 칙칙한 낙엽이 되어 이 골목 저 골목 바람에 날리다가 행인의 발에 밟혀 "바스락" 외마디 아우성을 치며 부서졌다. 병마에 지친 춘향은 부서져 사라지는 낙엽이 자기 신세처럼 느껴졌다. 젊은 푸르름과 사람들의 눈길을 끌어모으던 오색의 아름다움은 간데없이 바람이 날려 사라져 가는 회색의 낙엽을 물끄러미 바라보고 있었다.

아침저녁 쌀쌀한 날씨에 살얼음이 끼더니 어느새 북풍한설 몰아치는 겨울이 되었다. 하늘은 회색 구름으로 가득하고 흰 눈이 펄펄 내려 광한루 옆 대나무 숲이 하얗게 변하던 날, 오매불망 그리던 서방님을 만나지도 못하고 춘향의 혼은 육신을 떠나 내리는 눈송이를 타고 훨훨 날아서 하늘나라로 떠났다. 월매와 향단이 목 놓아 통곡하는 가운데 방자와 관노인 동개는 눈을 헤치고 주천 호경 외진 산비탈에 춘향의 시신을 묻었다. 춘향을 묻고 돌아서는 월매와 향단은 눈길에 쓰러져 울고 있었다. 함박눈이 쓰러져 있는 월매와 향단 위에 쌓여갔다. 옆에는 방자와 관노 동개가 쏟아지는 눈을 맞으며 서서 눈물을 흘리고 있었다.

죽은 춘향을 땅에 묻고 돌아와서도 산 사람은 살아야 했다. 한동안 식음을 전폐하고 드러누웠던 춘향 모 월매와 향단은 한 달이 지나자, 전처럼 밥 먹고 이웃과 만나 이야기하며 옛날처럼 생활하고 있었다. 월매는 이제 춘향 없는 세상에서 향단을 딸처럼 생각하며 살고 있었다.

봄이 되자 방자는 월매를 찾아와 말했다.

"춘향 어머니. 이제 나도 장가들 나이가 넘었는디, 향단도 시집갈 나이가 넘어 이대로 몽달귀신 처녀 귀신이 될 수 없지 않습니까. 향단과 혼인을 허락하여 주십시오."

"향단의 생각도 안 물어보고 방자 네 마음대로 혼인하겠다고 해도 되느냐?"

"저는 향단이와 오래전부터 사귀어 왔습니다."

월매는 향단을 불러서 물었다.

"향단아, 방자가 너와 혼인하고 싶다는구나. 너의 둘이 혼인하기로 약속했나?"

"예."

향단은 부끄러워 얼굴을 붉히며 대답했다.

향단은 방자와 혼인하겠다고 대답하자 월매는 속으로 섭섭했다. 딸 춘향도 없는데 향단까지 떠나면 이제 월매는 혼자 남게 된다. 그렇지만 처녀 총각이 서로 좋아하는데 허락할 수밖에 없었다.

방자와 향단의 결혼 준비는 일사천리로 진행되었다. 월매는 딸의 혼수품으로 준비해 놓았던 비단옷이며 신랑 한복감이며 원앙 침금을 모두 향단에게 주어 시집보냈다.

방자는 일생 소원인 향단과 결혼하니 세상을 다 얻은 것 같았다. 방자는 춘향의 모 월매를 장모로 모셨다. 둘의 결혼생활은 깨가 쏟아졌다. 방자와 향단 부부는 시간이 날 때마다 월매집에 자주 들렀다. 부부는 여름철 월매집의 연못가 평상 위에 앉아 있었다. 방자는 아내인 향단에게 짓궂게 말했다.

"우리 첫날밤 방이 이 평상 위랬지?"

"이이가!"

향단은 민망해서 방자의 팔을 꼬집으며 눈을 흘겼다.

"그때, 일이 끝나도 향단이 일어나지도 않고 너무 황홀해하며 좋아했잖나?"

월매가 수박을 썰어 접시에 들고 오다가 그 말을 듣고 말했다.

"우리 향단이가 무엇을 그렇게 좋아했는데?"

방자와 향단이는 너무 당황해서 얼굴을 붉히며 동시에 말했다.

"아! 아무것도 아닙니다."

전염병 괴질이 나돈다는 소문이 돌았다. 사람들은 역병이 돌고 있다는 데도 남의 일처럼 걱정하지 않았다. '설마 내가 역병에 걸릴까.'라고 생각했으나 역병은 점점 널리 퍼져 나갔다. 변 사또가 다른 고을로 가고 새로 부임한 남원 부사는 급히 파발을 띄워 조정에 보고하고 역병을 퇴치할 의원을 보내 달라고 요청했다. 역병이 창궐하여 많은 사람이 죽어 나가는 것을 막고, 병이 다른 지역으로 퍼져 나가는 것을 차단해야 했다. 남원에서 발명한 역병은 한 달 새 인근 고을 임실, 곡성, 순창뿐만 아니라 멀리 경상도 함안까지 퍼져 나갔다. 지방을 다스리는 관리들은 역병이 발생한 동네에 금줄을 쳐서 사람들의 출입을 통제하며 병의 확산을 막는 데 온 힘을 기울였다.

한양도성에서는 전염병이 발생하면 환자를 도성 밖으로 옮겨 치료하고 시체는 시구문을 통하여 성문 밖으로 끌어내었다. 전염병에 걸리면 아픈 몸으로 자기 집에서 끌려 나와서 병사로 옮겨졌다. 환자는 가족들의 간호도 받을 수 없이 병사에서 병마의 고통에 신음하며 외롭게 죽음을 기다렸다. 지방에는 전염병이 발생한 동네 출입을 통제하는 금줄을 치고 병에 걸린 환자를 한쪽으로 모아 치료하며 죽은 자의 시체는 한곳에 모아 불태웠다.

조정에서 혜민서 의원과 의녀들뿐만 아니라 의무를 내려보냈다. 한양 혜민서에서 온 의원과 의녀들은 환자들에게 약을 달여 먹여 치료하면서 환자들이 영양실조에 걸리지 않게 음식물을 먹이고 무당인 의무는 환자에게 붙은 병마를 쫓아내는 주술을 외우며 굿을 했다. 한편으로는 역신이 노하여 전염병이 발생한 것이라고 역신에게 제사를 지내며 노여움을 달랬다. 대궐의 임금님은 "나라를 다스리는 짐의 덕이 부족해서 역병이 발생했다."라고 신에게 제사를 올리며 온 나라가 역병 퇴치에 몰두했다.

역병인 괴질에 걸린 환자들은 심한 두통과 뼈 마디마디마다 통증으로 괴로워했다. 전신에 붉은 반점이 일어나고 온몸에 열이 펄펄 끓고 설사와 구토가 뒤따랐다. 혜민서 의원과 의녀와 의무가 내려와서 치료하며 굿을 하였으나 매일 많은 사람이 죽어 나갔다. 역병은 전염성이 강해 집안에 환자가 발생하면 온 식구가 병에 걸렸다. 환자는 고통에 못 이겨 방바닥을 구르며 괴로워하며 죽어 갔다. 가족이 병에 걸리면 식구들이 치료하다가 같이 병에 걸려 사경을 헤맸다. 의원과 의녀들이 겨우 먹인 음식을 토해 내어 온 방바닥이 토사물로 지저분했다. 역병을 치료하러 한양에서 내려온 의원과 의녀도 병에 걸려 죽기도 했다. 너무 많은 사람이 죽어 시체들을 땅에 묻을 수 없어 한곳에 모아 놓고 불 질러 태웠다. 동네마다 시체 타는 연기와 역한 냄새가 가득하여 지옥 같았다.

전라도 남원고을 일대에 많은 사람이 병마에 죽어 동네마다 시체 태우는 연기로 가득한 채 살아 있는 사람들은 역병과 사투를 벌이고 있었다. 방자와 향단 부부도 춘향을 먼저 보내고 혼자서 외롭게 살던 월매도 병마를 피해 갈 수 없어 역병에 걸렸다. 월매와 방자 향단 부부는 병사로 옮겨 한양에서 내려온 의원과 의녀들의 치료를 받고 있었으나 온몸에 열이 펄펄 끓어 정신이 혼미했다. 의녀들은 열을 내리기 위해 찬물에 적신 수건으로 열을 식혀 주고 현삼, 치자와 구하기 쉬운 맥문동이나 와송, 시호나 남원에 지천으로 있는 대나뭇잎을 달여 먹였다. 고통에 못 이겨 환자들은 병사에서 이리저리 구르며 신음했다. 그러다가 월매가 숨을 거두자 이어서 방자와 향단 부부도 숨을 거두었다.

의원은 포졸들을 시켜 월매와 방자 부부의 시신을 끌어내었다. 관노인 동개와 기생 여진은 병사 밖에서 역졸들에게 들려 나오는 월매와 방자 부부의 시신을 보고 울고 있었다. 예의를 차려 장례를 치르지도 못하고 역병으로 죽은 시체들을 한곳에 모아 장작더미 위에 쌓아놓고 불을 질러 한꺼번에 태우는 연기가 하늘 높이 피어올랐다. 춘향의 어머니 월매와 하인이지만 성 도령과 친구처럼 지내던 방자와 향단은 그렇게 이승을 떠났다. 무덤도 없이 시체 태운 재를 인근에 땅을 파고 한 구덩이에 묻었다. 월매와 향단 부부가 이승에서는 그렇게 죽어 저승길을 떠났지만, 하늘나라에서 춘향을 만나 행복하게 지내기를 바랐다. 역병으로 지옥 같은 아비규환 속에서도 여진과 동개는 살아남았다.

여진은 성 어사를 만나 춘향의 죽음에 대한 이야기뿐만 아니라 월매와 방자, 향단 부부의 죽음까지 이야기하였다. 초저녁부터 시작된 여진의 이야기는 해시가 되어서야 끝나고 여진과 동개는 돌아갔다. 성 어사는 잠을 이룰 수 없었다. 춘향이 신관 사또의 수청을 거절하며 정절을 지키다가 그렇게 세상을 떠나고 춘향 어머니 월매도 방자와 향단 부부도 역병이 걸려 세상을 떠났다는 것이 믿기지 않았다. 춘향은 오래전에 죽었지만, 성 어사 가슴속에서는 언제나 살아 있었다. 성 어사는 밤새 잠을 이룰 수 없었다. 잠이 오지 않아 젊은 날 춘향과 같이 걷던 눈 쌓인 오작교를 혼자서 걸었다. 하늘에는 별이 초롱초롱 빛나고 불어오는 바람에 쌓인 눈이 흩날렸다. 춘향은 신관 사또에게서 정절을 지키다가 곤장 맞아 병이 들어 죽어 가며, 얼마나 서방인 나를 찾았을까? 울부짖으며 매를 맞았을 춘향의 모습이 눈에 선했다. 그리고 춘향의 영혼은 저승으로 가지도 못하고 구천을 떠돌며 내가 오도록 얼마나 기다리고 있었을까? 춘향이 저세상으로 떠나자 춘향모 월매와 방자, 향단도 돌림병으로 모두 춘향을 뒤따라 저승으로 떠나 이승에 없는 사람들이었다. 성 어사는 세상에서 산다는 것이 허망했다.

날이 밝자 성 어사는 청주 한 병을 들고 춘향의 묘를 찾아갔다. 성 어사는 춘향묘에 술 한 잔을 부어놓고 넋두리했다.

"춘향, 내가 왔소. 과거 급제하고 어사가 되어 왔건만, 그대는 백골이 되어 여기에 묻혀 있구나. '십 년이고 이십 년이고 호호백발 할머니가 될 때까지 기다리겠다.'라는 언약 다 내려놓고 그대의 영혼은 하늘나라 어느 별에서 밤마다 나를 내려다보고 그리워하고 있소? 살아생전 그 모진 형벌을 다 견디며 옥중에서 애타게 이 서방을 기다리며 오지 않은 나를 얼마나 원망했겠소? 나는 과거시험 공부를 하면서도 대궐에서 벼슬살이하면서도 한시도 춘향을 잊은 적이 없었소. 그대 육신은 춘하추동, 이 산자락에서 누워 이십여 년을 내가 오도록 얼마나 기다렸겠소? 이제 오가며 그대의 무덤에 들를 테니 우리 마음속으로나마 첫날밤 서로의 언약을 지켜 가도록 하오. 춘향! 나는 왕명을 받고 암행해야 하는 몸이라 이제 돌아가야겠소. 다음에 다시 들릴 테니 잘 있으시오. 내 사랑하는 춘향!"

성 어사는 눈물을 흘렸다. 성 어사는 춘향묘 앞에서 일어나 떨어지지 않는 발걸음을 옮기며 산자락을 내려오고 있었다. 몇 걸음 걷고 뒤돌아보고 또 몇 걸음 걷고 춘향의 묘를 뒤돌아보았다. 이제 산모퉁이를 돌아서 춘향의 묘가 보이지 않았다. 춘향은 무덤에서 나와 무거운 발걸음으로 떠나는 성 어사의 뒷모습을 보며 눈물을 흘리고 있을 것만 같았다.

7. 암행일지

　성이성은 43세 되던 인조 15년에 경상도 진휼 어사가 되어 출발했다. 경상도 지방에 흉년이 들어 백성들이 기근에 허덕였다. 조정에서는 굶어 죽는 백성이 없도록 고을 관장들이 흉년에 잘 대처하고 있는지 돌아보고 가난한 백성을 도울 방법을 현장에서 살펴보고 조처하도록 진휼 어사로 성이성을 내려보낸 것이었다. 일 년 전 병자호란에 참전했던 경상도 병사 4만 명은 남한산성 근처 이천 쌍령 전투에서 청나라 병사에게 모두 전사당하여 동리마다 남편 잃은 청상들이 십여 명씩이나 되었다. 성이성은 어명을 받고 어사가 되어 경상도 땅을 밟으며 남편은 전쟁터에서 전사하고 굶어서 피골이 상접한 아이들과 노인들을 봉양하느라고 힘겹게 농사를 짓고 있는 여인들을 보니 너무 딱하고 안타까웠다. 조정에 구휼미를 보내라고 장계를 올렸으나 청나라와 전쟁으로 국고가 바닥나 보낼 양식이 없었다. 각 고을 창고에 남아 있는 양식을 털어 구휼미로 쓰고 가뭄이 덜 든 호남지방과 강원도 지방에서 곡식을 옮겨 굶어서 죽어 가는 사람들을 구하도록 했다.
　성이성이 경상도 진휼 어사를 마치고 돌아와서 며칠이 지나자, 이번에는 충청도 어사로 가라는 봉서가 내려졌다. 지체할 사이도 없이 충청도로 출발하여 당진, 서산. 보령, 아산, 천안, 공주를 암행하고 진천 땅에 도착했다. 호서지방은 영남지방보다는 가뭄이 덜 들어 조금 나은 편이지만, 가는 곳마다 백성들의 삶은 피폐하고 고단한 것은 별 차이가 없었다.

진천 땅에 도착하자 진천 현감은 가뜩이나 가뭄에 수확량이 줄어들고 먹고살 양식도 부족하여 기근에 허덕이는 농민들에게 많은 세금을 거두어들여 원성이 높았다. 성 어사는 어렵게 살아가는 농민들을 만나 이야기를 나누며 실태를 파악했다.

"가뭄으로 수확량이 줄어든 데다 세금으로 추수한 양의 반 이상을 바치니 우리는 무엇을 먹고 살아갑니까?"

성 어사는 가난한 선비 차림이라 고을 사람들은 마음속에 있는 불만을 이야기했다.

"그렇게 거둬들인 세금을 현감과 관리들이 착복하는 것은 물론이고 그들은 굶고 있는 고을 백성들을 돌보지 않고 날마다 저녁이면 술판을 벌이며 흥청망청 생활하고 있으니, 분통이 터집니다."

성 어사는 서리와 같이 고을의 조세 실태를 조사했다. 진천 현감은 농사를 지어도 일 년 동안 먹고살 양식이 모자라는 농민들에게 나라에서 책정한 세금의 몇 곱을 거두어들이면서 고을 일은 뒷전이고 날마다 술에 취해 있었다.

성 어사는 많이 거두어 드린 세금의 행방을 추궁하여 관리들이 착복한 곡식은 변상시키고 고을의 백성들을 돌보지 않고 술에 찌든 현감을 봉고파직 했다.

일 년 동안 성 어사는 경상도 진휼 어사와 충청도 암행어사의 임무를 마치고 조정으로 돌아왔다. 조정으로 돌아온 성이성은 사간원으로 근무하라는 교지를 받았다.

성이성은 사간원으로 근무한 지 2년이 지난 어느 날 암행어사 행장을 꾸리라는 어명을 받았다. 이제 며칠 후면 봉서를 받고 지방으로 떠날 것이었다.

암행어사로 지명되어 행장을 꾸려도 출발하면서 봉서를 뜯어보기 전에는 어느 지역으로 가는지 알 수 없었다. 팔도강산으로 암행 떠나는 어사들은 비변사나 삼정승으로부터 추천받은 관료들이었다. 성 어사는 2년 전 영남지방 진휼 어사와 호서지방 암행어사로 다녀온 경험이 있어 왕의 명을 받고 어사가 되어 암행 떠나는 일이 새롭지 않았다. 처음 암행어사로 떠나라는 어명을 받은 관료들은 겉으로는 태연한 체하지만, 속으로는 주민들이 알아차리지 못하게 위장하고 힘든 암행을 해야 한다는 생각에 걱정되어 초조해했다. 성 어사는 2년 전 처음 암행어사 명령받았을 때를 생각하며 행장을 꾸리는 일곱 명의 어사와 같이 출발 준비를 했다.

봉서를 받으면 곧바로 임지로 떠나야 한다. 봉서는 임금이 내린 암행어사의 임명장으로 밀봉된 채 전달되며 암행 지역과 중점으로 살필 사항이 적혀 있다. 봉서는 한양도성 사대문을 벗어나기 전에 개봉하여 볼 수 없었다. 봉서 겉봉에 남대문을 나간 뒤에 열어 보라는 도남대문외개탁(到南大門外開坼)이나 동대문을 나간 뒤에 열어 보라는 도동대문외개탁(到東大門外開坼)이라고 적혀 있어, 어사로 지명받으면 어느 지역으로 가는지도 모르고 봉서 겉면에 쓰인 대로 남대문이나 동대문 쪽으로 향해가서 성안을 벗어난 사대문을 지나 봉서를 열어 보고 임지로 직행해야 한다.

어사를 내려보낼 지역은 임금이 직접 정하여 파견하는 어사도 있지만, 대부분은 임금이 어사 후보자 추천을 명하면 삼정승이 후보자 명단을 제출했다. 그 명단으로 임금이 전국 360개의 군현을 기록한 대나무 쪽을 죽통에 넣고 암행할 군현을 추첨으로 뽑아 결정했다. 이렇게 추첨하는 것을 추생(抽栍)이라고 했다. 암행어사는 추생에 의하여 암행 지역이 결정되므로 다른 말로 추생 어사라고 불렀다.

지방으로 암행 떠나는 어사들은 봉서와 함께 마패와 유척을 받았다. 마패는 암행어사의 신분증과 같은 것으로 둥근 구리판에 말 그림이 그려져 있는데, 지방의 각 역에서 말을 사용할 수 있는 승패로 허리춤 깊숙이 차고 고을이나 어사의 지휘를 행사할 때 보이는 신분증이었다. 마패는 말 한 마리에서 다섯 마리까지 그려져 있는데 암행어사들에게는 주로 2 마패가 지급되지만, 그 이상일 때도 있었다. 어사들이 지방 암행 중에 봉고나 문서를 처분할 때는 마패를 직인처럼 날인하여 사용했다. 유척은 길이의 단위를 재는 자로 도량현을 관료나 장사꾼이 속여 백성에게 손해를 입히는지를 파악하고, 죄인에게 형을 줄 때 쓰는 형구를 규격대로 만들어졌는지를 확인하는 데 사용했다. 시체를 검시할 때도 쓰이는 자인유척도 함께 받았다.

성 어사는 마패와 유척을 받고 승전원에 들리니 암행어사 명받은 여섯 명은 모두 떠나고 동료 어사는 한 명뿐이었다. 봉서를 받으니 겉봉에 도남대문외개탁(到南大門外開坼)이라고 쓰여 있었다. 어디로 가는지 알 수 없지만 평안도나 함경도 쪽이 아니라 충청도나 경상도, 전라도 지역으로 가는 것이 분명했다. 옆 동료 어사도 표지에 남대문 밖에서 봉서를 뜯으라고 되어 있어 같이 남대문으로 향했다.

　남대문인 숭례문을 지나서 도성을 벗어났다. 이제 봉서를 개봉하면 지체 없이 암행 지역으로 떠나야 한다. 관우 사당이 모셔진 관왕묘에서 봉서를 뜯었다. 호남 지역이었다. 순간 춘향의 얼굴이 떠올랐다. 호남의 남원은 성 어사가 글공부하던 곳이고 첫사랑 여인을 만난 곳이었다. 남원을 떠나온 지 몇 년 만인가? 강산이 세 번 가까이 변한 시간이었다. 춘향과 헤어지고 삼십여 년 불혹의 나이를 넘어 오십 줄을 바라보도록 잊은 적이 없었다. 혼인하고 슬하에 아들딸들이 태어나도 처음 만나 사랑하고 장래를 약속했던 여인 춘향이 잊히지 않았다.

　말을 타고 서리와 같이 호남으로 향했다. 한양을 벗어나 충청도로 들어섰다. 수원, 안산, 천안, 대전을 지나며 2년 전에 암행하던 지역이라 지나는 고을과 산천이 낯설지 않았다. 말이 지칠 때면 중간중간 역마에 들려 말과 마부를 바꾸었다. 며칠이 걸려 전라도 땅 이리를 거쳐 완주로 들어섰다.

　암행이라 신분을 숨기기 위해 과거에 낙방하고 가산이 넉넉지 못한 선비 차림으로 위상하였다. 옷은 때에 절어 꾀죄죄하고 의관도 찌그러져 누가 보아도 돈도 권력도 없는 가난한 선비처럼 보였다. 사람들을 만나 세상 돌아가는 이야기를 하면서 고을을 잘 다스리는 사또의 이야기와 때로는 고을 사또의 험담도 듣고, 어떤 마을의 효부 이야기도, 욕심 많은 이웃의 이야기도 성 어사에게는 모두 암행하며 수집하는 정보로 임금님께 보고할 자료였다. 그 자료를 토대로 조정에 보고하고 지방 방백들이 정치를 돕거나 폭정으로 백성들의 삶을 힘들게 하는 사또는 봉고파직도 하며 징계하는 것이었다. 전주, 광주, 나주를 지나 전라도 남쪽 깊숙이 바다가 있는 목포를 암행했다. 전라도는 넓은 호남평야가 있는 곡창지대로 경상도와 충청도보다 백성들이 먹고사는 데는 덜 궁색해 보이나 가난하기는 마찬가지였다.

  사십여 년 전, 전 국토를 초토화한 임진왜란의 흔적은 거의 지워져 가고 있었으나 3년 전 병자호란으로 마을마다 많은 장정이 병사로 동원되어 전사하고 또 명나라와 청나라에 강제로 파병되어 끌려간 청년들이 많아 어느 동리에나 아이들을 키우며 늙은 시아버지와 시어머니를 모시고 남정네처럼 농사를 지으며 힘들게 살아가는 청상이 된 여인들이 많았다.

  다음은 성이성의 고손자 성섭이 쓴 책 "필원산어"에 나오는 그의 고조부 성이성 어사가 호남 암행 중 어사출두 상황 기록과 "계서선생 유고"에 나오는 것을 작가가 각색하여 쓴 것이다.

  여수를 지나고 순천 지나 어느 고을에 들어서니 주민들의 생활이 눈에 띄게 고단해 보였다. 성 어사는 밭에서 일하는 농부에게 말을 걸었다.
"거기 일하는 농부님, 담배 한 대 피우고 좀 쉬었다가 일하지요."
"그렇게 하소이다. 선비님."
  농부가 밭둑가에 앉자, 성 어사는 주머니의 담배쌈지에서 담배를 꺼내 농부에게 주었다. 농부는 대꼬바리에 담배를 꾹꾹 눌러 넣어 부싯돌을 쳐 불을 붙여 담배를 피우며 말했다.
"농사를 지어도 세금을 너무 많이 거두어 가 늘 양식이 부족하지요.

그뿐만 아니라 가족들의 수에 따라 부역해야 하는데 갓 태어난 아이와 죽은 사람에게까지 부역과 세금을 매겨 남아 있는 가족들이 농사일도 접어 두고 온통 부역에 시달리고, 힘겹게 농사를 지어도 과중한 세금을 내고 나면 먹을 양식이 없어 초근목피로 연명하고 있지요."

"어린아이들과 죽은 사람에까지 부역을 매기고 세금을 내야 하다니요. 그렇게 세금을 거두어 어디에 쓴답니까?"

"그렇게 거두어들인 세금은 백성을 위해 쓰는 것이 아니라 사또를 비롯한 아전들이 차지하여 굶어 죽어 가는 백성들이 있는데도 그들은 호사스러운 생활을 하고 있지요. 나라에서 내려보낸 사또나 관청관리 놈들은 다 날도둑놈들입니다."

"부역과 세금을 많다고 이야기하거나 거부해 보았습니까?"

"세금을 내지 않거나 부역을 나가지 않으면 관가에 잡혀가 곤장을 맞는데, 당장 내일 굶어도 안 낼 수 없지요. 세금이 많다는 이야기를 해 보아도 돌아오는 것은 곤장뿐이니 이야기도 못 하고 어디에 하소연할 곳도 없어요."

성 어사는 나라에서 정한 액수보다 몇 배나 많은 세금을 거두고 어린아이와 죽은 사람에까지 부역을 매기는 고을 사또를 그대로 둘 수 없었다. 서리와 지역을 나누어 고을을 돌며 사또에게 부당한 착취와 피해당한 사람들을 조사했다.

성 어사는 농부와 헤어져 길을 걷다가 한 노인을 만났다. 전라도 지방은 평야 지대라도 토지가 없어 남의 농토를 소작을 부치는 가난한 농부도 많지만, 많은 토지를 소유한 사람들은 일 년에 몇백 석이나 수확하는 부자들도 있다. 노인은 아들이 관기에 잡혀갔다며 사또를 만나러 가는 길이라고 했다.

"아들이 무슨 죄를 지었습니까?"

"뚜렷한 죄목도 없이 불려 가서 하옥되고 날마다 죄목이 하나씩 늘어 간답니다."

"그럴 리가요? 분명 죄가 있어 잡혀간 것이 아니고요?"

"풀려나려면 오천 냥이나 내어야 한다니 사또는 우리 집 재산을 노린 것이 분명한 것 같습니다."

"그래서 어떻게 하려는 것이오?"

"오천 냥은 너무 많고 3천 냥을 구해서 가는 중입니다."

"죄도 없다면서 삼천 냥이나 되는 거금을 사또에게 왜 주려고 합니까?"

"그러면 어떻게 합니까? 돈을 주지 않으면 옥에서 풀어 주지 않고 하지도 않는 죄를 씌워 끝내는 자백을 강요당하며 형틀에서 주리를 트니까요. 재산보다 우선 사람을 살려야 할 것이 아닙니까?"

"참 기막힌 사또이군요. 노인장은 어디에 사는 누구입니까?"

"죽평마을에 사는 허 생원이라고 하오."

성 어사는 노인과 헤어졌다. 노인의 이야기를 듣고 보니 이 고을 사또는 나라에서 준 권력을 이용하여 백성들의 재물을 탈취하는 날강도질하는 것이다.

저녁에 서리가 조사하여 온 고을 백성들의 이야기는 참담했다. 권세 없고 재산이 많은 부자들은 대부분 사또에게 많은 재산을 빼앗겼고 수법도 다양했다. 지금 옥에 잡혀 들어가 있는 재산 많은 부자가 다섯 명이었다. 사또는 저녁마다 술판을 벌이고 밤에는 기녀들뿐만 아니라 고을 여염집 여인들까지도 불러서 수청을 들게 한다고 했다. 그리고 사흘 후에 사또의 생신이라 인근의 여러 고을에서 군수들을 불러 모아 거창한 생일잔치를 준비하고 있었다.

성 어사는 서리를 시켜 각 역에 파발을 보내 사흘 후 정오에 역졸들이 고을 청사 근처로 모이도록 하였다. 그리고 죽평마을 허 생원을 찾아가서 만났다.

"지나가는 길에 요기나 얻어먹고 가려고 들렀소. 지난번 옥에 갇혔다는 노인장 아들은 어떻게 되었소? 옥에서 풀려났습니까?"

"관아에 들어가 사또는 만나지 못하고 이방을 만났지요. 이방에게 '오천 냥까지는 구할 수 없어 삼천 냥을 구해 왔다.'라고 말하니, 이방이 사또에게 다녀와서 하는 말이 '삼천 냥을 구했는데 오천 냥은 왜 못 구하느냐?'라고 하며 마저 구해 오라고 해서 그냥 돌아왔소. 글피가 사또의 생일이라 여러 고을 수령이 온다고 길을 청소하고 산에서 황토를 파 와서 퍼느라고 많은 사람이 동원되고 있는데 걱정이오. 그동안 어떤 일이 일어날지."

성 어사는 허 노인 집에서 자고 아침 일찍 고을을 돌아보았다. 곳곳에서 많은 사람이 농사일을 접어두고 동원되어 길을 청소하고 산에서 황토를 지게 발췌에 지고 와서 길 위에 뿌리고 있었다. 고을 관청에는 수많은 사람이 모여 잔치 음식을 준비하느라고 분주했다.

고을 사또의 생일 잔칫날이 되어 아침나절이 지나자 임실 현감, 구례 현감, 여산 부사를 비롯하여 인근 열두 고을에서 오는 군수들의 행렬이 이어졌다. 나팔 불고 나졸들이 호위하며 행차하는 모습들이 장관이었다. 백성들은 끼니 걱정을 하며 하루하루를 힘들게 살아가고 있는데 각 고을의 사또들은 다른 세상에 살고 있었다. 서리에게 가 역에서 동원되는 역졸들을 점검하여 정오에 차질 없이 어사출두에 임하도록 지시하고 성 어사는 오시가 되기 전에 잔치가 열리는 고을 동헌으로 갔다. 관문에는 나졸들이 창을 들고 서서 경비하며 외인들이 얼씬 못 하게 하고 뜰에는 무녀들이 춤추고 대청에는 온갖 산해진미로 풍성하게 차려진 상 앞에 사또가 중앙에 앉고 양옆으로는 열두 고을에서 온 군수들이 늘어앉은 사이사이로 기녀들이 앉아 사또들의 시중을 들고 있었다. 성 어사는 대문 앞에 서서 큰 소리로 외쳤다.

"여봐라! 지나가는 과객이 잔치 술 한 잔 얻어 마시려고 왔노라고 여쭈어라."

대문을 지키던 사령들이 막으며 말했다.

"사또 생신 잔치에 외인이 얼씬도 못 하게 했거늘 웬 걸인 놈이 큰소리치느냐? 썩 물러가지 않으면 볼기짝을 맞을 거다."

"허허 이 몸이 의관은 허술하나 양반의 자손이거늘 너의 사령들이 이렇게 문전박대할 수 있느냐 너희 사또에게 지나가는 과객이 잔치 음식 얻어먹으러 왔다고 여쭈어라."

사또는 대문 앞이 소란한 것을 보고 말했다.

"그 걸인 내치거라. 어느 좌석이라고 거지가 끼어들려고 하느냐?"

이때 이웃 고을에서 온 군수가 말했다.

"저 걸인 행색은 남루하나 양반의 자손인 듯하니 말석에 앉혀 술 한 잔 먹여 보내도록 합시다."

본관사또는 못마땅하나 손님으로 온 옆 고을 군수가 그렇게 말하니 허락할 수밖에 없었다.

성 어사는 한쪽 구석에 앉았는데 개다리소반에 막걸리 한 사발에 안주로는 김치 한쪽이 전부였다. 성 어사는 술잔을 들이키고 슬그머니 일어나 이웃 고을에서 온 군수에게 말했다.

"거 닭 다리 하나 먹읍시다."

"그러시오."

군수는 기가 차서 허락하자 성 어사는 닭 다리뿐만 아니라 소고기 산적도 집어 들고 질겅질겅 게걸스럽게 먹고 있었다.

성대한 사또 잔치에 지나가는 거지 과객이 들어와 망치고 있는 것이었다. 보다 못한 다른 고을에서 온 군수가 본 고을 사또에게 말했다.

"저 걸인에게 운자를 내어 시를 짓게 하여 내어 쫓읍시다."

"거 좋은 생각이오. 양반이지만 형색을 보아 하니 글공부했다고 하나 시를 쓰지 못할 것이오"

집필 묵을 성 어사 앞에 가져다 놓고 말했다.

"과객을 보아 하니 글줄이나 읽은 것 같소. 사또의 잔치 술을 얻어먹었으면 시를 한 수 지어 답례하여야 할 것이 아니오? 그대가 시를 지을 수 있으면 하루 종일 잔치 자리에 끼어 술을 마시고 배불리 음식을 먹게 하겠지만, 그러지 않으면 얼른 돌아가는 것이 좋을 것이오."

이쯤 되면 걸인 차림의 객이 주눅이 들어 줄행랑을 칠 줄 알았는데 과객이 호기스럽게 말했다.

"그럽시다. 운자를 내시오."

어디서 들은 풍월은 있어서 큰소리친다고 생각하고 군수는 말했다.

"운자라! 산해진미 기름진 음식상 앞이니 기름 고(膏), 그리고 사또는 높은 자리니 높을 고(高)."

그러자 성 어사는 붓을 들어 벼루에 먹물을 찍어 조금도 망설임 없이 일필휘지로 휘갈겨 써 놓고 자리에서 일어서 나가면서 말했다.
"잘 먹었소. 소인은 이만 가 보겠소이다."
그러자 시를 쓰게 하여 쫓아내자던 군수가 본관사또를 보고 말했다.
"거 보시오. 시를 쓰라니 꽁지 빠지게 도망가잖소."
옆에 있던 다른 고을 군수가 기녀를 보고 과객이 쓴 종이를 가져오게 하여 읽어 보았다.

금잔에 맛있는 술은 천 사람의 피요
(金樽美酒 千人血 금준미주 천인혈)
옥쟁반에 좋은 고기는 만백성의 기름이라
(玉盤佳肴 萬姓膏 옥반가효 만성고)
초 눈물 떨어질 때 백성 눈물 떨어지고
(燭淚落時 民淚落 촉루락시 민누락)
노랫소리 높은 곳에 원성 소리 높더라
(歌聲高處 怨聲高 가성고처 원성고)

과객이 써 놓고 간 글을 읽던 군수의 손이 덜덜 떨렸다. 그렇지 않아도 고을에 암행어사가 떴다는 소문이 있어 설마 했는데 틀림없이 그 걸인이 암행어사일 것으로 생각했다. 군수는 소피보러 가는 척 슬그머니 자리에서 빠져 나갔다. 그러자 다른 군수가 글을 읽고 본관사또에게 보여 주었다. 본관사또는 속으로 뜨끔하면서도 이왕 벌려 놓은 잔치인데 판이 깨어질 것이 걱정되어 말했다.
"별거 아니오. 객기 있는 몰락한 선비가 쓴 글이니 신경들 쓰지 마시오."

그렇지만 생일잔치 분위기는 일순간에 싸늘하게 얼어붙고 모두가 혹시나 하고 걱정하고 있었다. 그때였다.

"암행어사 출두야!"

"암행어사 출두야!"

"……"

폐립에 육모방망이를 든 역졸들이 남문과 동문, 서문으로 수없이 쏟아져 들어왔다. 생일잔치는 아수라장이 되고 열두 고을 군수와 이방, 형방, 아전뿐만 아니라 시중을 들던 기녀들까지 모두가 이리 뛰고 저리 뛰어다니며 숨을 곳 찾아 도망 다니기에 바빴다.

닥치는 대로 육모방망이로 후려치고 잔칫상을 둘러엎자 춤추던 무녀들도 시중들던 기녀들도 모두 제 살길을 찾아 사방으로 허둥지둥 뛰어다녔다. 위엄 있던 고을 사또들은 관복을 입은 채 이리저리 뛰어다니다가 병풍 뒤에 숨고 마루 밑으로 기어들어 가고 굴뚝 뒤에 머리만 처박은 채 숨어 있고 동헌 담을 기어오르다가 잡혀 오고 그 꼴이 가관이었다.

먼저 소피보러 간다고 빠져 나갔던 군수까지 멀리 도망가지 못하고 모두가 잡혀 오랏줄에 묶여 왔다. 뒤엎어져 엉망이 된 잔치 음식상도 치워지고 주위가 정리가 되자, 열두 고을 군수들은 모두 포박되어 동헌 앞에 꿇어앉히고, 기생들과 무녀들도 한쪽에 열 지어 서서 고개를 숙이고 서 있고 역졸들은 질서정연하게 열을 맞추어 서 있었다.

때 묻은 옷에 찌그러진 갓을 쓰고 걸인행세를 하던 성 어사는 푸른 어사또 관복을 입고 얼굴 가리개로 얼굴을 가리고 대청에 서서 열두 고을 사또들 보고 말했다.

"본 고을 사또는 임금님의 명을 받고 고을에 부임하였으면 백성들을 위하여 온 힘을 바쳐 일해야 함에도 본분을 망각하고 가난한 백성들에게 세금을 핑계 삼아 재물을 탈취하여 착복하였고, 죽은 이와 어린아이들에게까지 세금과 부역을 매겨 가족들이 대신하게 하여 가난에 허덕이는 백성들의 양식과 노동력을 착취하였으며, 부자들을 이유 없이 옥에 가두고 겁박하여 그들의 재산을 강탈하는 나라에서 내려준 권력을 악용하여 날강도 행위를 하였다. 또 백성들은 끼니를 거르고 있는데 날마다 술판을 벌이고 밤이면 기녀뿐만 아니라 고을의 부녀자들을 잡아들여 수청 들게 하며 겁탈한 것은 천인공노할 인간의 탈을 쓰고 할 수 없는 일을 저질러 그 죄가 일일이 나열하기 힘들 정도이다. 이에 본 고을 사또가 이때까지 부정으로 모은 재산은 모두 압수하여 원주인들에게 돌려주고, 봉고 파직하여 한양으로 압송해 그 죄를 의금부에서 엄히 묻도록 하겠다.

그 이외의 다섯 개 고을 군수들도 밤마다 기생들을 불러 술판을 벌이고 고을의 일을 게을리한 죄가 크므로 고을 사또에서 파출하고 그동안 모은 재산은 모두 압수하여 고을 사람들에게 돌려주도록 할 것이며 나머지 여섯 개 고을 군수는 고을의 군정을 팽개치고 먼 곳까지 이웃 고을 사또의 생일잔치에 참석한 것은 군수의 본분을 망각하고 근무지를 이탈하여 임금님의 명을 어긴 불충을 주상께 알리는 서계에 이름을 올린다. 그러니 여섯 고을 군수는 각자 고을로 돌아가 자숙하고 반성하며 어명을 기다려라."

이어서 성 어사는 옥사를 열어 옥에 갇혀 있는 죄수들의 죄목을 하나하나 점검했다. 재산을 탈취하기 위해 잡아넣었던 부자들과 억울한 죄명을 쓴 사람들은 바로 석방하고 강도와 도둑, 이웃집 청상과부를 겁탈하여 강간죄를 지은 죄수들은 다시 옥사에 가두어 옥살이를 계속하도록 했다.

　암행어사 출두하여 일을 다 처리하고 성 어사는 서류를 정리하며 조정으로 보내는 장계를 쓰면서 본 고을 변 사또가 십수 년 전 남원고을에 부사로 있었던 그 변 사또라는 것을 알았다. 우연이라기에는 너무 기가 막히는 일이었다. 춘향에게 수청을 강요하면서 온갖 형벌을 내리고 칼을 씌워 옥에 가두어 끝내 죽게 한 그 사또였다. 성 어사는 춘향을 생각하면 변 사또 이자에게 사형 언도를 내려 당장에 목을 자르고 싶지만, 어사에게는 그럴 권한이 없었다. 인과응보라더니 그는 끝내 성 어사에게 잡혀 의금부로 끌려가 나라에서 백성을 잘 다스리라고 준 권력을 사리사욕으로 휘두른 죗값을 받게 되었다. 그는 고을의 백성에게 세금을 나라에서 정한 것보다 몇 곱이나 많이 거두어 착복하고 돈 많은 사람들의 재산을 강탈하였으며, 주색잡기에 빠져 관기뿐만 아니라 고을의 여인까지 수청 하게 하며 겁탈하여 고을 백성들의 원성을 산 것을 낱낱이 장계에 적어 조정으로 올려보냈다. 변 사또가 의금부에 압송되면 이때까지 수십 년 여러 고을을 돌아다니며 사또로서 그가 저지른 일을 자기 입으로 하나하나 실토하며 끝내 형장에서 목이 잘려 죽게 될 것이었다. 성 어사는 변 사또를 한양으로 압송시키고 나자, 옥에 갇혀 고생하다가 끝내 병이 들어 이승을 떠난 춘향의 얼굴이 떠올랐다. 늦게나마 춘향의 원한을 풀었으나 변 사또에게 당했을 수많은 사람을 생각하면 가슴 아팠다. 암행어사 출두로 열두 고을 군수들을 심판하여 정리를 끝낸 성이섣 어사는 서리와 다시 암행 길을 떠났다.

성이성 어사가 고을 원 생일잔치에서 쓴 "金樽美酒 千人血 금준미주 천인혈/玉盤佳肴 萬姓膏 옥반가효 만성고/燭淚落時 民淚落 촉루락시 민누락/歌聲高處 怨聲高 가성고처 원성고"라는 시는 성이성의 스승인 조경남이 임진왜란을 쓴 난중잡록에도 나온다. 난중잡록에는 첫 연이 樽中美酒 千人血 준중미주 천인혈, 둘째 연이 盤上嘉肴 萬姓膏 반상가효 만성고, 앞의 몇 글자가 다르다. 조경남은 명나라 장수로 광해군 때 우리나라에 왔던 장수 조도사가 쓴 시라고 했다. 명나라 조도사의 시는 앞의 두 연 淸香旨酒 千人血 청향지주 천인혈/細切珍羞 萬姓膏 세절진수 만성고로 약간 다르게 되어 있다. 성이성은 젊은 시절 조경남 스승에게 글공부하면서 이 시를 배웠을 것이다. 그리고 방탕한 고을 원의 잔치 풍경이 시의 내용과 똑같아 몇 글자를 바꾸어 썼으리라고 짐작된다.

성이성 어사는 호남 암행을 다녀오고 조정에서 홍문관 교리와 지제교와 경연 검토관, 춘추 기사관으로 8년을 근무하였다. 그러던 어느 날 또 행장을 꾸리라는 명을 받았다. 행장을 꾸리고 마패와 유척을 받고 봉서를 받았다. 같이 봉서를 받은 사람과 남대문을 나와 봉서를 개봉했다. 전라도 지방을 암행하라는 어명이 적혀 있었다. 전라도를 암행하고 온 지 8년 만에 또 호남 암행어사 명을 받고 출발하게 되었다. 남원은 어릴 때의 추억이 깃들어 있어 갈 때마다 설레는 곳이었다. 8년 전 암행 때 어사출두를 했던 기억이 생생했다. 그리고 암행을 마치고 돌아오며 춘향의 묘를 들렀을 때가 어제 같았다. 춘향은 잊을 수 없는 여인이었다. 성 어사의 가슴에 깃들여 있는 아련한 그리움이 서려 있는 여인 춘향이 살아 있다면 얼마나 행복할까? 남원을 지나면 춘향

묘를 들러 봐야겠다고 생각하니 비록 유명을 달리해서 이승과 저승으로 헤어져 있지만, 그래도 춘향은 생각만 해도 가슴이 설레는 애틋한 여인이었다.

성 어사는 이번 암행에는 지방 관장들이 정치를 잘해 어사출두 같은 일이 없도록 기대하면서 출발했다. 같이 가는 어사의 암행 행선지는 영남지방이었다. 서로의 암행 지역은 다르지만, 말을 타고 같이 남쪽으로 향했다. 멀어져가는 도성을 바라보며 이렇게 암행을 떠나면 언제 한양으로 돌아올지? 조정에서 많은 대신들과 부대끼며 매시간 신경을 쓰기보다 지방 암행어사로 활동하는 것이 몸은 고단하지만, 마음은 편했다.

암행어사는 사람들이 알아차리지 못하게 평민으로 위장해야 하므로 이번에도 가난한 선비 차림으로 위장했다. 거리를 돌아다니면서 주민들과 어울려 생활하며 활동하자면 선비 차림이 가장 무난했다. 때로는 말에서 내려 걸어서 암행하기도 하고 의복을 세탁하지 못해 때에 찌들고 땀에 절어 거지꼴로 다닐 때도 많았다. 그래도 찌그러진 갓을 쓰고 몰락하여 돈도 권력도 없는 선비가 거지꼴을 하고 다녀도 천민이 아니라 뼈대 있는 양반으로 보여 사람들의 하대를 받지 않으면서도 아무나 어울려 이야기할 수 있었다. 지나는 고을마다 양식을 지원받을 수 있지만, 암행하다 보면 끼니를 굶을 때도 많았다. 이번 암행은 또 가는 곳마다 얼마나 힘 드는 역경이 기다리고 있을까? 암행어사는 지방 고위직 관리를 현장에서 봉고파직 할 수 있는 막강한 권한도 있지만, 거기에 따르는 책임도 있으며 나그네로 위장하여 다니는지라 때로는 난저한 일에 부딪히고 고통스러운 일과 봉변을 당할 때도 있었다.

오시가 되어 한강을 건너서 말에게 여물을 먹이고 짚신도 몇 켤레 준비했다. 먼 길을 가자면 사람이나 말이나 모두 든든하게 먹어야 했다. 영남지방으로 암행을 떠나는 동료 어사와 첫날은 같이 가는 길동무가 되었다. 해가 저물어 용인에 도착 어느 문중 제사에 숙소를 정하여 머물렀다.

날이 밝자 영남 암행어사와는 서로 가는 길이 달라 헤어졌다. 그는 충청도 박달재를 넘어 제천, 도담을 거쳐 소백산 죽령을 넘어 영남 지역으로 갈 것이다. 소백산을 넘으면 풍기 순흥이 있고 영천(영주)을 지나면 성 어사가 태어나서 자란 고향 이산을 지나 봉화에 닿을 것이다. 이산 내성천 가로 끝없이 펼쳐지는 하얀 모래밭이 눈에 선했다. 그 모래밭을 맨발로 뛰어다니며 놀던 고향을 떠나온 지도 여러 해가 되었다. 성 어사는 수원, 오산, 평택, 대전, 공주를 거쳐 호남지방으로 가야 하므로 갈 길이 멀었다. 말 먹이를 먹이는 시간에 사람들을 만나 이야기를 나누었다.

겨울철인 데도 날씨가 포근하여 부슬부슬 비가 내렸다. 갈모에 도롱이를 썼으나 말은 그대로 비를 맞으며 뚜벅뚜벅 걸어갔다. 지역 찰방이 나와 숙소를 정해 주었다. 행장을 풀고 저녁을 먹으며 말에게도 여물을 먹였다.

새벽에 일어나니 찰방이 아침으로 보리밥과 죽을 쑤어 와서 먹고 출발했다. 이틀 동안이나 산을 넘고 내를 건너 걸어서 말도 지쳤다. 마차가 다니는 큰길이 아니라 겨우 우마와 사람만 다니는 좁은 길이 산자락 지나 재를 넘어 구불구불 끝없이 이어져 있었다. 십 리는 족히 걸어 천안에 도착해 역마에 들러 말을 교체했다. 말을 교체할 때마다 마부가 바뀌었다. 솔마부에 득일이고 복마부에 말산이고 중마부에 용남이었다. 정오에는 주막에 들러 점심으로 장사꾼과 길손이 어울려 국말이 밥을 먹었다. 모두가 먼 길을 다니면서 만나는 사람들이라 서로가 지나온 고을의 이야기를 하며 각 지역에서 일어나는 일들을 주고받을 수 있었다. 어느 지역에서 지난여름에 홍수로 외나무다리가 떠내려가서 아직 수리하지 않았고 어떤 산 고개를 지날 때는 산적이 나타나니 조심하라는 내용들이었다. 점심을 먹은 후 길을 재촉했다. 오늘은 새벽부터 길을 떠나 백 리는 족이 지나왔다. 사람도 말도 지쳐 피로했다.

며칠 동안 푸근하여 비가 내리더니 오늘은 새벽에 일어나니 날씨가 쌀쌀하게 추워지며 싸락눈이 내렸다. 겨울의 날씨는 예측하기 어려웠다. 갈 길이 바빠 내리는 눈을 무릅쓰고 새벽길을 떠났다. 공주를 지나 주막에서 아침밥을 먹었다. 눈은 계속 내리는데도 길을 늦출 수 없었다. 내리는 눈발이 작고 곱게 내리는 눈은 오래도록 내려 쌓이게 되고, 함박눈이 펑펑 쏟아지면 여름철 소낙비 같아서 이내 그쳤다. 길에 쌓인 눈은 사람이나 마소가 다녀 다져지고 얼면 몹시 미끄러웠다. 그런 눈길은 사람도 말도 미끄러져 낙상당하기 쉬워 위험해서 옛날부터 눈은 올 때 가고 비는 그칠 때 가라고 했다. 고갯길에 올라서자 낮게 안개구름이 끼었다. 산속 운무는 말발굽을 좇아가고 나뭇가지의 쌓인 눈은 절경을 이루니 젊은 날 만나던 여인이 생각났다. 짙게 드리운 안개 속에 언 듯 언 듯 드러나는 산천경개는 이 세상이 아닌 신선들이 사는 세상같이 느껴졌다. 이런 풍경 속에서 옛 여인 춘향과 같이 거닐면 얼마나 좋을까? 그러면서 신녀가 된 열여섯 살 에쁘던 춘향과 구름 속을 같이 거니는 상상을 해 보았다. 오래전 춘향과 헤어져 한양에서 과거 공부할 때 부모의 주선으로 혼인하고 살아오면서도 첫사랑 여인을 잊을 수 없었다. 아이들이 태어나고 조정에서 근무하는 바쁜 생활 속에서도 잊은듯하던 지난날의 일들이 한가한 시간이면 어제의 일처럼 생생하게 떠올랐다. 헤어질 때 호호백발 할머니가 될 때까지 기다리겠다던 춘향의 말이 기억났다. 살아 있었다면 지금까지 기다리고 있었겠지. 성 어사는 눈 내리고 안개구름에 쌓인 회색빛 세상인 고갯길을 넘어가며 주위의 풍경이 신선의 세계로 들어가는 초입인 듯하여 오래전 이승을 떠난 여인과의 추억이 떠올랐다. 안개 낀 고갯길이 천상의 세계같이 느껴져 어쩌면 저승으로 간 춘향이 구름 속에서 불쑥 나타날 것 같다는 환상 속에 또각또각 말발굽 소리를 들으며 운무를 헤치며 고갯길을 넘었다.

고개를 넘어서자, 날이 저물어 농가를 빌려 행장을 풀고 하룻밤을 묵었다. 저녁을 먹고 온종일 눈길을 헤치고 온 피로가 쌓여 군불을 때어 따뜻한 방안에서 일찍 잠자리에 들었다.

새벽에 일어나 이른 아침을 해 먹고 길을 떠났다. 새벽길을 떠나는 것도 이제 이력이 났다. 해가 뜨기 전 찬 공기에 손발이 아리도록 시려왔다. 며칠을 이렇게 걸어야 호남에 도착할 것이다. 점심때가 되어 주막에 점심을 먹으러 들렸다가 새로 부임하는 전주 부윤을 만났다. 평천 역마에 들러서 말을 바꾸었다. 근처에 있는 이산, 은진, 연산 세현은 역적이 태어난 고을이라 현은 혁파되어 은산 현으로 통합된 곳이었다. 역적이나 살인자가 있는 현은 혁파되어 이웃 현에 통합되었다. 통합된 고을의 읍은 평산 역에 만들어졌는데 관아를 짓지 못하여 초가를 급히 지어 이용하고 객사도 그대로 사용하고 있었다.

호남 땅에 들어섰다. 암행하며 많은 사람을 만나서 이야기하고 고을 사또들이 고을을 잘 다스리는지 잘못 다스리는지를 살펴야 하고 백성들의 삶과 지역의 민심을 파악해야 한다.

주막에서 만났던 전주 부윤이 여산군으로 갔다는 소식을 들었다. 지름길로 여산군 역전길로 갔다. 길가에 있는 농막에서 아침을 먹고 서리를 보고 먼저 읍내에 가서 기다리도록 했다. 정오에 삼례를 지나가는데 전주 부윤을 마중 나온 전주 사람들의 위세 대단했다. 길에는 황토를 깔아 깨끗하게 보수하고 구름 같은 군중들이 모인 가운데 부윤은 말에서 내려 가마를 타고 행차했다. 성 어사는 지방 수령이 부임하고 이임하는 행사가 너무 성대하여 낭비이고 많은 사람이 동원되면 백성들의 생업에 지장을 초래하는 민폐라고 생각했다. 사또의 환영 행사도 고을 사람들에게 부담이 되지 않게 검소하게 하였으면 좋겠다고 생각하면서도 부임하는 사또가 아닌 고을 사람들이 결정한 환영 행사라 구경만 하고 지나갔다.

금구현에 들어섰다. 현감은 이진영이었다. 아침을 먹어야 하는데 집마다 양반을 자처하면서 들어오지 못하게 했다. 겨우 조그마한 촌집에 들어가서 아침밥을 먹었다. 아침을 먹고 출발하면서 십여 두의 마소에 짐을 싣고 가는 사람들을 만났다. 그들 중에는 말을 탄 젊은 여인이 있었다. 의복과 단정한 몸매로 보아 돈 많은 양갓집 여인 같았다. 말이 무엇에 놀랐는데 껑충 뛰면서 돌부리에 걸려 넘어지자 말 위에 타고 있던 여인은 떨어지며 속옷이 벗겨지고 허연 엉덩이가 드러나는 난처한 일이 벌어졌다. 그러자 말이 쓰러져 있는 여인의 엉덩이를 물어 버렸다. 여인이 엉덩이에서 피가 흐르는데 같이 가는 일행은 어쩔 줄 몰라 우왕좌왕했다. 옆에 있던 다른 여인이 엉덩이의 피를 닦아 내고 옷을 입혔다. 젊은 여인은 많은 남정네가 보는 앞에서 예의도 차릴 수 없는 난처한 일을 당하여 몹시 당황하며 탄식했다. 말에게 엉덩이가 물렸지만, 여인이 많이 다치지 않아서 다행이었다.

점심을 먹으러 길갓집에 들어가자, 주인 노파는 방으로 맞아 드리며 말했다.

"술이 없어서 미안합니다."

"괜찮습니다. 미안한 것은 도리어 우리 쪽입니다. 이렇게 점심을 해 준다니 고맙습니다."

아침에 지나오던 동네에서는 양반을 자처하며 밥을 해 주지 않아 이 집 저 집 몇 집을 돌아다니다가 겨우 밥을 시켜 먹었는데 이곳 주인 노파는 인정이 많았다.

쌀 다섯 되로 밥을 했다. 우리뿐만 아니라 말 타고 가는 다른 일행의 점심도 같이했다. 주인 노파에게 성 어사가 물었다.

"이 고을 사또는 어떤 사람입니까?"

"제가 모시고 있던 사또는 사욕 없이 고을 사람들을 위해 선정을 베풀었지요. 고을에 송사가 일어나면 공정하게 일을 처리해 많은 사람의 칭송을 받습니다. 지난여름에 부임한 신관 사또도 고을을 아주 잘 다스린다고 사람들이 말하고 있습니다."

노파는 묻지도 않은 전임 사또 자랑을 하며 신관 사또도 고을을 썩 잘 다스린다고 말했다. 노파는 전임 사또를 모셨다니 아마도 관노인 것 같았다.

비가 내리는데 출발했다. 같이 가는 서리와 떨어져 각자가 민심을 살피기로 했다. 서리는 하촌 고창의 아랫마을에 자도록 하고 성 어사는 상촌의 이 씨 집에 들어가 과객이 되어 하룻밤을 신세 지기로 했다. 집주인은 나이가 환갑은 되어 보이는 순박해 보이는 노인이었다. 한 방에 앉아서 고창현에 관한 사항을 물어보았다.

"지금 사또는 고창 고을을 잘 다스리고 있는지요?"

"예, 지금 사또는 나이 마흔하나로 팔순 노모를 모시고 슬하에는 다섯 명의 자녀를 두고 있습니다. 부모님이 장수하고 아랫대가 많아 복 받은 사람이지요. 백성들을 드러나게 수탈하지는 않습니다만, 하루도 술에 취하지 않는 날이 없습니다. 술에 취했을 때는 전혀 일을 하지 않습니다. 실수를 저지르는 것은 말할 것 없고 요즘은 황달 증상이 있어 많이 마시지도 못한답니다."

"주인장 아드님은 무엇 하시는가요?"

성 어사는 나이 든 사람보다 젊은 사람과 이야기해 보고 싶었다. 아무래도 노인들보다 젊은이가 이 고을 사정을 더 잘 알고 있으리라고 생각했다.

"아들은 현청 공관에서 일하고 있습지요."

아들 이야기가 나오자, 공무로 근무하는 아들을 자랑스럽게 이야기했다. 저녁이 되어 아들이 돌아왔다. 나이 마흔은 되어 보였다. 밤늦도록 이야기했다. 아들은 현감 이야기뿐만 아니라 현에서 일어나는 일들을 상세하게 이야기하였다.

"현감은 부임하자마자 술을 좋아해서 밤낮 술에 찌들어 살지요. 그러니 그 밑의 이방이나 형방, 아전들이 살판이 났지 뭡니까? 현감이 간섭하지 않으니, 현에서 일어나는 잡다한 일들은 자기들 마음대로 처리할 수 있으니까요."

"현감이 그렇게 술을 먹는 돈은 어디서 나오지요. 뇌물을 받거나 과다한 세금으로 백성의 돈을 긁어모으지는 않았습니까."

그러자 아들은 갑자기 사또를 칭찬하기 시작했다.

"우리 사또는 술이 과하기는 하지만, 고을을 잘 다스리고 있습니다."

"조금 전에 사또가 일하지 않아 밑에 있는 아전들이 살판났다고 하지 않았습니까?"

"아, 그것은 사또가 갑자기 황달 병으로 아파서입니다. 인근의 유명한 의원들이 진맥하고 약을 먹고 있으니 낳으면 잘할 겁니다."

아들은 당황한 듯 선비 차림의 성 어사를 물끄러미 바라보며 약간 더듬거리며 말했다.

"저, 지금 현청에서는 암행어사가 돌아다닌다는 소문이 있어 모두 긴장하고 있는데 혹시 선비님께서도 들었는지요?"

성 어사는 주인의 아들이 갑자기 태도를 바꾸어 사또를 칭찬하는 까닭을 알고 태연하게 대답했다.

"나도 전주에 왔을 때 그런 이야기를 들었는데 정말이지 알 수 없네요. 현청에서는 어사가 다닌다는 말을 어디서 들었습니까?"

"우리 사또의 자제가 전주 연지동에 살고 있는데 며칠 전에 사람을 보내 알려오기를 '대간들의 보고서에 의하면 어사의 행장을 차리라는 명령이 있었다고들 합니다.'라고 했고 오늘 아침에 옥구 현감이 우리 사또에게 편지를 보내 어사가 만경에 당도해서 며칠 동안 경내에서 나가지 않고 있어서 만경 사또가 움츠러서 제대로 앉지도 못하고 있다고 알려와서 지금 현청에는 온통 비상이 걸려 모두 몸조심, 말조심을 하고 있습니다."

성 어사는 더 이상 이야기할 수 없었다. 암행할 때는 백성들의 이야기를 듣고 고을의 상황을 파악할 수 있었다. 고을의 사또가 선정을 베푸는지 악정으로 고을 백성들을 힘들게 하지 않는지, 또 백성들이 삶에 불편한 것은 없는지, 고을에 열녀나 효부와 같은 권장할 사항이나 또는 나쁜 사건에 휘말린 억울한 사람은 없는지를 두루 살폈다. 그렇지만 고을에 어사가 들어온 줄을 알면 백성들은 입을 다물고 이야기하지 않았다. 혹시 잘못되어 문제가 되면 나중에 어사가 지나가고 나면 사또뿐만 아니라 이웃 주민들끼리 얽힌 문제에도 큰 화를 입을 수 있기 때문이었다.

아침을 먹고 하동에서 밤을 지내며 민심을 살피던 서리를 만났다. 하동에서 서리가 들은 이야기도 상동에서 성 어사가 들은 이야기와 다르지 않았다.

고창 고을을 벗어나려는데 어떤 사람이 지게를 지고 가면서 하늘을 쳐다보고 어사 일행이 들으라는 듯이 큰소리를 말했다.
"세상이 망할 징조야. 이제 이 고을도 끝장이 났어."
농부의 말에 무슨 큰일이 있는 것 같아 성 어사가 물었다.
"여보시오. 농부님, 세상이 망하다니, 아침부터 그 무슨 망발이요?"
농부는 어사 일행을 힐끗 거들떠보더니 말했다.
"선비님 들어 보시오. 남편 장례를 지내고 돌아온 미망인 하루도 지나지 않은 장례 날 밤에 홀아비인 고을 이방과 밤새도록 붙어먹었으니, 망조가 아니고 무엇이오. 내 참 기가 막혀."

"남의 집 일을 어찌 그리도 잘 아시오."

"죽은 마 서방이 친구라, 멀쩡하던 사람이 죽어, 가서 장례를 도와주고 아무래도 이상해 밤에 그 집에 다시 가 보았지요. 방안에서 남녀의 신음이 나서 지켜보았지요. 밤새도록 요란한 신음이 그치지 않아 너무 괴상해서 밤을 꼬박 새우며 지켜보았지요. 아, 글씨 새벽이 되어 방안에서 나오는 남자가 건너 동네에 사는 홀아비 이방이었지 뭡니까? 아무리 그래도 그렇지 자기 신랑 땅에 묻고 돌아와 그날 밤새도록 그 짓하는 년이 세상천지에 어디 있소?"

성 어사는 직감적으로 치정에 의한 살인이라고 느꼈다.

"그 집이 어디고 마 서방 묘는 어디 있소?"

농부는 집과 묘를 가리켰다. 집은 동네에서 외따로 떨어져 있는 집이고 묘는 길에서도 보이는 곳에 방금 쓴 새 묘가 있었다. 농부와 헤어지고 성 어사는 서리에게 말했다.

"젊은 사람이 갑자기 죽은 것도 이상한데 그 아내가 남편을 묻고 돌아와 그날 저녁에 다른 사내와 놀아난 것이 더 이상하다. 아무래도 이 죽음은 치정에 얽힌 살인인 것 같다. 시신을 무덤에서 꺼내 조사해 보아야겠다."

"그렇지만 확실한 물증도 없이 무덤 속의 시신을 파낼 수 있을까요?"

"시신을 무덤에서 끌어내기만 하면 물증을 찾을 수 있을 것이다."

밤이 되어 서리는 동네 봉놋방에서 투전하고 있는 곳에 길 가던 나그네인 체하고 옆에서 구경하고 있었다. 그리고 마부인 소동은 마당에 쓰러져 누워 있었다. 순라군인 체하고 역졸 한 명이 투전하는 봉놋방 문을 열고 육모방망이를 들고 소리쳤다.

"이놈들 사람을 때려죽여 놓고 노름하고 있다니?"

모두 밖으로 나와 보니 마당에는 한 사람이 죽어 있었다. 사람들은 놀라면서 말했다.

"우리와는 관계없는 일이오. 저 사람이 왜 여기 와서 죽었는지도 모르오."

"너희들이 안 죽였으면 누가 죽였나? 노름하다 다투어 사람을 죽여 놓고도 태연히 노름하다니? 포졸들을 데리고 올 때까지 시신을 지키고 있거라."

그리고 역졸은 관청으로 달려갔다. 노름을 하던 사람들은 모두 관가로 잡혀가게 될 것이었다. 날씨가 추워 사람들은 시체를 지키다 말고 하나둘 방으로 들어갔다. 마지막에 서리와 한 사람만 남았다. 서리가 말했다.

"시체가 도망갈 리도 없고 추우니 방으로 들어갑시다."

모두 방으로 들어갔다. 그때 시체가 되어 누워 있던 마부 소동은 일어나 가 버렸다.

서리가 뒷간에 가는 체하고 밖으로 나왔다가 놀라 방으로 뛰어 들어와 말했다.

"시체가 사라졌다. 이제 큰일 났소. 모두 살인하고 시체를 유기한 것이 될 것이오."

옆에 있던 사람이 당황해하며 말했다.

"이제 어떻게 하지, 모두 관가에 붙들려 가 주리를 틀리며 숨긴 시체를 내어놓으라고 할 텐데….”

"아무 시체나 있으면 될 거 아니오? 어제 장례 지낸 윗동네 마 서방 시체를 가져다 놓세.”

서리가 말하자 당황한 사람들은 삽을 들고 새로 쓴 마 서방 묘를 파서 염을 풀고 시체를 마당에 옮겨다 놓았다.

날이 새고 포졸들이 달려왔다. 그리고 시체가 어떻게 죽었는지 검시했다. 시체에는 아무 이상이 없었다. 옆에서 보고 있던 서리가 포졸의 검시를 돕는 체하고 시체의 머리칼을 헤치고 들여다보았다. 피가 엉켜 있었다. 피가 나는 곳을 만져 보니 거기에는 놀랍게도 커다란 쇠못이 박혀 있었다. 두 개였다. 마 서방은 머리에 쇠못이 박혀 죽은 것이었다.

시체는 관가로 옮겨지고 봉놋방에서 노름하던 사람들은 모두 잡혀 갔다. 그러자 서리가 말했다.

"죽은 사람 시체가 없어져 새로 쓴 묘에 시체를 파다 놓았습니다.”

사또가 놀라며 말했다.

"그럼, 먼저 죽은 사람의 시체는 어떻게 했느냐?”

그때 마부 소동이 나타나 사또에게 말했다.

"그 죽은 사람은 바로 저였습니다. 날씨는 춥고 봉놋방에 들어가려고 마당에 들어서다가 깜박 정신을 잃고 쓰러졌습니다. 깨어나서 보니 방에서 노름하는 것 같아서 그대로 돌아왔습니다.”

마 서방 아내가 잡혀 와 형틀에 매어졌다. 옆에 서 있던 이방은 사색이 되어 있었다.

"남편의 머리에 못을 박아 살해했느냐?”

사또가 물었다.

"소인은 아니옵니다."

마 서방 아내는 아니라고 하면서 새파랗게 질려 온몸을 부들부들 떨었다.

"그럼 마 서방 머리에 못을 박은 자가 누구냐?"

사또가 다그치자, 마 서방 아내는 옆에 서 있는 이방을 가리켰다.

사또는 기가 막혔다. 이방이 범인이라니? 이방은 그 자리에서 잡혀 형틀에 매어졌다. 지금까지 이방과 같이 사또를 도와 고을을 다스리던 형방은 이방을 바라보며 말했다.

"이방, 저 여인의 남편을 죽인 게 맞소?"

이방은 사색이 되어 벌벌 떨면서 아니라고 했다. 형틀에 묶인 채 장을 맞아도 이를 악물고 자기가 죽이지 않았다고 하며 버티었다. 시신을 씻은 피가 엉킨 걸쭉한 물을 담은 바가지를 범인인 이방과 여자 입 벌리고 부어 넣어 먹였다. 범인을 고문하는 무자비한 방법이었으나 옆에서 보는 사람까지 속이 매슥거리고 구토가 났다. 여인과 이방은 더 이상 버티지 못하고 범행을 자백했다.

"술을 먹여 정신을 잃게 하고 머리에 못을 박아 죽였습니다."

성 어사와 서리는 범인들의 문초가 진행되는 것을 보고 관청을 빠져나와 암행 길을 떠났다.

고창을 떠나 송덕으로 향했다. 겨울인데도 잔뜩 찌푸린 날씨는 빗방울이 후드득후드득 떨어졌다. 송덕에 도착하여 길갓집에 들어가 말을 쉬게 하고 비를 피했다. 고창에서 10여 리도 더 떨어진 거리인데도 사람들은 고창 사또에 대해 이야기하는 것이 며칠 전에 들은 것과 다르지 않았다. 성 어사는 고창에서 있었던 남편을 죽인 살부와 간부 사건을 일기에 썼다. 나중에 암행을 마치고 조정에 보고서를 작성할 때 들은 이야기와 처리한 내용들을 그때그때 적어 놓지 않으면 빠뜨릴 수 있기 때문이었다.

정읍에 도착하니 날이 저물었다. 식량이 떨어져 서리를 정읍 사또에게 보내어 식량을 받아오게 했다. 정읍 사또는 식량을 가지고 오는 서리를 따라 노비까지 거느리고 와서 밤늦게까지 정읍 고을을 다스리는데, 어려운 일과 백성들의 삶의 이야기를 나누었다.

사또와 어젯밤 늦게까지 이야기를 나누어 잠이 부족하지만, 새벽에 일어나 30리를 가서 영은사에 도착해서 아침을 먹었다. 아침 식사 후 영은사 경내를 거닐었다. 깊은 산 계곡 후미진 곳에 여섯 개의 절집이 숲을 배경으로 지어져 있는데 칸수를 합하면 50칸이나 되었다. 아늑하고 한적한 산사는 운치가 있어 세상에서 빗겨나 있는 느낌이었다. 이런 곳에서 며칠을 쉬다 갔으면 좋으련만 암행을 늦출 수 없었다.

잔뜩 흐리던 날씨는 눈보라가 몰아쳤다. 눈보라 속을 뚫고 길을 나섰다. 갈현 고갯길을 오르는데 앞이 안 보이게 눈이 몰아치고 말도 입에서 김을 내뿜으며 힘들어했다. 중간쯤 올라가다가 말의 짐을 풀어 놓고 말에서 내려 걸어서 고개를 넘었다. 순창 땅 점촌에 도착하여 말을 쉬게 하고 일행도 쉬었다. 눈보라는 그칠 기미도 없이 계속 몰아쳐 마냥 기다릴 수만 없었다. 앞이 잘 보이지 않는 눈보라 속 악천후를 무릅쓰고 또 고개를 넘었다.

서리와 헤어져 각자 다른 길로 가기로 했다. 암행하면서 혼자서 사람들을 만나며 고을의 정보를 모으는 것보다 둘이 모으면 쉽고 더 많은 정보를 모을 수 있었다.

날이 저물어 담양 정사에서 묵었다. 일하는 사람들에게 부사가 정치를 어떻게 하는지 물으니, 담양 군수는 백성들에게 해를 입히지도 않고 선정을 베푼다는 칭송을 듣지도 못하고 무해 무덕하다고 했다.

나이 어린 임시직 아전 집에서 아침을 먹었다. 그는 모시고 있는 사또의 이야기를 했다.

"우리 사또는 매사에 세밀하고 명철하게 일을 잘 처리합니다. 그리고 늦게 나왔다가 일찍 들어가니 그 밑에서 일 보는 서리들과 아전들이 그렇게 편할 수가 없습니다."

성 어사는 아전이 비위를 맞추어 꽤 오랜 시간 이야기를 나누었다. 그러자 눈치 빠른 아전은 갑자기 의심하기 시작했다. 성 어사는 아전에게 더 이상 사또 이야기나 현의 정치에 관한 이야기를 들을 수 없었다.

점심 후 장평으로 향했다. 장평으로 가는 길에 눈은 계속 내리는데 서리와 길이 엇갈나 서로 헤어졌다. 일행인 소대를 보내 찾게 하고 성 어사는 역졸 한 명과 길을 나섰다. 서리와 만날 장소를 약속했는데 길을 잘못 들어 딴 길을 간 것 아닌지 걱정이었다.

길가 바위 밑에서 눈을 피하고 있는 사람들이 있어 성 어사는 같이 눈을 피했다. 옆에서 담배를 피우고 있던 사람이 있어 같이 담배를 피웠다. 바위가 추녀처럼 나와 있어 눈을 맞지 않는 곳에 여러 사람 앉아 있으니 성 어사는 사람들과 이야기를 나누며 고을의 사정을 알아보기에는 안성맞춤이었다. 성 어사는 담배를 같이 피우는 사람에게 물었다.

"창평과 담양 두 고을 사또 중에 누가 낫습니까?"

"창평 사또가 담양 사또보다 낫습니다."

"담양 사또가 창평 사또보다 왜 못합니까?"

"담양 사또는 자질이 모자라는 사람입니다. 작년에 중시에 급제하여 담양 군수가 되었는데 그의 품성은 명성을 따르지 못하고 군을 다스리는 정치는 서투르기보다 백성이 보기에는 좋지 못한 부분이 많습니다. 군역에서 면제되는 젊은이를 뽑는 한정 때도 융통성이라고는 눈곱만큼도 없어 지역 양반들의 원성을 많이 사고 있습니다. 사람들은 사또를 많이 원망하고 있습니다."

눈발이 그치자, 바위 밑에서 눈을 피하던 사람들을 모두 가고 성 어사와 역졸 한 명만 남아 일행을 찾아간 소대를 기다리고 있었다. 그때 한 노인이 말을 타고 가다가 내렸다. 그는 어딘가 아파 보였다. 그는 성 어사 옆으로 와서 가끔 가슴과 배에 통증을 느낀다며 기와 조각을 품속에서 꺼내 불로서 뜸을 뜨고 다시 넣었다. 성 어사는 통증에 담배가 좋으니 담배를 피우라고 한 대 권했다. 노인은 담배를 받아 피웠다.

"노인장은 어디에 사십니까?"

성 어사는 노인에게 물었다. 암행하면서 많은 사람과 대화를 나누며 지역의 여러 가지 정보를 얻어야 하는 성 어사로서 이런 기회를 놓칠 수 없었다.

"순창에 사는데 해남에 볼일이 있어 다녀오는 길입니다."

"순창 사또는 백성들에게 어떤 정치를 하고 있습니까?"

"사람의 인품이 어질고 훌륭한 정치를 하고 있습니다."

"담양 사또는 어떠한지요?"

"이 나라에 살면서 나라나 고을을 다스리는 관료들을 비방하지 않는다.'라고 했소. 담양은 내가 살고 있는 고을은 아니지만 순창과 경계하는 이웃 고을인데, 어떻게 행인한테 곧바로 아무렇게나 말할 수 있겠소?"

성 어사는 말씨를 보아 학식이 있는 노인이라고 생각했다.

"노인장은 글을 읽을 줄 아는 선비이군요."

"그렇소. 젊을 때 향교에 입교하여 학생으로 글을 배웠지만, 나이가 들어 향교에 나가지 않는다오. 양반으로 태어났지만 집안이 가난해서 노비 한 명도 없이 평생 내 손으로 직접 농사를 짓고 살아왔소."

"노인장 존함이 어떻게 됩니까?"

"창녕인 성구소라 하오."

성 어사는 같은 창녕인이라고 자기소개를 하고 담양 군수에 대해 다시 물었다.

"노인장께서 고을을 다스리는 관료를 비방하지 않는다고 했는데 그래도 이웃 고을 사또가 고을을 잘 다스리는지 못 다스리는지는 알 수 있을 것 아니요?"

성 어사는 자기의 정체가 드러나지 않는 한 집요하게 민의를 알려고 파고들었다. 성 어사뿐만 아니라 어사들의 공통적인 습성이었다. 노인은 그제야 마지못해 대답했다.

"정치하는 사람들이 크게 훌륭하거나 크게 나빠야만 이웃 사람들이 다 알게 되오. 이 늙은이가 어떻게 이웃 고을 수령의 정치에 대해서 알고 논하겠소?"

노인은 끝까지 담양 사또에 대해서는 분명하게 대답하지 않았다.

그때 헤어진 일행을 찾으라고 보냈던 소대가 돌아왔다.

"몇 곳을 다니며 서리를 찾아도 만나지 못하고 돌아왔습니다. 서리를 어떻게 만나지요?"

"할 수 없구나. 제 발로 찾아오겠지."

장평 땅으로 들어가 하룻밤을 묵고 가기로 했다. 집주인은 선량했고 그이 동생은 단봉사의 스님이었는데 얼굴이 수려했다. 어머니를 뵈러 와서 같이 밤을 새우며 밤늦게까지 불교 화엄사상에 관해서 이야기했다. 성 어사는 모처럼 암행업무에서 벗어나 스님과 이야기하며 속세를 떠난 수도승이 된 것 같은 기분이었다. 신라 때 의상대사가 중국에서 공부하고 돌아와 소백산 밑 영천에 부석사를 세우고 화엄 사상을 설법하였다.

"모든 인연의 근본은 나이고 일체법의 근원은 마음이다."

의상대사의 설법 중의 아주 평범하면서도 성 어사의 마음에 와닿는 말이었다. 또 의상대사의 화엄일승법계도 중에도 부처의 혜안으로 사물을 바라보게 하여 깊은 감명을 주는 글귀가 생각났다.

"하나 안에 일체가 있고 일체 안에 하나가 있으니/ 하나가 곧 일체요 일체가 곧 하나이다.

한 티끌 속에 시방세계가 포함되어 있고/ 모든 티끌 속에도 역시 시방세계가 포함되어 있다./ 한량없이 먼 시간이 곧 한 생각이요/ 한 생각이 무량한 시간이다."

신라 국사인 의상대사는 문무대왕이 서라벌 도성을 둘러싸는 높고 긴 성을 쌓으려 한다는 소식을 들었다. 중국의 진시황제가 만리장성을 쌓으면서 진나라 백성 반이 죽었다는데, 얼마나 많은 신라 백성이 서라벌 성을 쌓으면서 고통을 받으며 죽어 나갈까 걱정되었다. 의상대사는 문무대왕에게 편지를 보냈다.

"왕의 정교가 밝다면 비록 풀이 난 언덕 위에 금을 그어서 성이라 하여도 백성이 감히 넘지를 않고 가히 재앙을 씻어 복이 될 것이며, 정교가 밝지 못하면 비록 긴 성이 있더라도 재해는 면하지 못할 것입니다."

의상대사의 편지를 받은 문무대왕은 성 쌓을 계획을 중지하였다는 이야기가 삼국사기에 쓰여 있었다. 부석사는 성 어사가 태어난 고향 영천 이산에서 몇십 리 밖 가까운 이웃에 있는 곳이지만 한 번도 가 보지 못했다. 기회가 되면 꼭 들러 보겠다고 생각했다.

새벽에 나주 방향으로 향해 길을 떠났다. 넓은 들을 지나자 다시 소야를 시켜 서리를 찾게 했다. 이틀 동안 그렇게 찾던 일행 서리를 길에서 만났다. 서리에게 윗마을에서 아침을 먹도록 하고 성 어사는 소야를 데리고 아랫마을로 가서 아침을 먹었다. 이렇게 일행인 서리와 떨어져 활동하며 많은 사람을 만나 이야기 듣고 지역의 실정을 파악했다. 아직도 창평 땅이었다. 길을 나서는데 어제 아침을 먹었던 주인의 동생을 만났다. 그는 말에서 내려 인사를 하면서 말했다.

"어제 옥과로 가신다고 하시더니 어떻게 이쪽으로 오셨습니까? 나주로 가시는 것이 아니었습니까?"

"자네는 어디로 가는 길인가?"

"나주 사또가 그만두고 돌아간다는 소식을 듣고 저는 나리 편에 편지를 보내 인사나 하려고 왔습니다"

편지 한 장을 전하기 위해서 먼 길을 가야 했기에 그쪽으로 가는 사람이 있으면 인편으로 편지를 부쳤다. 나주에 가면 전해 주겠다고 소야가 편지를 받아 짐 속에 넣었다.

가는 길에 젊은 날 남원에서 조경남 스승에게 같이 공부하던 양성호의 집이 있어 찾아갔다. 그는 선대로부터 물려받은 재산이 많아 수십 칸 기와집에 살며 마당에는 아담한 연못이 있는 정원을 잘 꾸며 놓았으나 겨울이라 꽃이 없고 연못은 얼음이 꽁꽁 얼어 있었지만, 향나무와 소나무의 푸르름으로 운치가 있었다. 말에서 내렸으나 양성호는 창에 기댄 채 앉아 성 어사가 오는 것을 알아채지 못하고 있었다. 그는 어린 시절 서당에서 동문수학할 때 훈장의 평가에 성 어사와 같이 항상 대통으로 통과하던 학우였다. 들어가 손을 잡자, 그때야 알아보고 말했다.

"이게 누구야! 얼마 만인가? 한양을 다녀오는 사람들 인편에 자네 소식 가끔 듣고 있었네."

그는 기쁜 표정으로 손을 꼭 잡았다. 저녁을 먹고 자정이 넘도록 이야기를 나누었다. 그는 같이 공부하던 시절 성 어사가 기생의 딸 춘향을 사귀는 것을 알고 있었다.

"자네 젊은 시절 사귀던 여인은 어떻게 되었는가?"

"자네 그 일도 기억하고 있었군. 과거에 급제하고 연락하니 이 세상 사람이 아니었어."

"실망했겠구나. 사람이 죽고 사는 것은 하늘의 뜻인데 인간으로서는 어쩔 수 없는 일이지만 안타깝네."

"그래, 내 첫사랑이었는데 지금도 생각이 난다네."

오래전 조경남 스승 밑에서 학동으로 같이 공부하던 두 사람은 밤늦도록 스승님 이야기와 옛날이야기를 했다.

늦게 잠잤어도 성 어사는 새벽에 일어났다.

서둘러 길을 떠나려는데 양성호는 술을 권했다.

"이렇게 헤어지면 우리 언제 다시 만날 날이 있으려나?"

"자네 한양에 오면 연락하게나."

"내가 한양에 갈 일이 있겠나? 자네가 다시 이곳으로 오면 들르는 편이 낫겠네."

"그래, 내가 다시 호남에 올 일이 있을지 모르겠네."

열세 살 소년 시절부터 같이 공부하던 양성호는 이별을 아쉬워했다.

말을 교차하기 위해 청암에 소속된 역인 선암으로 갔다. 말을 교체할 때는 마부도 같이 교체되었다. 솔마두는 생이, 마부는 정립, 신립, 복지였다.

광주를 통과하여 남성 밖에서 말을 쉬게 했다. 무등산 봉우리의 병풍처럼 둘러서 있는 서석대 바위가 바라보였다. 울창한 수풀이 우거진 산자락에 어릴 때 주역 공부하던 증심사가 있었다. 계곡에 쌓인 증심사는 속세의 잡념을 잊게 하는 한적한 고찰이었다. 십 리도 안 되는 거리에 있지만 가 볼 수 없었다. 임금의 명으로 암행하는 몸이 아니라면 당장 달려가 보고 싶은 소년 때의 추억이 깃든 곳이었다.

화순에 들어가니 날은 저불고 양식이 떨어졌다. 저녁때이지만, 현감에게 편지를 써서 양식을 요청했다.

이제 새벽길을 떠나는 것이 몸에 배었다. 능주를 지나 길가 시골집에서 아침밥을 먹고 온종일 길을 재촉했다. 산을 넘어 점촌을 지나 바로 보성 땅이다. 짙은 안개가 끼어 앞이 보이지 않아 구름 속을 걷듯 안개 속을 헤치고 길을 걸었다. 앞뒤 좌우가 보이지 않았으나 점심때가 가까워지니 인기기 걷혔다. 가도 가도 끝이 없는 암행 길이었다. 온종일 내를 건너고 산을 넘었다. 큰 고개를 넘어 장흥 동쪽 성문에 도착하니 성문이 닫혀 들어갈 수 없다. 문을 열 수 없어 성 어사 일행은 성문 앞에서 서성이고 있었다. 성안에 들어갈 수 없으면 성 밖에서 노숙해야 할 형편이었다. 그때 땔감을 나귀 등에 싣고 가는 한 아이가 보여서 누구냐고 물으니 심 진사 집 노비라고 했다. 노비 아이에게 부탁했다.

"진주서의 온 성 진사인데 밤이 늦어 성문 앞에 왔으니 성문을 열어 달라."

노비 아이는 심 진사에게 말을 전해 나이 든 노비를 보내 성문을 열어 주었다. 성안에 들어가 심 진사 집으로 가니 섬돌 아래로 달려 나와 맞이하며 기뻐했다. 밤늦도록 심 진사와 그의 아들과 이야기하였다.

심 진사는 하룻밤을 같이 지내고 헤어지는 것을 몹시 아쉬워하며 술을 권했다. 술잔을 서로 주고받으며 몇 잔을 기울이고 날이 새기도 전에 헤어졌다. 아직 날이 밝지 않는 새벽에 깜깜한 산속을 걷다가 길을 잃었다. 더구나 같이 가던 서리와 복마도 헤어져서 잃어버렸다. 생이에게 보성으로 가는 길을 찾아보라고 하고 성 어사는 산속에 혼자 남았다. 길을 잃고 일행은 뿔뿔이 흩어져 산속을 헤매는데 비가 내려 갈 모도 도랭이도 없이 물에 빠진 생쥐 모양이 되어 몰골이 말이 아니었다. 좁은 산길을 따라 앞으로만 나갔다. 산중이라 호랑이가 나타나면 영락없이 잡아먹혀 죽은 목숨이었다. 사람들은 태어나면서 호식 당할 팔자를 타고 태어난 사람이 있다고 하지만, 이런 깊은 산중에서 배고픈 호랑이를 만나면 팔자 관계없이 호랑이 밥이 되고 말 것 같았다. 고개를 넘어서니 산 아래에 마을이 보였다. 마을에 도착하여 화롯불에 옷을 말리고 있는데 생이와 정립이 옷이 흠뻑 젖은 채 찾아왔다. 옷을 말리며 아침을 시켜 먹으면서 비를 피했다. 옷이 마르자 길을 떠나는데 지나가는 촌락이 눈에 익었다. 오래전에 이곳을 지나면서 묵었던 마을이었다.

어제 서리와 산속에서 헤어진 후 아직 만나지 못했다. 조령원 옆에서 아침을 먹고 길을 떠났으나 홍양과 낙안의 갈림길에서 갈 방향을 잃었다. 이대로 서리를 잃어버리면 암행을 원활히 수행할 수 없다. 생이에게 서리가 간 곳을 알아보라 하고 갈림길에 앉아 기다렸다. 해가 중천에 떠도 서리도 심부름을 간 생이도 돌아오지 않고 모두가 소식 없어서 함흥차사다. 말을 길섶 버드나무에 매어 놓고 혼자서 기다리는 시간이 길어질수록 지루하고 따분했다. 해가 중천에 떠서 생이가 혼자 돌아와서 말했다.

"길 가는 사람마다 붙잡고 물어보았지만, 모두가 모른다고 합니다."

점심을 굶은 채 오후까지 기다리는데 한 노인이 지나가기에 물었다.

"그 사람들을 고개 위에서 만났습니다."

생이를 급히 보내 쫓아가게 하고 정립과 같이 복마를 타고 온종일 기다리던 갈림길을 떠났다. 낙송역에 도착하니 해가 지고 일행을 찾지 못하고 서로 떨어진 채 멍해진 모습으로 이리저리 돌아다니고 있는데 생이가 돌아와서 말했다.

"만나는 사람마다 모두 '그 사람은 이미 순천으로 갔다.'라고 했습니다. 뒤쫓아 달려갔지만, 만날 수 없어서 되돌아왔습니다."

내일 다시 찾기로 하고 기다릴 수밖에 없었다. 새벽부터 하루 백 리씩 움직이던 일정이 오늘은 하루 종일 헤어진 일행을 기다리느라고 삼십 리도 못 갔다. 길을 가는 것보다 사람을 기다리는 것이 더 피로했다. 너무 피곤하고 지쳐서 길가에 있는 집으로 들어갔다.

주인 여자가 싫어하는 안색으로 화를 내면서 소리를 질렀다. 역졸은 온종일 일행을 찾아다니고 기다리느라고 아무것도 먹지 못해 배고프고 너무 추워서 부엌에서 불을 때며 몸을 녹이고 있었다. 그때 주인이 밖에서 돌아와 보고 크게 화를 내면서 말했다.

"너는 어떤 놈인데 여인네 옆에 앉아 있는 것이냐. 너같이 무례한 놈은 뺨을 맞아야 한다."

주인 남자는 주먹을 치켜들었다. 생이가 황급히 달려가서 주먹을 막았다. 주인은 씩씩거리며 말했다.

"비켜, 저 무례한 놈을 내 오늘 요절내고 말 테다."

성 어사도 처음 당하는 난처한 일이었다. 한 번 나타나면 산천초목도 벌벌 떤다는 암행어사의 위엄도 이곳에서는 드러낼 수 없으니 소용없었다. 그렇다고 이런 사소한 일에 어사의 정체가 밝혀지면 암행이 중지되고 조정에 돌아가 큰 문책을 받을지도 모른다. 성 어사는 남자 주인에게 잘못하였다고 말해도 남자는 듣지 않고 노발대발하고 있었다. 하는 수 없이 성 어사는 남자에게 빌 수밖에 없었다.

"주인장, 내 일행이 잘못했으니 한번 용서해 주십시오. 이렇게 빕니다."

성 어사는 두 손바닥을 마주 잡고 예를 올리는 시늉을 하였다. 비록 남루하기는 하지만 의관 탕제 차림의 선비가 두 손을 모으고 예를 올리는 시늉을 하자 주인 남자는 치켜들었던 손을 내리며 돌아섰다. 이런 한바탕 소동이 일어나고도 마땅히 갈 곳이 없어 추운 날씨에 불도 없는 마당 가 멍석에 앉아 있었다. 같이 가는 역졸도 생이도 저녁을 굶고 추위에 떨면서도 일행이 어사라고 말할 수 없었다. 성 어사는 마당

가에 추위를 무릅쓰고 쭈그리고 앉아 밤을 새울 수밖에 없었다. 그때 장사꾼과 여행객 네 명이 들어와 마당 멍석 위에 뒤섞여 앉았다. 장사꾼들은 어사 일행의 행색을 보니 너무 초라하고 불쌍하여 주인에게 밥을 해 주라고 간청했다. 주인은 그때야 밥을 지어 주고 옆집 오래된 폐가에 들어가 자도록 허락해 주었다. 방이라고 하나 겨울철 내내 비워졌던 폐가라서 구들바닥이 얼음장 같아 뼈가 시리도록 추웠다.

영암을 지나 강진군에 들어서자, 바위로 되어 있는 우뚝 솟은 월출산은 절경이었다. 바위 중에는 남근을 닮은 거대한 촛대바위와 여근 닮은 베틀굴 같은 기괴한 형상을 한 것들이 많아 월출산은 호남의 금강산이라고 불렸다. 산자락에는 도갑사와 무위사(無爲寺) 같은 천년 고찰이 있었다.

성 어사는 서리와 마부들과 헤어져 무위사 고갯길을 혼자서 걸어 넘고 있었다. 포졸이 외진 고갯길 위에서 성 어사를 만나자, 거동이 수상하게 느껴졌다. 풍문에 어사가 다닌다는 이야기를 들었는데, 어사가 이 산골짜기 무엇을 조사하러 오겠나 싶어 가짜라고 생각했다. 가짜 어사가 잡히면 임금의 명령 사칭을 한 죄로 사형당할 수도 있었다.

"풍문에 어사가 다닌다는 소문이 있는데, 가짜일 것이다. 너는 가짜 어사지?"

포졸을 그렇게 말하면서 사람들이 홍실이라 부른 포승줄을 꺼내 보이며 말했다.

"너는 이 줄을 아느냐?"

성 어사는 난감했다. 가짜어사로 포졸한테 잡혀서 붉은 포승줄에 묶여 관가로 끌려가면 봉변을 낭하고 또 어사로 편명되이 탄로 나면 안

행이 중지되고 조정으로 돌아가 큰 문책을 받게 될 수도 있었다. 성 어사 앞에 재앙이 다가오고 있었다. 성 어사는 어쩔 수 없이 허리춤에 차고 있던 마패를 꺼내 보이며 말했다.

"너는 이 물건을 아느냐?"

마패를 보는 순간 기세등등하던 포졸은 너무 놀라 얼굴은 흙빛으로 변하고 그 자리에 쓰러졌다. 고개 위가 비탈길이라 쓰러진 포졸은 구슬이 구르듯 데굴데굴 굴러가 바닥에 처박했다. 성 어사는 달려 내려가 보니 다친 곳은 없었다. 어사는 포졸의 손을 잡고 일으켜 세웠다. 포졸은 당황하여 검붉게 변한 얼굴로 말도 못 하며 사시나무 떨듯 벌벌 떨었다. 성 어사는 포졸을 보고 말했다.

"포졸도 어사도 모두 각자의 위치에서 나라를 위해 일하는 사람이다. 나를 검문하는 너도 너의 위치에서 최선을 다한 것이다. 그러니 겁먹지 말고 우리 각자의 위치에서 나라를 위해 힘써 일하자."

성 어사는 이렇게 말하고 자리를 떠났다. 포졸은 어사가 큰 벌을 내릴 것 같아 마패를 보고 너무 놀라 쓰러졌는데 도리어 포졸로서 최선을 다했다는 말을 듣고 보니 생각처럼 어사는 무서운 사람이 아니고 자기의 실수도 너그러이 품어 주었다. 역시 어사는 공과 사를 분명히 하는 큰 인물이라고 생각했다.

조령원으로 돌아서 가는 방향으로 향하다가 길갓집에서 아침밥을 먹고 홍양 쪽으로 출발했다. 오전 내내 바닷가를 따라 걷다가 정오에 길가의 갯마을에 들어가 점심을 먹었다. 어민들의 생활도 농민 못지않게 어렵고, 작은 고기잡이배를 타고 나갔다가 풍랑을 만나 죽는 어부가 매년 마을마다 있었다. 해변 길을 걷다가 굿을 하는 일행을 만났다. 바다에서 죽어 시체도 찾을 수 없는 어부인 망자를 위한 굿이었다. 어민들은 이웃이 바다에서 죽는 것을 보면서도 먹고 살기 위해서 그 죽음의 바다로 나가지 않을 수 없었다. 식구들을 먹여 살리기 위해 바다로 나갈 때마다 다시는 오지 못할 저승길을 떠나는 것 같을 것이다. 고을 사또를 만났다. 사또에게 해안가 고을 백성들의 가난한 생활과 생사를 넘나드는 어부들의 생활에 대해 들었다. 저녁에 양강 역을 지나 민가에서 유숙하는데, 주인의 품성이 좋고 덕망이 있어 친절했다.

송산로를 따라 이동했다. 현의 사또는 양강 창고에서 환곡을 걷고 있어 나올 수 없다고 했다. 다음날 양강 역에 도착하니 사또가 다른 창고로 출발하고 없었다. 섭섭하기보다 열심히 일하는 사또가 믿음직스러웠다. 거두어들인 환곡은 창고에 비치하였다가 양식이 떨어진 고을 백성들에게 나누어 주고 추수하면 빌려 간 양만큼만 곡식을 환곡으로 거두어들이는 것이었다. 세찬 바람을 맞으며 낙안 땅 낙승 역에 도착하니 역졸이 다과상을 차려 내어 왔다. 따뜻한 차를 마시니 꽁꽁 언 몸이 녹아 추위가 풀렸다.

아침 후 순천을 향해 출발하여 정오경에 한훤당 김굉필을 모신 옥천서원에 도착했다. 유생들의 글 읽는 소리가 낭랑했다. 성 어사는 고향 이웃 고을 순흥에 있는 회헌 안향 선생을 모신, 주세붕 군수가 조선 최초로 세운 소수서원에 갔던 기억이 났다. 서원에 들어가 허빈이라는 유생과 마주 앉아 이야기를 나누었다. 서원이 인격을 도야하고 학문을 연구하는 곳이 아니라 과거시험을 준비하는 기관으로 변모해 가고 있었다. 오늘은 부사를 만나 동헌에서 묵었다.

객사로 가서 일정을 알리는 공문을 보냈다. 헤어진 지 7일 만에 서리를 만났다. 길에서 헤어져 서로 다른 길로 들어서면 연락할 방법이 없어 찾을 길이 막막했다. 그래도 이레 만에 이렇게 만난 것이 다행이었다. 그동안 역졸의 도움을 받으며 암행하였으나 서리가 없으니 여러 가지로 불편했고 서리도 혼자서 떨어져 일행을 찾느라고 고생했다. 연락할 방법이 없으니 숨바꼭질하듯 이레 동안 서로가 찾아다녔다.

저녁이 되어 객사에서 자려고 했는데 객사는 오랫동안 불을 지피지 않아 추워서 잘 수 없어 다시 동헌으로 돌아와 잤다.

이틀 동안이나 동헌에서 자고 아침에 부사가 와서 만났다. 정오에 순천 땅 참소에서 쉬고 저녁때는 배로 낙수를 건넜다. 배에서 내리자, 구례에서 마중 나온 사람이 기다리고 있었다. 해가 지고 날이 어두워졌는데도 곡성 현감이 와서 기다렸다. 얼마 전 구례 사또가 송사를 잘못 처리하여 탄핵받아 파면되었다고 했다.

구례에서 남원으로 가는 지리산 자락에서 뜻하지 않은 일을 겪었다. 고개를 오르기 전에 목이 말라 민가에 들러 물을 얻어 마셨다. 성 어사는 물을 마시고 출발하려는데 나이 많은 주인이 말했다.

"선비님, 이 산 고갯길을 넘으려 하오."

"그렇소. 날이 저물면 산 중턱에 있는 객사에서 자고 갈 예정이오."

"객사에는 밤으로 귀신이 나타난다오. 과거를 보러 가던 선비가 날이 저물어 객사에서 자다가 귀신을 만나 죽은 일도 있고, 일전에는 한 장사꾼이 객사에서 잠을 자다가 봉변을 당한 일이 있었소."

성 어사는 객사의 귀신이라니, 필경 무슨 사연이 있을 것만 같았다.

젊을 때 남원 관아에서 귀신 소동이 있을 때 흔들리지 않고 혼자서 책을 읽으며 귀신 소동을 물리쳤던 생각이 났다.

  촌부의 만류를 뿌리치고 서리와 같이 길을 나섰다. 지리산 자락 고갯길로 들어서자, 산세가 험하고 산이 깊어질수록 산림이 울창하게 우거진 가파른 고갯길에는 왕래하는 사람이 없었다. 해가 지고 어두워지자, 산길을 더 걸을 수 없었다. 불도 없이 깜깜한 밤에 숲 사이로 난 길을 찾기도 힘들고 또 귀신이 아니더라도 인가에서 멀리 떨어진 높은 산에는 호랑이와 늑대와 같은 산 짐승이 나타날 수 있어 위험했다. 가끔 산길을 가던 사람이 호랑이에게 잡아먹히기도 했다. 깊은 산속에는 호랑이뿐만 아니라 늑대와 길 가는 사람에게 흙을 퍼부어 쓰러지면 잡아먹는다는 개호자라는 짐승도 살고 있을 것 같았다.

  성 어사는 겁이 나지만 귀신이 나온다는 객사에서 묶을 수밖에 없었다. 객사는 귀신이 나타난다는 흉흉한 소문이 나서 사람들의 발길이 끊어져 썰렁해 기괴한 느낌이 들었다. 그래도 같이 가는 집사가 있고 집 안이라 촛불을 켤 수 있으며 짐승들로부터 보호될 수 있어 귀신의 공포를 참으며 객사에서 묵기로 했다.

  밤이 깊어 오자 옆방에는 서리가 있지만, 촌부에게 들은 귀신 이야기가 생각나 으스스하고 스산한 분위기에 무슨 일이 일어날 것만 같았다. 성 어사는 세상에 귀신은 없다고 생각하면서도 무섭고 오싹하여 소름이 돋는 것은 어쩔 수 없었다. 산속이라 밖에서는 가끔 산짐승 우는 소리가 들려왔다. 그래도 혼자가 아니고 서리가 옆방에 자고 있다고 믿으면서도 '귀신이 나타나지 않을까' 하는 생각에 머리끝이 쭈뼛쭈뼛 솟아오르는 공포가 몰려왔다. 오늘 밤은 잠을 자지 않고 행인을 기절하게 하는 귀신의 정체를 밝혀 내겠다고 생각하며 성 어사는 정신을 바짝 차렸다. 자시가 넘어서자 온종일 길을 걸어온 피로감에서 자신도 모르게 자꾸만 눈꺼풀이 감기는 것을 억지로 참고 있었다.

밤은 깊어 삼경이 되자 밖에는 "우~ 우~컹 컹" 하는 늑대 우는 소리가 들려왔다. 그때 찬바람이 일고 문고리가 달각거리며 누군가 문은 여는 소리가 들렸다. 문을 잠가 놓았는데 문이 저절로 스르르 열렸다. 스멀스멀 촛불에 비친 형체가 뚜렷하지 않은 사람이 문 앞에 서서 성 어사를 불렀다. 성 어사는 '드디어 귀신이 나타났구나.' 하고 생각하며 눈앞에 나타나는 현상이 너무 무서워 전신에 식은땀이 나고 정신이 몽롱해져 기절할 것 같은 무서움을 억지로 참고 있었다.

"어사님, 으흐흐….'

성 어사는 정신이 혼미해지는 공포를 참으며 마음을 다잡았다.

"너는 이 밤중에 무엇 때문에 나를 찾는 것이냐?"

성 어사는 혼미한 가운데 식은땀이 흘리며 이를 악물고 정신을 가다듬으며 귀신과 마주하고 있었다. 귀신은 소복을 입은 채 머리는 산발하고 가슴에는 붉은 피가 흘러내렸다.

"소녀는 죽어 원귀가 되어 사람들에게 원한을 풀어 달라고 나타나 사정 이야기를 하려는데, 사람들은 소녀의 이야기를 듣기도 전에 소녀의 모습을 보고 모두 기절하거나 심지어는 너무 놀라 심장이 멎어버리는 사람도 있었습니다. 그래서 어디 하소연할 곳이 없었는데 오늘 어사님을 만나 이렇게 이야기하게 되었습니다. 제발 놀라지 말고 제 이야기를 끝까지 들어 주소서."

성 어사는 귀신의 말을 듣자 차츰 마음이 안정되어 갔다.

"그래 네가 원귀가 되어서 나타나 사람들에게 이야기하려는 원한이 무엇이냐?"

"저는 구례에 사는 천석 부잣집 무남독녀로 태어났습니다. 저의 아버지는 이 생원이고 어머니는 인동 장 씨였습니다. 이웃에는 아버지 친구인 김 생원은 재산이 많이 있었습니다. 아버지와 친구인 김 생원은 양반은 아니지만, 동업으로 장사를 하여 많은 돈을 벌었습니다. 둘은 바닷가로 나가 소금 장사도 하고 지리산이나 소백산에서 나는 산삼도 사 와서 삼 공납을 못 채운 가난한 농부들에게 팔기도 하고 배를 타고 멀리 일본과 중국에서 오는 장사꾼들에게 팔아 많은 이익을 남겨 수백 두락의 토지를 사고 머슴들을 들여 농사를 지었습니다."

성 어사는 원귀의 이야기를 들으며 무서움은 사라지고 점점 호기심에 빠져들었다. 산삼과 소금은 국가에서 통제하고 전매하는 물품인데 이들은 산삼과 소금을 사고팔아 이득을 남기고 더군다나 일본과 중국에서 오는 외국 상인들과 밀거래하였다니 성 어사에게 점점 구미가 당기는 이야기였다. 원귀가 말을 망설이고 있을 때 성 어사가 말했다.

"그런데 네가 어떻게 죽었으며 너의 부모는 지금 어디에 있는가?"

"저의 부모는 모두 죽었고 같이 동업으로 장사하던 김 생원은 저의 집 재산을 차지하여 잘살고 있습니다."

여기까지 들은 성 어사는 원귀 부모의 죽음에 의문이 들었다. 또 왜 원귀가 죽어서까지 사람들 앞에 나타나서 하소연하려는지 짐작할 수 있었다.

"그래, 너의 부모 죽음과 네가 어떻게 죽었는지 말해 보거라."

"김 생원은 어느 날 동업하던 이 비님이 돈을 빌린 일만 냥의 차용증서를 관가에 가지고 가서 사또에게 돈을 받아 달라고 호소하여, 이튿날 포졸들이 아버지 집에 오니, 아버지와 어머니는 목을 매어 자살한 채로 발견되었답니다. 관가에서는 아버지 어머니가 엄청난 빚을 감당하지 못하여 자살한 것으로 결론을 내렸습니다. 그때까지 나는 집안의 사정을 모르고 있다가 부모를 잃게 되었습니다."

"너의 부모가 자살할 때 너는 어디에 있었느냐?"

"저는 친척에 갔다가 돌아와 보니 부모님은 죽어 있고 검시관이 나와 부모의 시체를 검시하고 있었습니다."

"그다음을 이야기해 보아라."

"아버지 친구인 김 생원이 아버지 어머니의 죽음을 슬퍼하며 장례를 치러 주었습니다. 그리고 집과 농장을 빚 대신 김 생원이 가져가게 되고 의지할 곳 없는 저는 김 생원의 도움을 받아 생활하게 되었지요. 그러던 어느 날 김 생원 부부가 비밀리에 하는 말을 엿듣게 되었습니다."

"차용증서가 가짜인 것과 이 생원 부부의 죽음이 자살이 아니라는 것을 이 생원의 딸이 눈치채지 않았을까요. 나는 그 아이를 볼 때마다 불안해요."

"괜찮아. 기회를 봐 가며 그 아이도 처리하면 돼. 걱정하지 마."

우연히 들은 김 생원 부부 말이었다.

"저는 김 생원 부부의 말을 엿듣고 모든 것을 알게 되었지요. 부모님의 죽음은 자살이 아니었고, 장사를 하면서 빌렸다는 차용증도 가짜였습니다. 그때까지 부모님의 죽음에 의심은 가지만, 그래도 아버지의 친한 친구였는데, 그리고 장례까지 치러 주었는데, 부모님이 김 생원의 손에 의하여 죽은 줄은 몰랐습니다."

김 생원은 하인들을 시켜 이 생원과 그 부인을 끈으로 목 졸라 죽이고 시체를 근처 나무에 목을 매달아 놓고 시체의 발밑에 높다란 의자를 한 개씩 쓰러뜨려 놓았던 것이었다. 그리고 김 생원은 이 생원 수결이 된 차용증서를 사또에게 내어놓고 빌려준 돈을 받아달라고 하자 포졸을 보내 이 생원의 집에 갔을 때는 두 사람이 모두 목을 매 죽어 있었다. 포졸들은 이 생원 부부가 많은 빚을 감당하지 못해 자살한 것으로 단정했다.

성 사또는 귀녀에게 말했다.

"그럼, 처녀는 어떻게 죽었으며 지금 어디에 묻혀 있는가?"

"부모님이 살해당한 것을 알고 저도 죽이려는 것을 알자, 한시도 그 집에서 있을 수 없어 도망을 나왔는데 눈치챈 김 생원이 하인들과 따라와서 몽둥이로 무참하게 때려죽여, 저의 시신은 객사에서 바라보이는 바위 옆 소나무 밑에 묻혀 있습니다."

"그래서 이 객사에 밤마다 나타나 사람들을 기절해 죽게 하고 또 겁에 질려 정신 줄을 놓게 했느냐?"

"소녀는 살아생전 억울한 일이 있어 구천을 떠돌면서 사람들에게 억울한 사정을 이야기해서 원한을 풀어 달라고 부탁하려 하였는데, 소녀의 모습을 보고 사람들은 이야기를 꺼내기도 전에 먼저 기절하였습니다."

"너의 원한을 풀어 줄 테니 다시는 사람들 앞에 나타나지 말라."

"어사또님 말을 들으니 이제 소녀의 혼은 구천을 떠돌지 않아도 될 것 같습니다. 부디 원수를 갚아 주십시오."

원귀는 성 어사에게 절을 올리고 문 쪽으로 스르르 연기처럼 사라졌다. 성 어사는 원귀가 사라진 쪽을 바라다보며 말했다.

"내 진정 너의 원한을 풀어 주리라."

밖에서 서리가 문을 두드리며 불렀다.

"어사또님 저를 불렀습니까?"

성 어사는 벌떡 일어나 앉았다. 촛불이 다 타서 가물거렸다. 전신이 땀에 흠뻑 젖어 있었다. 문을 열자, 서리가 말했다.

"어사또님 누구와 이야기했습니까? 방에서 어사또님이 말소리가 들려 자다가 깨어났습니다."

성 어사는 잠을 자면서 꿈을 꾸고 있었다. 온몸이 땀에 흠뻑 젖어 있고 꿈에서 원귀를 만났던 일이 너무나 생생했다. 잠을 자면서 비몽사몽간에 원귀를 만나 이야기하고 있었던 것이었다. 서리에게 꿈 이야기를 했다. 그러면서 낮에 촌부가 하던 이야기가 생각났다. "객사에 귀신이 나타나 많은 사람이 봉변당하고 심지어 죽은 사람까지 있습니다." 원귀의 한을 풀어 주면 객사에 다시는 귀신이 나타나지 않을 것이었다.

포졸들을 불러 원귀가 알려 준 바위 옆 소나무 밑을 팠다. 여인의 시체가 나왔다. 죽은 지 일 년이 되어도 시체는 부패하지 않고 살아있는 것과 같은 모습이 지난밤에 찾아왔던 원귀 모습 그대로였다.

성 어사는 관가에 가서 사또에게 자초지종을 이야기하고 김 생원을 잡아들이도록 했다. 김 생원이 잡혀 왔다. 옆에 놓여 있는 여인의 시체를 보고 어사는 말했다.

"너는 여기 죽어 있는 이 여인을 아느냐?"

김 생원은 사색이 되어 덜덜 떨면서 말했다.

"모, 모르겠습니다."

"저자를 형틀에 묶어 실토할 때까지 매우 쳐라."

힘센 형리들이 사정없이 후려치는 매에도 이를 악물고 참던 김 생원은 살이 터져 유혈이 낭자했다. 얼마를 버티던 김 생원은 끝내 매에 못 이겨 이 생원을 죽인 것을 실토했다.

성 어사는 말했다.

"친구의 재물을 강탈하기 위해 한 집안 세 사람을 죽인 살인자이다. 이 자의 죄상을 낱낱이 밝혀서 조정에 장계를 올려 상감마마의 재가를 얻어서 사형을 집행토록 하고 이 자의 재산은 모두 압수하여 가난한 고을 사람들에게 나누어 주고, 이 자의 식솔들은 노비로 만들어 평생을 반성하며 살도록 하며, 또 이자의 범행을 도운 종들도 잡아들여 극형에 처하도록 하시오. 그리고 죽은 여인은 장례를 후하게 지내 주고 제사를 올려 그의 영혼을 위로해 주시오."

성 어사는 고을 사또에게 분부하고 사건의 뒤처리를 사또에게 맡기고 서리와 같이 암행 길을 떠났다.

원귀에 얽힌 사건을 처리하느라고 구례에서 이틀 동안 지체했다. 남원 땅이 십 리도 안 남았다. 가슴이 설렜다. 이팔청춘 때 춘향을 만나 사랑하던 추억이 깃든 곳이라 남원은 생각만 해도 애틋했다. 춘향과 부부의 연으로 백년가약을 맺고 평생을 같이하기로 약속했는데 지켜지지 못했다. 서울에서 과거 공부 중 부모님의 택해준 금 씨 여인과 혼인하여 부인으로 맞아들여도 이팔청춘 때 꽃다운 춘향을 만나 한 언약을 잊을 수 없었다. 그 긴 세월을 혼인해서 아들딸 낳고 살면서도 젊을 때 만난 여인이 마음속에서 지워지지 않았다. 헤어질 때 춘향은 과거에 급제해 데리러 오라며 "할머니가 되어도 기다리겠다."라는 약속을 저버리고 돌아오지 못할 먼 저승길을 떠났다. 천민으로 태어나 사또 권력에 피박 받고 병마에 시달리면서 얼마나 애타게 나를 기다리다가 죽어 갔을까?

남원 땅으로 들어서자, 눈이 내렸다. 춘향을 처음 만났던 광한루가 가까워질수록 곱게 내리던 눈은 눈보라가 되어 쏟아졌다. 흩날리는 눈송이가 기다려도 오지 않은 서방님을 원망하며 죽어 간 춘향의 마음이 한으로 변해 쏟아지는 것 같아 눈보라 속을 걸으면서도 마음이 애잔했다.

눈이 오는데도 부사가 마중 나와 같이 조경남 스승의 집에 같이 갔다. 기묘년에 호남을 암행하고 돌아가며 남원에 들러 스승님을 만났을 때는 생존해 계셔서 밤새도록 서로 이야기를 나누었는데 이제는 타계하여 스승님의 아들 형제가 나와서 맞이했다. 차를 마시고 부사와 헤어져 광한루를 향했다. 광한루는 젊을 때 춘향을 처음 만나 사랑을 약속한 곳이었다. 성 어사의 첫사랑 추억이 깃든 곳이라 광한루는 생각만 해도 가슴 설레고 옛 여인의 모습이 떠올랐다. 광한루에 도착하자 퇴기 여진과 늙은 노비 동개와 아전이 음식을 장만해 와서 기다리고 있었다.

여진과 동개는 기생과 노비이지만, 모두가 젊은 시절 성 어사와 같은 또래로 춘향과 방자와 알고 지내던 가까운 사이였다. 성 어사는 모처럼 옛 친구를 만난 듯 밤늦도록 이야기하다가 여진과 동개는 돌아가고 시중들던 동자와 서리는 잠들어 있었다.

광한루에 딸린 별당에 군불을 때어 방안은 따뜻했다. 밖에는 흰 눈이 은빛 세상을 이루고 눈 그친 하늘에는 초롱초롱 별이 빛났다. 성 어사는 젊은 시절 생각에 잠을 이룰 수가 없었다. 눈 쌓인 오작교를 혼자서 걸었다. 30년도 더 전에 춘향과 같이 걷던 길이었다. 춘향의 영혼은 하늘에서 내려다보며 옛 연인을 그리워하며 홀로 밤을 짓 새우는 서방님을 내려다보고 있을 것 같았다. 방으로 들어와 자려고 불을 끄고 누워도 잠이 오지 않았다. 밤인데도 눈빛이 창호에 훤히 반사되었다. 창밖에서 하얀 눈을 사뿐히 밟고 서서 "서방님" 하고 부르며 춘향이 서 있을 것만 같았다.

뜬눈으로 밤을 새우고 해가 떠오르자, 춘향의 무덤을 찾아 길을 나섰다. 8년 전에 처음 찾아오고 두 번째였다. 아무도 찾는 이 없는 춘향의 무덤에는 적막감만 감도는데 소나무 위에 쌓였던 눈이 바람에 흩날렸다. 성 어사는 눈 쌓인 무덤가에 앉아 잔에 술을 따라 무덤 앞에 두고 또 한 잔 부어 자신이 마셨다. 8년 전 처음 찾아왔을 때같이 눈물 나지는 않았다. 이제 춘향의 죽음이 현실로 받아들여졌다. 춘향은 이 세상 사람이 아니지만, 젊은 날 부부 연을 맺어 행복했던 그 시절이 잊히지 않았다. 지난날의 아름다웠던 추억을 떠올리며 성 어사는 춘향의 무덤을 뒤로 하고 이제 한양으로 돌아가야 한다.

"내 사랑하는 춘향, 잘 있어요. 이제 다시 그대를 찾아올 수 없을지도 모르겠소. 언젠가는 우리 저승에서 만나 지난날 맺은 부부의 연을 다시 이어 가도록 하오."

성 어사는 무거운 발걸음을 옮겨 눈 쌓인 산비탈을 걸어 내려오고 있었다.

오수역을 거쳐 임실에서 묵었다. 다음 날은 찬원을 거쳐 말을 몰아

전주 감영 별채에서 잠을 잤다. 암행을 끝내고 한양으로 돌아가는 길이었다. 며칠이 걸려 삼례, 여산, 은진, 성환, 이산, 공산을 거쳐 금강을 건넜다. 이어서 직산, 지위를 거쳐 수원에 도착했다. 이제 하루만 더 가면 도성에 도착한다. 성 어사는 암행을 끝내고 임금님께 올릴 암행록인 서계를 그동안 써 두었던 암행 일기를 보고 정리했다. 다음은 성 어사가 쓴 긴 암행록 중의 일부분이다.

"…고성 현감 이방응은 성품이 본래 잔악하고 졸렬하여 무슨 일을 할 수 없었으니, 백성을 부지런히 구휼 하는 정사가 없었고 대단히 침학(侵虐)한 일도 없었기 치적은 비록 없지만, 원성 또한 적었습니다. 그즈음 음주를 일삼아 술로 이미 병들었고 심지어 연일 깨지 못할 때도 있었습니다…."

호남지방 암행을 마치고 경기도 지방을 지나 지나오며 본 것을 서계와 같이 별단으로 적어 올렸다.

"…경기도와 호읍(湖邑)은 밭에 파종한 고을이 얼마 없었고 파종하여도 이미 말라 죽어 추수할 것이 없었습니다. 겨울이 아직 지나지 않았는데도 이미 밥을 짓지 못하는 사람이 많으니 그들이 굶다가 황급한 나머지 떠돌아다니게 될 상황이 참혹하여 눈으로 보기도 어렵습니다…."

아침에 보고서를 다 쓴 후 한양으로 출발했다. 도성이 바라보이는 동작동에서 얼어붙은 한강 물을 건넜다. 관복을 깨끗하게 다려 입고 대궐로 향했다. 오후에 대궐에 들어가서 도착해 보고하고 써서 온 암행록을 올렸다. 이것으로 이번 호남 암행은 끝이었다. 그동안 참 많은 일들을 겪었다. 때로는 일행을 잃어버리고 혼자서 산속을 헤매기도 하고 거지꼴이 되어 문전박대를 받기도 하였다. 대궐 안의 대신들을 대하니 어제 만나고 또 오늘 만나는 것 같은 생각이 들어 암행 다니면서 겪었던 잡다하고 힘들었던 일들이 까마득한 옛날 일처럼 느껴졌다.

8. 변란의 나라

　성이성이 태어난 때는 임진왜란 중이었고 아버지 성안의는 의병장으로 왜군과 전쟁하고 있었다. 임진왜란이 끝나고 몇년 후 선조가 승하하여 광해군이 왕위에 올랐다. 광해군은 임진왜란 때 조선 역사상 처음으로 조정을 둘로 나누는 분조(分朝)를 꾸려 병사들을 모아서 왜군과 전투했다. 전란 중이라 어느 때 임금이 적의 공격을 받아 변을 당할지 몰라 조정을 임금과 세자 둘로 나누어 만약의 사태를 대비한 것이었다. 피난 다니는 아버지 선조와 달리 왜군과 전투 최 일선에서 병사들과 함께 생사를 같이하며 신명을 다하여 싸우는 세자 광해군은 국토의 반이 왜군에게 점령당했지만, 백성들에게 나라를 되살릴 수 있다는 희망을 주어 신망이 두터웠다.

　임진왜란이 끝나고 선조가 승하하자 적자인 영창대군이 나이가 어려 전쟁 중에 세자로 책봉되었던 광해가 왕위에 올랐다. 왕이 된 광해는 대동법을 만들어 소득에 따라 합리적인 방법으로 과세하며 백성들의 조세를 줄이고 한편으로는 왕권을 강화하기 위해 왜란 때 불타 버린 궁궐 공사를 시작했다. 이 무렵 중국에서는 누르하치가 후금을 세워 명나라를 공격했다. 후금의 공격을 받은 명나라에서 조선에 파병을 요청해 왔다. 명나라는 십여 년 전 임진왜란 때 조선에 파병하여 전쟁을 도왔다. 광해 임금은 명군이 조선에 파병되어 왜군에게 심리적 압박은 되었지만, 왜군과 전쟁에서 성과를 내지 못하면서 민간인에게 큰 피해를 주던 생각이 났다. 파병 온 명나라 군사들에게 착취당한 조선의 백성들은 왜군 못지않게 피해를 보며 "왜군은 얼레빗이고 명군은 참빗이다."라고 말했다. 명나라 원군이 마을을 지나가면 남아나는 것이 없이 모두 빼앗겼다. 명나라 군대는 전쟁을 도우러 온 지원군이 아니라 정복군처럼 행세하며 행패를 부리기도 했다.

광해 임금은 임진왜란 때 명나라가 군사를 조선에 파병하여 전쟁을 도운 것이 마음에 걸리지만, 중국의 전쟁에 조선의 젊은이들을 희생시킬 수 없다고 생각했다. 명나라는 임진왜란 때 파병을 구실로 조선군의 파병을 계속 요구하며 압박해 왔다. 광해 임금은 명나라의 파병 요청이 있을 때마다 "남쪽에 왜구들의 변란이 있어 군사가 부족하다"라고 둘러대고 "조선의 군사는 무기도 없고 훈련도 안 되어 전쟁에 도움이 되지 않는다."라는 핑계로 거절하며 외교력을 발휘하여 파병하지 않으려고 노력했다. 그러나 의리를 중요시하는 성리학에 젖어 있는 조정 대신은 사대사상에 사로잡혀 명을 부모의 나라로 생각하며 친명배금을 외치면서 임금에게 파병을 주장했다.

"이백 년 동안 이어온 부모의 나라 명을 구해야 하옵니다. 명에 대한 의리를 버릴 수 없으니 파병하여 도와야 합니다. 통촉하여 주시옵소서."

다른 대신이 말을 이었다.

"나라가 망하더라도 명에 대한 의를 버릴 수 없습니다. 통촉하여 주시옵소서."

광해 임금은 나라가 망해도 명을 도와야 한다는 대신들의 사고방식에 기가 막혔으나 조정중신이 한결같이 파병을 주장하고 명나라에서는 계속 파병을 요청하며 압박하니 어쩔 수 없었다. 관료 대신들은 임진왜란 때 전쟁터에서 칼 한번 잡아 보지 않은 문인들이 대부분이었다. 사면초가에 몰린 광해는 명나라 파병을 허락할 수밖에 없었다.

조선 조정에서 일만 명을 파병하겠다고 하자 명에서는 더 많은 병사를 요구했다. 강홍립을 도원수로 일만 삼천 명의 병사를 명나라에 파병하기로 하며 전국에서 군사를 동원했다. 영천(영주) 이산에 살던 성이성의 집안 형인 성이삼도 동원되어 명나라와 후금의 전쟁터로 가게 되었다.

광해 임금은 조선의 파병군이 명나라 군사와 연합으로 후금의 병사와 싸우더라도 전투의 작전권은 명에 예속되지 않고 조선의 군사는 조선의 장군이 가지게 했다. 명나라 군에 예속되면 그들의 전위부대가 되거나 희생이 많이 나는 전투에만 조선의 병사를 배치할 수도 있기 때문이었다. 광해 임금은 한편으로 후금의 황제 누르하치에게 밀서를 보냈다.

"명나라의 강압에 조선은 힘이 없어 어쩔 수 없이 파병하였으나 후금의 병사와 만나면 적극적으로 전쟁에 임하지는 않을 것입니다. 포로로 잡히는 우리 병사는 조선으로 돌려보내 주기를 바랍니다."

광해 임금은 파병군을 지휘하는 강병립 도원수에게 당부했다.

"명나라에 가서 상황을 보고 전투에 임하라. 이길 수 없는 전투에서 싸우는 것은 병사들을 모두 죽이는 것이다. 도원수는 상황을 잘 파악하여 군사들을 최대한으로 많이 살려서 조선으로 돌아오라. 후금군에게 포위되어 전멸당할 것 같으면 싸우지 말고 항복하라. 그러는 것이 우리 군사를 살리는 것이다."

　1618년 2월 조선 병사 일만 삼천 명은 압록강을 건너 명나라 전쟁터로 나갔다. 아직 겨울이 물러가지 않아 눈발이 날리는 중국 만주 광활한 벌판에 불어오는 찬 바람은 살을 에는 것 같이 추웠다. 성의삼은 조선 파병군의 활동 상황을 기록하는 수찬의 임부를 띠고 조선군의 움직임과 전투 상황을 하나하나 기록했다. 성이삼은 정상적 훈련도 받지 않은 조선 병사들이 후금과의 전쟁에서 명나라 병사들과 연합하여 전쟁을 제대로 수행할 수 있을지 걱정되었다.

　만 삼천 명 조선 병사들은 눈보라 몰아치는 중국 만주벌판에서 진군하고 있었다. 병사들은 발이 부르트고 추위에 꽁꽁 얼면서 행군하다가 밤이 되면 눈을 맞으며 들판에서 노숙했다. 도중에 명나라 병사를 만나 함께 전쟁터로 향했다. 명나라 병사는 기마병이고 조선은 보병이라, 보병이 말을 탄 기마병을 따라가려니 너무 힘들었다. 병사들은 모두 지쳐 있었다. 이대로 가다가는 전쟁터에 도달하기도 전에 모두 쓰러질 것 같았다. 식량과 필요한 병참 물자를 한곳에 모아 삼천 명의 병사가 가지고 천천히 따라오도록 하고 일만 명의 보병은 조총과 며칠분의 식량만 휴대하고 진군했다. 명나라가 임진왜란 때 조선에 파병했을 때는 명나라 군대가 먹는 군량미는 조선에서 모두 공급했는데 조선 파병군은 조선에서 군량미를 보급해야 했다. 후속되는 병참 물자가 도착하지 않아 군량미가 떨어졌다. 도원수 강병립은 명군의 사령관에게 식량을 요청했다. 명군은 얼마 안 되는 식량을 나누어 주면서 큰 선심이나 쓰는 것같이 행동했다. 조선 병사들은 너무 지쳐 진두산에 진을 치고 하룻밤 휴식을 취했다. 이튿날 행군 중에 명나라 동로군을 만났으나 삼만 명이라는 동로군이 조선의 병사보다 적어 일만 명도 안 되어 보였다. 동로군 사령관 유정은 작전명령을 내리는 양호가 자기를 죽이기 위해서 이번 작전에 투입했다고 불만을 터뜨렸다. 도무지 명나라 군대는 장수에서부터 병사들까지 싸우려는 의지는 없어 보였다. 성의삼은 명나라 군대를 관찰 하여 기록하면서 이런 군대를 도와 전쟁해야 한다니 앞날이 암담했다.

진군은 계속되고 며칠 동안 강추위가 몰려오더니 눈까지 펄펄 내렸다. 너무 추워 손발이 꽁꽁 얼어 행군하기도 힘들었다. 병사들은 찬바람과 눈을 피할 곳도 없이 추위에 오들오들 떨면서 행군하고 있었다. 식사도 제때 공급되지 않아 지치고 허기져 행군하던 병사 가운데 얼어 죽는 동사자가 나왔다.

후금의 기마병 수백 기가 나타났다. 성의삼은 이제 전투가 시작되려나 하고 긴장했지만, 후금의 병사는 조선군을 보고 피해 갔다. 나중에 안 일이지만, 근처에서 명나라 서로군이 후금 군에 패하여 몰살당한 것을 조선군과 명나라 동로군은 모르고 있었다. 며칠 전 후금의 군사가 명나라 서로군 병사들에게 패하고 사르후와 자이판이 점령당하자, 황제 누르하치가 후금의 군사를 집결하여 서로군을 격파하고 동로군을 격파하기 위해 준비하고 있었다. 후금의 군사는 밤을 이용하여 서로군을 격파하고 북로군마저 전멸시켜 버렸다. 북로군을 지원하러 오던 부대도 후금의 병사들에게 전멸당했다. 전쟁터에는 수십만 명나라 군사들의 시체가 겹겹이 싸여 온 들판과 산에 가득하고 병사들의 피로

땅은 붉게 물들어 있었다. 명나라의 북로군과 서로군이 전멸되었다는 소식을 들은 이여백이 지휘하는 남로군은 퇴각해 도망쳤다. 명나라 군사는 악착같이 싸워서 나라를 지키려는 의지가 없어 후금의 군사를 보면 무너지고 우왕좌왕하며 도망가다가 전멸당했다.

이제 동로군과 파병 온 조선군만 남았다. 이런 주위의 전황을 전혀 모르는 동로군과 연합한 조선군 앞에 후금군 기마병 500여 기가 나타났다. 후금의 기마병은 명나라의 서로군과 북로군 십여만 병사를 쳐부술 동안 동로군과 조선군이 진격하지 못하게 앞을 막고 있었던 것이었다. 후금 기마병이 동로군과 조선군을 보고 피하기만 하는 것을 지켜보다가 기마병의 숫자가 적은 것을 보고 공격하자 백여 명이 죽고 나머지는 숲속으로 도망을 쳤다. 동로군 사령관 유정이 후금의 패잔병을 조선군에게 맡겼다.

조선군은 출군 후 후금의 병사와 첫 전투가 시작되었다. 선봉장으로선 문희성이 손에 화살을 맞고 주춤하는 사이 후금의 기마병이 공격해 오자 성의삼 옆에 있던 포수 출신 이성룡이 후금의 장수를 향하여 조총을 발사했다. 타환은 정확하게 후금의 장수 심장을 뚫었다. 이성룡은 칼을 들어 총에 맞아 말에서 떨어진 후금 장수의 목을 베자 사기가 꺾인 후금의 병사들은 무너지기 시작했다. 수백 기의 후금의 기마병이 조선군의 조총에 맞아 죽고 일부는 도망가고 있었으나 굶주림과 추위에 지친 조선군은 더 추격할 수 없었다. 조선군은 후금과의 첫 전투에서 사상자 없이 성과를 내었다.

3월 4일 운명의 날, 명의 동로군 선발대가 북쪽으로 후금의 군대를 찾아가다가 후금 십만 병사의 매복에 길려 전멸이 당했다. 이제 남은 것은 조선군과 동로군 후발대뿐이었다. 강홍립 도원수는 행군을 중지하고 전방을 살피자, 흙먼지 일어나고 멀리서 대포 소리가 들려왔다. 조선군은 보병이라 후금의 기마병을 평야에서 맞아 싸우면 불리하므로 산에서 대적하기로 하고 중군은 산으로 올라가서 진영을 꾸리고 좌군과 우군이 산으로 이동하려고 할 때 후금의 기마병이 이미 앞의 진로를 가로막았다. 조선 좌군 우군은 산으로 오르지 못하고 평지에 진영을 꾸리고 전투할 수밖에 없었다. 조선군의 열 배도 넘는 십만 명의 후금의 병사와 상대해 싸워야 했다. 땅이 얼어 기마병을 막을 거마목 나무를 박을 수 없고, 조총 총구 귀약통에 화약을 붓는 포수들의 손이 얼어 덜덜 떨렸다. 당파창과 월도로 무장한 살수들이 조총 수 뒤에서 대열을 꾸리며 전투진영을 갖추었다. 조선군은 조총이라는 신식 무기를 가졌지만, 기마병을 앞세운 후금의 십만 병사는 멀리서부터 구름처럼 조선군 좌군과 우군을 에워싸고 있었다.

　후금의 기마병들은 계속 늘어나며 거리를 좁혀 왔다. 조선에서 수천 리 떨어진 명나라에 와서 생과 사가 갈릴 일촉즉발의 전투 직전 미칠 버릴 것 같은 팽팽한 긴장 속에 공포가 밀려오고 후금 병사들의 진격 명령인 뿔 고동 소리가 들렸다. 조선 병사들의 진영에서는 전투대형을 갖춘 채 기다리는 시간은 초조하게 흘러갔다. 조총의 유효사거리는 100보도 안 되는 60보이고 한 발 쏘고 다음 발을 장전하여 다시 쏘는 데는 1분도 더 걸렸다. 후금의 대포 소리와 선발대인 기마병을 보고 놀란 명나라 동로군 후발대 군사는 대포와 활과 창, 무기뿐만 아니라 동로군의 깃발을 들었던 병사가 깃발까지 버리고 도망쳤다. 성의 삼은 산 위 중군에서 도망치는 명의 병사들을 보며 처음부터 싸우려는 의지가 없는 것을 보고 예상은 했지만, 기가 막혔다. 이런 군대를 가진 명나라를 도우러 조선에서 수천 리를 걸어서 파병 왔던가? 이제 남은 군대는 조선 병사들뿐이었다. 점점 좁혀 오는 후금의 기마병이 가까이 50보까지 쳐들어왔다. 방포 명령이 내려지고 조총의 타들어 가는 화승에 끼워진 용두가 화문에 닿았다. 조총 탄이 발사되어 선봉에서 달려오던 기마병들이 폭폭 꼬꾸라졌다. 그러나 조총에 맞아 죽은 말과 동료들의 시체를 밟고 넘으며 후금의 기마병들은 태풍이 몰고 오는 파도처럼 밀고 들어왔다. 첫 방포가 있고 난 다음 총구에서 나오는 연기가 시야를 가렸다. 다음 화약을 장전할 사이도 없이 후금군의 기마병들은 거대한 물결처럼 몰려와서 순식간에 조선군 진영을 덮쳤다. 궁수들이 활을 쏘아보았지만 불가항력이었다. 포수들과 살수들은 우왕좌왕하다가 말발굽에 밟혀 죽고 칼에 맞아 죽어 땅 위에는 온통 피로 붉게 물들고 온 들판에 비명만 가득한 아비규환이었다. 산 위 중군은 좌군과 우군이 후금의 병사들에게 전멸당하고 있어도 어떻게 도울 방법이 없어 지켜보면서 정신이 없었다. 조선에서 몇천 리를 걸어온 병사들은 제대로 싸워 보지도 못하고 비명 속에 죽어 시체는 온 들판에 가득 쌓여 갔다. 조선의 우군과 좌군의 병사들은 십만 명의 후금의 군사들에게 전투다운 싸움을 하지도 못하고 패망했다. 중군에 속한 성의삼은 산 위에서 우군과 좌군이 무너지고 있어도 속수무책으로 바라보면서 덜덜 떨고 있었다. 같이 온 명나라 병사들은 모두 도망가고 십만 명도 넘는 후금의 병사들에게 조선군 좌군과 우군 팔천 군사 중에 몇 명은 도망쳐 중군으로 합류했지만 거의 전멸당했다.

소선 좌군과 우군을 무너뜨린 후금의 십만 병사들은 산 위에 진을 치고 있는 조선 중군을 에워싸고 공격할 준비를 하고 있었다. 성이삼은 이제는 전투가 벌어지면 조선 중군 오천 명의 병사도 십만 명의 후금 병사를 대적할 수 없어 꼼짝없이 모두 죽고 말 것이라고 생각했다. 도저히 상대가 될 수 없는 싸움이었다.

강병립 도원수는 한양을 떠나올 때 광해 임금이 당부하던 어명이 생각이 났다.

"이길 수 없는 전투에 병사들을 사지로 몰아넣지 말아라. 후금군에게 포위되어 전멸당할 것 같으면 항복하여라. 그렇게 하는 것이 병사들을 살리는 길이다."

강병립 도원수는 후금군에게 특사를 보냈다. 백기를 달고 필마 1기가 후금 진영을 향하여 달려갔다. 후금의 장수는 황제 누르하치에게 항복하는 조선 병사는 죽이지 말라는 명령을 받았다. 누르하치는 광해 임금의 밀서를 받은 것이었다. 더 이상 전투는 벌어지지 않고 남은 조선 중군 병사 오천 명은 포로가 되었다.

포로가 된 조선 병사 중에 상당수가 후금의 진영에서 탈출하여 조선으로 돌아왔다. 탈출한 포로는 수천 명으로 그중에는 조선 파병군의 참전 기록을 담당했던 성이삼도 있었다. 그런 상황에서도 조선 조정 대신들은 파병을 더 하여야 한다는 주장 하였으나 광해 임금은 단호히 반대한 말이 왕조실록인 광해군 일기에 기록되어 있었다.

"…경들은 어찌 내 뜻을 알지 못하고 내 말을 막으려고만 하는가? 더구나 우리 군사가 후금에 투항한 것을 명나라에 알리려고 하니 그러고도 경들이 이 나라 조선의 대신들인가? 지난번 명나라에서 파병 요청이 왔을 때 경들을 우리 병사가 나가면 후금의 병사를 순식간에 물리칠 것같이 말하지 않았는가? 전장에 나가 보지 않은 경들이 병사의 일들을 어찌 두렵게 생각하지 않는가? 나는 주야로 걱정 근심이 되어 마음에 병이 날 지경이다."

성이성이 29세 때, 조정 내의 남인 서인, 세력들은 광해를 임금의 지위에서 몰아내는 음모를 꾸미고 있었다. 그들은 밖으로는 후금과의 중립 외교로 명에 대한 불충을 거사 이유로 삼고 안으로는 인목대비의 폐모와 영창대군의 증살, 임진왜란 때 전소한 대궐 건축으로 과도한 토목공사를 광해 임금을 추출 구실로 삼았다. 조정안의 남인 서인 세력들은 군사를 일으켜 궁궐로 쳐들어갔다.

반정은 성공하여 광해는 폐위되고 능양군이 왕으로 옹립되어 인조가 되었다. 광해 임금을 몰아내고 왕을 바꾸는데 앞장섰던 이괄은 공신록에 불만을 가지면서도 평안도 병사 및 부원사가 되어 북방에서 여진족을 지키는 장수가 되었다. 북방에는 임진왜란 때 왜군 병사로 와서 조선에 투항한 항왜군사 수백 명도 있었는데 그들은 용맹했다. 반정으로 광해를 몰아내고 인조를 왕으로 앉힌 조정의 대신들은 많은 군사를 지휘하는 이괄이 반란을 일으켜 조정으로 쳐들어올지도 모른다는 의심의 눈길로 바라보고 있었다. 조정에서는 이괄의 아들과 한명련 등이 반란을 음모했다고 금부도사와 선정관을 평안도 이괄의 진영에 보내 체포하려고 하였다. 아들을 반란 음모로 체포하러 조정에서 온 금부도사와 선정관을 보고 이괄이 말했다.

"역적은 삼족을 멸하는데 아들이 역적이면 아비가 무사할 수 있겠는가?"

이괄은 금부도사와 선정관의 목을 자르고 여진족을 지키던 군사 일만 이천 명을 이끌고 한양을 향해 쳐내려왔다. 이괄의 난이 일어난 것이었다. 인조는 궁궐을 버리고 도성을 빠져나와 남쪽으로 피난길에 올랐다.

　성이성의 아버지 성안의는 광해가 반정으로 임금의 자리에서 물러나고 인조가 임금이 되자 지방 군수에서 성균관 사성으로 임명되어 조정에서 근무하고 있었다. 다음 해에 이괄의 난이 일어나자, 인조는 남쪽으로 피난길을 떠났다. 이괄이 북방을 지키던 군사들을 이끌고 도성으로 쳐내려오자 급히 피난 가는 인조를 호위하는 사람도 몇 안 되어 초라했다. 성안의는 아직 과거에 급제도 하지 않는 아들 이성과 같이 인조 임금을 호위했다. 임금을 호위하여야 할 군사도 없어 성안의는 아들 이성과 정성을 다해 모시며 호위했다.

　갑자기 일어난 변란이라 식량도 수라를 챙길 나인들도 없어 임금은 죽으로 수라를 대신했다. 인조는 반란군에 쫓겨 지체할 시간이 없어 타고 가는 말 위에서 죽으로 허기를 면하며 남쪽으로 피난 가고 있었다. 후일 사람들은 인조 임금이 말 위에서 죽을 먹으며 지나간 곳의 이름을 말죽거리라고 불러 그곳의 지명이 되었다.

　이괄이 북방의 군사를 이끌고 도성으로 쳐들어오자, 도성 백성들은 그가 오는 길에 황토를 깔며 환영했다. 그의 위세에 임금은 피난 가고 조선은 이괄의 세상이 되었음을 도성의 백성들은 믿어 의심하지 않았다. 이괄은 조정을 점령하여 인조를 폐위시키고 흥안군을 임금으로 세웠다. 이제 조선의 조정은 이괄의 세상이 된 것 같았다.

관군은 평양성과 개성에서 이괄의 반란군을 뒤따라 내려오며 일전을 준비했다. 정충신이 지휘하는 관군은 안현(무악재)에 진지를 꾸리고 이괄의 반란군과 사활을 건 전투를 준비하고 있었다. 관군이 산 위를 점령하여 지형적으로 유리한 위치에 있지만, 이괄은 잘 훈련된 북방의 군사로 승리할 자신에 차 있었다. 이괄의 군대 선봉에는 임진왜란 때 왜군에서 귀화한 용감한 항왜군이 있어 관군과의 전투에 승리할 것을 확신하고 한양의 백성들에게 나와서 전쟁을 구경하라는 여유를 부렸다. 백성들은 어느 쪽이 이기든 상관이 없었다. 관군이 이기면 인조가 돌아와 왕위를 계속 유지할 것이고 이괄의 반란군이 이기면 흥안군이 임금이 되어 나라를 다스리며 이괄이 조정의 실권을 잡을 것이었다. 인조도 광해를 몰아내고 반정을 일으켜 군주가 된지라 그때까지 백성들에게 전통성을 인정받지 못했다.

바람이 산 아래에서 산 위쪽으로 불어 이괄의 군에게 유리했다. 전투는 바람의 방향과 일기가 승패에 큰 영향을 끼쳤다. 관군과 이괄의 군 간의 전투가 한창 벌어지는데 갑자기 바람의 방향이 바뀌었다. 지형적으로 유리한 고지에 있던 관군은 바람의 힘을 빌려 모래와 고춧가루를 뿌렸다. 이괄의 군대는 활을 쏘아도 조총의 화승에 불을 붙여도 바람의 저항을 받아 조총을 제대로 겨냥할 수 없어 전세가 불리한데 모래와 고춧가루까지 날아오니 전투에 어려움이 많았다. 이괄은 바람의 방향이 바뀌자 당황하며 이럴 때 '동남풍을 불게 한 제갈량 같은 능력이 있었으면 얼마나 좋을까?'라고 생각하며 바람의 방향이 바뀌기를 신령님께 빌었으나 허사였다. 더구나 전투 중에 정충신은 계략으로 이괄이 죽었다고 헛소문을 피뜨려 반란군의 사기를 잃게 했다. 이괄의 반란군들은 많은 병사가 죽고 사기가 꺾여 전세가 불리해지자 살아 있는 병사들은 관군에게 투항했다. 이괄은 만 이천 명이나 되던 병사를 잃고 겨우 50여 명의 병사로 돌아오자, 백성들은 성문을 열어 주지 않았다. 대군을 이끌고 도성으로 쳐들어올 때는 길에다 황토를 깔고 환영하더니 패전한 반란군 이괄에게 문을 열어 주지 않고 냉대하는 것이 백성들의 민심이었다.

인조는 이괄의 목을 베어 오는 자는 부원군에 봉하고 천금을 주겠다고 하자, 이괄의 측근 부하 이수백, 기익헌이 이괄의 목을 베어 부여에 있는 인조에게 투항하여 이괄의 난은 끝났다.

성이성은 아버지 성안의와 같이 인조 임금을 호위하며 국가 변란 중에 끝까지 임금을 지켰다. 이괄의 난은 끝났지만, 반란군 한명련의 아들 한윤이 후금으로 도망쳐 조선의 친명배금 정책과 조선의 북방은 이괄의 난 이후로 군사가 없음을 알리며 조선을 침공할 것을 여러 차례 건의하여 정묘호란의 실마리가 되었다. 그 후 한윤은 조선으로 쳐들어오는 후금의 길 안내자가 되었다.

서른한 살의 성이성은 아직도 과거 공부를 하고 있었다. 이괄의 난 처음부터 끝날 때까지 성균관 사성인 아버지와 같이 피난 가는 인조 임금을 모셨지만, 과거에 급제하지 못해 조정에 출사할 수 없었다. 이괄의 난이 평정될 무렵 후금의 누르하치가 전쟁터에서 죽고 그의 아들 홍타이지가 임금이 되어 수만 대군을 이끌고 조선을 침략해 왔다. 1627년 1월 8일 후금의 삼만 육천 명의 병사가 꽁꽁 언 압록강을 걸어서 넘어와 의주로 쳐들어왔다. 이괄의 난 이후 북방은 군사가 거의 없어 텅 비어 있었다. 조선은 명나라에 파병하여 사르후 전투에서 패전한 후 더욱 친명배금 정책을 썼다.

후금이 조선을 침략한 명분으로 조선이 배금친명 정책과 광해 임금의 폐위를 문제 삼고 또 평안도 가도에서 진을 치고 있는 명나라 장수 모문룡을 정벌하는 것도 침략 이유 중의 하나였다. 모문룡은 명나라 장수로 명나라에서 이탈해 온 군인들을 모아 군대를 만들어 평안도 가도에 진을 치고 조선을 지킨다는 명목으로 온갖 행패를 부리며 조선으로부터 군량미를 지원받아 명나라나 후금에 팔고 명나라에서 지원받은 물품을 조선에 장사하는 이중간첩 같은 군대를 이용하는 장사꾼이었다.

후금이 조선을 침공한 실질적인 이유는 이괄의 난으로 북방의 경비가 허술하고, 명과 전쟁할 때 조선이 뒤에서 공격해 오면 속수무책으로 당할 수 있어 조선을 미리 정벌해 두려는 것이었다. 후금은 조선을 정벌하면 식량을 비롯한 각종 물품을 조선에서 조달할 수 있다는 생각도 하고 있었다. 거기다가 이괄의 난에 참여했다가 후금으로 도망친 한윤이 조선 북방에 경비 병사들이 없어 조선을 침공하면 성공할 수 있다고 여러 번 건의에 쉽게 조선을 정벌할 수 있다는 확신을 얻었다.

심양을 출발한 후금의 군사 삼만 육천 명은 조선인 한윤의 안내를 받으며 꽁꽁 언 압록강을 걸어서 건넜다. 의주성을 지키는 장수는 임진왜란 때 마지막 전투인 명량해전에서 전투했던 이순신 장군 조카 이완이었다. 한윤은 의주성의 구조를 잘 알고 있어 야밤에 특공대를 수구문으로 통하여 들여보내 성문을 지키던 병사들을 죽이고 성문을 열어 후금의 기마병들이 의주성 안으로 쳐들어왔다. 그들은 삼천 명의 조선 병사와 성안의 백성들을 모두 도륙하고 한양을 향해 남쪽으로 쳐 내려왔다.

평양성에서는 도원수 장만을 비롯한 병사들이 사력을 다해 싸웠으나 끝내 점령당하여 성을 지키던 병사와 성안의 백성들이 모두 도륙당한 것은 후금이 조선을 침공한 지 보름 만이었다. 평안도 근처에서는 급히 모집된 의병들이 용골산성에서 강렬히 저항하고 이립이 지휘하는 의병은 후금의 배후를 끊었지만, 전세를 뒤집기에는 역부족이었다. 이제 한양의 함락은 시간문제였다.

인조는 난을 피해 강화도로 피신했다. 후금에는 해군이 없어 바다를 건너야 하는 강화도를 점령할 수 없었다. 홍타이지는 명과의 전쟁을 접어 두고 조선에 와서 하는 전쟁이 인조가 강화섬으로 가고 각 곳에서 의병이 일어나자, 장기전이 되면 불리할 것이었다. 조선과의 전쟁을 빨리 끝내고 명나라와의 전쟁에 승리하여 중국을 장악하려는 홍타이지는 강화도에 피난 가 있는 인조에게 화친을 제안했다.

홍타이지는 부장 유해를 강화도에 보내 명과의 외교관계를 끊고 천계라는 명의 연호를 쓰지 말고 금나라를 형제 나라로 하고, 왕자를 인질로 보낼 것 등을 화친의 조건으로 교섭해 왔다.

조정에서는 후금을 형제의 나라를 하는 것은 수용하나 명과의 관계를 끊을 수 없다고 버티었다. 마음이 다급해진 후금의 홍타이지는 조선의 의견을 받아들여 명과의 관계는 유지해도 좋다고 양보해 후금과의 화친이 체결되어 조약문을 작성하고 검은 소와 흰말을 잡아 그 피를 마시며 의식을 행하였다.

침략당한 조선은 그동안 수만 명의 병사가 죽고 수십만이 백성이 죽임을 당하였다. 후금군은 의주에 모문룡을 잡는다고 4천 명의 병사를 남기고 철군하면서 조선의 백성들을 죽이고 끌고 가, 후금으로 끌려가지 않으려는 백성들이 압록강 물에 뛰어들어 자결해 강물에는 시체로 가득했다. 불과 18년 전 임진왜란을 겪고도 군사를 제대로 양성하지 못하고 이괄의 난으로 북방을 방비하지 못한 임금과 조정 대신들은 조선의 백성들이 도륙당하고 납치당해도 속수무책이었다.

성이성은 정묘호란이 끝난 그해 과거에 급제했다. 나라에 변란이 있어 많은 병사가 죽고 백성이 도륙당하며 납치되어 끌려가도 국사는 계획대로 운영되고 있었다. 조정에 출사한 성이성은 사간정원, 홍문관 부수찬, 홍문관 교리로 조정의 여러 부서의 중요 직책을 거쳐 사헌부 지평이 되었다. 사헌부는 시정의 득과 실을 논의하고 문무백관을 규찰하여 잘못이 발견되면 탄핵하는 일을 관장하는 기관이었다. 성이성은 사헌부 지평에서 역사적인 자료를 수집하고 또 기록하는 수찬으로 있을 때 병자호란이 일어났다.

누르하치가 죽고 즉위한 그의 아들 홍타이지는 국호를 금에서 청으로 바꾸고 정묘년에 조선을 침공하여 화친을 맺고 조선의 수많은 백성을 인질로 잡아갔다. 잡혀간 인질들은 그들의 노예가 되어 심한 노동에 시달렸다. 조선은 후금과 화친조약을 맺었지만, 후금에서 국호를 바꾼 청을 오랑캐로 얕잡아 보고 계속 친명정책을 폈다.

청의 입장에서는 전 군사를 동원하여 명과 전쟁을 하고 있을 때 명나라와 가까이 지내는 조선이 배후에서 쳐들어올 것 같아 걱정했다. 청나라는 정묘년에 조선과 맺은 형제 나라로의 약속을 군신의 나라로 바꿀 것을 요구하며 황금 1만 냥과 전쟁에 쓸 말 3천 두와 병사 삼만 명을 조공으로 바치라고 강요했다. 청 태종 홍타이지는 요구를 들어주지 않으면 평양은 물론 한양까지 진격하겠다고 협박했다. 그뿐만 아니라 임진왜란 때 조선 수군의 위력을 알고 앞으로 명나라를 정벌하기 위해 자기들에게는 없는 조선의 수군 함선을 보내라고 요구했다. 그들의 터무니없는 요구에 조선은 응하지 않고 조정 내외로 반청나라 감정만 고조되어 갔다.

평안도 가도에 진을 치고 있던 명나라 장수 모문령이 죽고 그 부하가 병사 일만 사천 명과 함선 185척을 끌고 압록강을 통해 청나라에 귀순하여 청나라에서는 없던 수군도 생기고 전력이 급성장했다. 그 무렵 조선은 청에서 온 사신을 홀대하며 사신 숙소 주위에 병사를 배치하자 사신들은 생명의 위협을 느껴 도망가듯 청으로 돌아가는데 백성들이 돌아가는 그들에게 돌팔매질까지 했다. 사신들이 돌아가는 도중에 인조가 평안도 관찰사에게 보내는 교서가 사신의 손에 들어가 청 태종 홍타이지까지 알게 되었다.

"작금의 이 오랑캐가 더욱 창궐하여 감히 참람된 칭호를 가지고 의논한다고 핑계를 대면서 갑자기 글을 가지고 나왔다. 이것이 어찌 조선의 군신이 차마 들을 수 있겠는가. 이에 강약과 존망의 형세를 헤아리지 않고 한결같은 정의로 결단하여 그 글을 물리치고 받아들이지 않았다. … 의롭고 충성스러운 선비는 각기 있는 책략을 다하고 용감한 사람은 종군을 자원하여 다 함께 어려운 난국을 구제해 나라의 은혜에 보답하라."

청나라 태종 홍타이지는 명나라와 전쟁하면서, 조선을 정벌하여 배후의 우환을 제거할 목적으로 조선 침략을 계획하고 10개월 동안 준비했다. 조선은 청나라와 싸워서 이길 수 없어 여러 번 화친의 글을 보냈으나 청 태종은 거절했다. 인조는 화친하기 위해 사신을 청나라로 보내는데, 이때는 이미 청나라 군대는 압록강을 넘어 조선을 침략해 오고 있었다. 병자(1636)년 섣달 압록강이 얼자 청 태종 홍타이지는 손수 12만 병사를 이끌고 조선으로 쳐들어왔다. 정묘호란이 있은 지 11년 만이었다.

선발대로 용골대, 마복대가 지휘하는 만주족과 몽골족 한족의 혼성 부대 삼만 오천 명이 선봉으로 12월 8일 얼어붙은 압록강을 걸어서 건너 한양을 향해 쳐내려왔다. 용골대와 마복대는 사신으로 조선을 오가며 조선의 지형과 상황을 미리 파악하고 있었다.

조선은 정묘호란 후 나름대로 전쟁 준비를 하며 의주 산성, 철옹 산성, 안주, 평양, 개성 등의 각성에 군사 수천 명씩 배치하여 대비하였으나 청의 기마병인 선발대는 조선의 방어선인 각 산성을 우회하여 한양으로 진격했다. 청의 선발대는 조선 병사들을 피하면서 하루 수백 리씩 말을 달려 진격해 왔다. 청의 선발대는 부대를 나누어서 여러 길로 남하고 이어서 후발대로 청 태종 홍타이지가 거느린 8만 5천 병력이 쳐내려오면서 산성을 공격하여 하나씩 함락시키며 한양으로 향했다.

조선은 청이 쳐들어올 것에 대비해 들판을 비우고 산성을 지킨다는 청야수성(淸野守城)으로 북방의 산성을 중심으로 전쟁 준비를 하였지만, 청나라 기마병 선발대는 조선군의 진지를 우회하여 각 곳에 있는 산성을 피하면서 한양으로 내달아 3일 만에 개성에 도착해, 조선 조정에서는 상상도 할 수 없는 빠른 속도였다.

　조선 조정은 압록강 백마산성에서부터 전투가 일어나 용골 산성, 자모 산성, 안주, 평양에서 적들을 막으면 청나라 병사가 아무리 강해도 한양까지 오는 데 몇 개월은 걸릴 것으로 생각했으나 압록강을 건넌 지 3일 만에 개성에 도착하였고 조정에서 적의 침입을 안 것은 나흘 뒤여서 조선 팔도 각 지역의 군사를 동원할 시간적 여유가 없었다. 청나라는 정묘호란 때 인조가 강화섬으로 피난하여 전쟁이 힘들었던 경험으로 한양을 먼저 점령하여 인조가 강화도로 가는 길을 끊어 조선 군사의 총지휘권을 마비시키는 작전을 폈다. 그리고 홍타이지가 직접 인솔하는 후속부대가 뒤따라오면서 조선의 성을 함락하는 청의 작전을 조선 조정에서는 전혀 파악하지 못하고 속수무책으로 당했다. 이제 조선의 운명은 경각에 달려 있었다.

　조정은 정묘란 때처럼 강화도로 피난하기 위하여 왕자들을 비롯한 선발대를 강화도로 보냈다. 인조는 강화도로 가려고 출발하였으나 청나라 선봉군은 강화도로 가는 길목을 막아서 남한산성으로 피난할 수밖에 없었다.

　남한산성에는 만 삼천팔백 명의 조선 병사가 있었다. 청 태종은 압록강을 건넌 지 12일 만에 12만 대군으로 남한산성을 둘러싸 포위했다. 그동안 조선군은 청나라 군과 소규모 전투에서 적을 사살하는 성과도 있었지만, 타격을 줄 정도는 아니었다. 남한산성은 견고하고 성 위의 포문은 서로 다른 각도로 되어 있어 청 태종은 네 차례나 남한산성을 공격했으나 성을 점령할 수 없었다. 청 태종 홍타이지는 남한산성을 포위하고 대포인 홍의포로 남한산성을 공격하며 산성의 식량이 떨어질 때를 기다리는 고사 작전을 폈다. 조선 팔도에서 지역별로 병사를 모아 청나라 군사를 물리치고 인조 임금을 구하기 위해 남한산성으로 진격해 왔다.

성이성은 예문관에서 역사를 기록하는 수찬으로 있으면서 경상감사의 참모로 잠시 갔다가 병자호란으로 인조 임금이 남한산성으로 피신할 때 함께 가지 못하였다. 남한산성은 청나라 12만 군사가 겹겹이 에워싸 들어갈 수도 나올 수도 없었다. 성이성은 수찬으로서 역사 기록을 담당하며 국난인 병자호란을 기록하면서 남한산성 안 임금의 주위에서 일어나는 일들을 기록할 방법을 찾고 있었다. 남한산성에는 성 밖에서는 알아차릴 수 없이 외부로 통하는 열여섯 개의 비밀통로인 암문이 있었다. 성이성은 남한산성으로 통하는 비밀통로를 통하여 산성을 드나드는 사람들을 통해 성안에서 일어나는 일들을 듣고 기록하며 사료를 만들었다.

조선팔도에서 병사들을 모집하여 남한산성을 향하여 모여들고 있으나 지방의 병사들은 농민 병으로 농한기에만 훈련받은 정예화되지 않는 병사들이었다. 인조 자신이 반정으로 군사를 일으켜 왕위에 올랐고, 이괄의 난 이후로 병사의 훈련을 열심히 하면 반정의 의심을 받아 역모로 몰릴까 봐 두려워서 지방에서 병사를 지휘하는 장교들은 형식적으로 훈련에 임해 거의 훈련되지 않는 병사들이었다. 그나마 팔도의 병사가 모이니 지휘 체계가 정해지지 않은 오합지졸이었.

남쪽 전라도와 북쪽 평안도지방에서 온 병사들이 청나라 침략군과의 전투에서 소규모 전과를 올리기도 했지만, 가장 먼저 남한산성 바로 앞 접단신까지 진격히여 온 강원도 병사는 전투에서 패히고, 남힌

산성 40여 리 앞까지 올라온 충청도 병사는 험천전투에서 완패하여 수만 명의 병사들이 청나라 군사에게 몰살당했다. 모두 훈련도 제대로 받지 못한 민간인을 갑자기 모집하여 전쟁터로 달려온 병사들이었다.

　경상도에서 모집한 4만 명의 병사는 좌 병사 허완과 우 병사 민영이 지휘 아래 문경과 충주를 거쳐 1월 1일 여주를 통과하여 다음 날 남한산성에서 40여 리 떨어진 이천의 쌍령에 진을 쳤다. 땅이 얼어 목책을 튼튼하게 세우지 못했지만, 남한산성과 연락하고 전열을 정비하여 청나라 군사를 격파하고 임금을 구출할 준비를 하고 있었다. 3일 아침 좌 병사 진영 앞에 방패를 든 청나라 기마병 수십 기를 발견하고 조총을 발사하여 몇 명을 쓰러뜨렸다. 그러자 청나라 300여 기의 기마병은 조총 사정거리 밖에서 깃발을 펄럭이며 좌우로 이동하며 곧 쳐들어올 것 같은 기세였다. 조선 좌군 조총병들은 청나라 기마병을 향하여 계속 방포하였으나 탄환은 청군까지 닿지 못했다. 조선군 조총병을 지휘하는 장교가 없어 청군을 향해 마구 조총을 쏘아대었다. 탄약을 장전하고 사정거리 안에 청군이 들어오면 방포하여 적을 사살하여야 하는데 사격을 통제하는 장교가 없으니 청나라 기마병을 보고 겁에 질린 조총 병사들은 자기 생각대로 적을 향해 방포해 귀한 탄약을 허공에 날렸다. 청나라 기마병들은 조선 조총병들의 화약이 떨어지도록 계속 사정거리 밖에서 쳐들어오지 않고 좌우로 움직이며 기회를 엿보고 있었다. 조총을 든 병사 개인에게 지급된 화약 두 냥이 모두 떨어지자, 청나라 기마병 300기는 이때를 놓치지 않고 쳐들어왔다. 청나라 기마병들은 목책을 넘어뜨리고 달려들었다. 조선의 궁사들이 화살을 쏘았지만, 말 위에 탄 청의 기마병들은 방패로 막으며 조선군 진영 안으로 돌진해 왔다. 조선 병사들은 우왕좌왕하며 기마병의 말을 피해 이리저리 도망 다녔다. 청나라 기마병을 향해 창을 든 조선군의 살수들이 달려들어 보지만, 말 위에서 내리치는 청 군사의 칼에 맞아 쓰러졌다. 청의 기마병은 조선군의 진영을 마구 휘저었다. 2만 명의 조선군은 싸우려는 의지를 잃고 300기의 청군의 말발굽을 피해 이리저리 피해 다니다가 넘어져 겹겹이 쌓이며 압사당해 스스로 자멸했다.

  2만여 명의 좌 병사들은 어처구니없이 300기의 청나라 기병에게 무너졌다. 무너졌다기보다 목책을 넘어 도망친 몇 명의 병사를 제외하고 모두 전멸당했다. 좌 병사를 붕괴시킨 청나라 기마병들은 우 병사 진영으로 몰려왔다. 앞서오는 기마병을 향하여 조총을 쏘자, 청군은 또 조총 사거리인 60보 밖으로 물러났다. 좌군이 전멸당하는 것을 보고 공포에 질린 우군의 조총병들은 목책에 기대어 사정거리 밖의 청나라 기마병을 향하여 마구 조총을 방포하여 화염이 진영에 가득한 가운데 화약과 탄환만 허공에다 날리고 있었다. 조총병은 체계적인 훈련을 받지 않았고 통제하는 장교도 없어 겁에 질린 우군 조총 병사들은 사거리 밖의 청나라 기마병을 향하여 계속 방포하며 좌군과 똑같은 우를 범하고 있었다. 청나라 기마병들은 조총의 사정거리 밖에서 소총병들의 화약이 떨어지도록 느긋하게 기다리고 있었다. 개인에게 지급된 화약이 떨어지자, 조총병들은 화약 상자 쪽으로 한꺼번에 몰려가 화약을 달라고 아우성쳤다. 지휘하는 장교도 통제하는 병사도 없어 무질서한 오합지졸이었다. 서로 먼저 화약을 받아 가려다가 불붙은 화승이 화약 상자에 떨어졌다. 굉장한 폭발음과 함께 주위의 병사들이 모두 쓰러졌다. 화약 상자는 연쇄 폭발하여 많은 수의 병사는 화염에 휩싸였다. 조선의 병사들은 화약 상자가 폭발하는 불기둥 속에서 비명을 지르며 죽어 갔다. 청나라 병사들은 멀리서 조선 병사들이 스스로 자멸하는 광경을 지켜보고 있었다.

화약 폭발로 조선의 화승병들이 사라지자, 청나라 기마병들은 목책을 밀어 버리고 몰려왔다. 조선 우군 진영 2만 명의 병사들은 불과 삼백 기의 청나라가 기마병에게 대응도 못 하고 쑥대밭이 되어 우왕좌왕하며 피해 다니다가 청군의 칼에 맞아 죽고 말발굽에 밟혀 죽고 도망가다가 넘어져 첩첩이 쌓여 압사당해 죽어 갔다. 전쟁이 아니라 대학살이었다. 진지에 적을 막기 위해 설치한 목책은 도리어 조선군이 도망가는 길을 막는 걸림이 되어 도망가지도 못하고 청군의 말발굽에 밟혀 죽고 칼에 맞아 죽었다. 아무리 청나라 군사가 잘 훈련된 기마병이라 하지만, 4만 명의 조선군이 3백 기의 청나라 기마병들에게 전멸당하다니 세계 전쟁사에도 없는 어처구니없는 무참한 참패였다.

훈련되지 않은 조선군은 지휘 체계가 없어 조총이라는 신식 무기를 가지고 있으면서도 300명밖에 안 되는 청나라 기마병에게 4만 명의 조선 병사들이 우왕좌왕하며 쫓겨 다니다가 스스로 자멸하는 어처구니없는 패배였다. 임진왜란 때에 투항한 항왜군 중에 조총 기술자를 뽑아 조총 만드는 기술을 배워서 그동안 30여 년이 지나 조선의 병사 3할 이상이 조총을 가지고 있었으니, 4만 명 병사 중에 적어도 만여 명 이상이 조총을 가지고 있었다. 하급 단위 부대에까지 지휘 체계가 있어 적이 가까이 올 때를 기다렸다가 사정거리 안에 들어올 때 방포하면 조선군의 피해 없이 300기의 청나라 기마병을 순식간에 격파할 수 있었는데 사격을 통제하는 지휘관이 없이 조총병 스스로 결정하니 공포에 질린 병사들은 사거리 밖의 청나라 군사를 향해 조총을 마구 쏘아대어 아까운 탄약만 허공에 대고 소비해 버리고 스스로 자멸한 것이었다. 아무리 기마병과 보병의 전투라 하지만 4만 명의 병사가 3백 기의 기마병에게 도저히 질 수 없는 전투에서 조선의 병사들은 거의 전멸당했다는 것을 성이성은 수찬으로 전사를 기록하면서 너무나 어처구니없는 일에 아연실색하지 않을 수 없었다.

광교산에서는 일부 조총병들이 청나라 군사가 가까이 올 때까지 기다렸다가 사정거리 안에 들어오자 방포하여 누루하치의 사위인 청나라 장수 양굴리를 포함한 수백 명의 청나라 군사를 사살하는 전과를 거두기도 했다. 조선의 병사들은 청군과의 소소한 전투에서는 몇 명에서 수십 또는 수백 명의 청나라 병사를 사살하기도 했지만, 본대의 큰 전투에서는 모두 패하여 십여만 명의 병사가 전사당해 조선군은 괴멸되었다.

조선 병사들에게는 조총이라는 신식 무기가 있어 훈련을 제대로 받고 하급 부대에까지 사격을 통제하는 장교나 병사가 있었더라면 청나라 12만 군사도 물리칠 수 있었을 것이었다. 그리고 인조가 강화도로 피난 갔더라면 각 지방의 병사들이 서로 연락하며 각 부대의 개별 작전으로 청나라 군사를 기습 공격하였으면 이렇게 무참한 패배는 당하지 않았을 것이었다. 임금이 남한산성 안에 갇혀 있으니, 지방에서 동원된 병사들이 임금을 구하러 남한산성으로 몰려오다가 전투답게 한번 싸워 보지도 못하고 전멸당하고 말았다. 남한산성 안의 인조는 각 지역에서 올라오는 병사들이 청나라 군사를 물리치고 임금인 자신을 구하고 나라를 구하리라고 생각하며 애타게 기다리고 있었다.

성이성이 남한산성 비밀통로인 암문을 통하여 겹겹이 둘러싼 청나라 군사의 눈을 피해 산과 개울을 타고 성 밖과 연락하고 있는 사람을 통해 성안의 상황을 전해 듣고 남한산성 안의 상황을 기록하였다. 남한산성 안의 참상은 비참했다. 비축된 식량은 50일 분량뿐인데 성 밖에는 청나라 병사 12만 명이 에워싸고 있고, 나날이 군량미가 줄어들고 있었다. 병자년 그해 겨울의 날씨는 유달리 추워 백여 년 만의 강력한 한파에 가마니 한 장씩을 두르고 성 위를 지키는 병사들은 동상이 걸려 얼어 죽어 갔다. 말 먹이가 떨어져 말들이 굶어 죽자, 죽은 말을 해체하여 병사들에게 먹였다.

지방에서 올라온 군사들이 불화살을 쏘아 병사들이 도착하였음을 알린 지가 열흘이 지나도 소식이 없어 답답했다. 성안에서 이렇게 기다리다가는 식량이 떨어져 모두 굶어 죽을 수밖에 없을 것 같았다. 인조는 강화도로 가려고 몰래 성 밖으로 탈출하다가 눈길에 미끄러져 발목을 삐어 되돌아올 수밖에 없었다.

성 밖에는 청 태종 홍타이지가 지휘하는 12만 청나라 병사가 겹겹이 둘러싸고 있어 만 사천여 명의 병사로는 성문을 열고 나가 싸울 수 없었다. 마냥 성안에서 기다릴 수만은 없어 특공대를 내보내 몇 번의 기습에 성공하자 자신감을 얻은 장교들은 청군과 교전을 위해 성 밖으로 수백 명의 병사를 내보내려 하자, 병사들은 나가면 전멸당할 것을 알고 나가지 않으려고 했다. 장교는 성 밖으로 나가지 않으려는 병사들의 목을 치겠다고 위협했다. 삼백 명의 병사는 어쩔 수 없이 성 밖으로 떠밀리듯 나갔다. 조총 사거리 밖에서 기다리고 있던 청군은 일제히 공격하여 삼백 명의 병사가 한 사람도 살아남지 못하고 몰살당했다.

무모한 작전이었다. 성이성은 소식을 듣고 기가 막혔다. 청 태종은 남한산성을 공격하여 청나라 병사들이 죽어 가면서 성을 점령하기보다 겹겹이 에워싸고 가끔 홍의포 포탄으로 공격하며, 식량이 떨어져 성내의 병사와 민간인들을 모두 굶겨 죽이는 고사 작전을 쓰고 있었다.

청나라 병사들은 민가를 습격하여 닥치는 대로 사람을 죽이고 양식과 가축 물건을 약탈하고 젊은 여인들을 잡아 와서 겁탈했다. 아기가 딸린 여인들은 아기를 죽이고 여인을 끌고 갔다. 성 밖의 백성들은 청나라 병사들에게 약탈당하며 수없이 죽어 가고 여인들은 끌려가 치욕을 당하고 있었다.

성안에서는 더 이상 버틸 수 없으니 항복하자는 주화파와 끝까지 싸우자는 척화파 쪽으로 갈려 대신들은 설전을 벌였다. 항복문서를 쓰는 대신과 그 문서를 빼앗아 찢어 버리는 대신, 옆에서 보고 있던 대신이 찢어진 문서를 다시 주위 붙이며 말했다.

"항복문서를 쓰는 쪽도 찢는 쪽도 다 나라를 위하는 것입니다. 이 국난을 어떻게든 극복하여 종묘사직을 보존하고 백성들이 더 이상 죽지 않고 나라를 보전하는 방법을 찾아야 합니다. 오랑캐의 종이 되고 치욕을 당해도 나라는 보존할 수 있지 않습니까? 그래야 훗날을 도모할 수 있지 않습니까."

찢어진 문서를 주워서 붙이며 통곡하는 대신들의 이야기를 들은 사람들은 나라의 운명이 바람 앞에 등불이 되어 한 치 앞도 가름할 수 없어 처량했다. 그렇게 45일을 버티는 남한산성 안의 모습을 전해 들은 소식을 토대로 성이성은 수찬으로서 하나하나 기록으로 남겼다. 이제 군량미는 거의 떨어지고 살을 에는 추위에 가마니 하나씩을 두르고 밤낮 산성을 지키는 병사들은 얼어 죽는 사람이 속출하고 살아 있는 병사들은 허기지고 추위에 지친 채 모두 크고 작은 동상에 걸려 있었다.

청나라 진영에서는 전염병 발생하여 병사들에게 퍼져 나갔다. 전염병은 고열에 두통, 요통, 온몸에 반점이 생기고 치사율이 3할이나 되는 무서운 병이고 살아 남아도 얼굴에 심한 상처 자국이 남았다. 청 태종은 다급해져서 진영 내에 돌림병이 돈다는 것을 조선군이 알지 못하게 비밀에 부치고 왕자와 일부 대신들이 있는 강화도로 쳐들어가서 점령했다. 청나라 병사들이 강화도로 쳐들어오자, 사대부 부인들은 잡혀서 치욕을 당하지 않으려고 바다에 몸을 던져 자살했다. 바다에는 자살한 여인들의 머릿수건이 낙엽처럼 떠다녔다. 눈 쌓인 마을과 거리에는 시체들이 즐비하고 그 시체 사이에 갓난아이가 칼에 맞아 죽은 여인의 젖을 빨고 있었다. 청나라 병사에게 점령당한 강화도는 아비규환이었다. 청 태종은 왕비와 세자 왕족들을 포로로 잡아 남한산성 밖 마천동까지 끌어다 놓고 무력시위를 하며 항복을 압박했다. 인조는 성안의 식량이 떨어져 더 이상 싸울 힘도 버틸 힘도 없는 사면초가였다. 이대로 더 버티면 모두가 죽고 나라는 망할 것이었다. 인조는 청 태종에게 항복하겠다는 서신을 보낼 수밖에 없었다. 청 태종의 답신이 왔다. 항복 조건이 너무나 가혹하고 굴욕적이며 조선에 엄청난 부담이었으나 선택의 여지가 없었다.

"앞으로 명나라와의 관계를 모두 끊고 또 명의 연호를 버리고, 조선의 모든 문서에 우리의 연호 정삭(正朔)을 받들도록 하라. 그리고 조선 왕 그대는 장자와 재일자(再一子)를 인질로 삼고, 재대신은 아들이 있으면 아들을, 아들이 없으면 동생을 인질로 삼으라. 만일 그대에게 뜻하지 않은 일이 발생하면 짐이 인질로 삼은 아들을 세워 왕위를 계승하게 하겠다. 그리고 짐이 명나라를 정벌하기 위해 조칙을 내리고 사신을 보내어 그대 나라의 보병, 기병, 수군을 조발하거든, 수만 명을 기한 내에 모이도록 하여 착오가 없도록 하라. 짐이 이번에 군사를 늘려 가도(椵島)를 공격해서 취하려 하니, 그대는 배 50척을 내고 수병(水兵), 창포(槍砲), 궁전(弓箭)을 모두 스스로 준비하는 것이 마땅하다. 그리고 대군이 돌아갈 때에도 호군(犒軍)하는 예를 응당 거행해야 할 것이다.

…간혹 일이 있어 사신을 보내 유시를 전달할 경우 그대와 사신이 상견례 하는 것, 혹 그대의 배신(陪臣)이 알현하는 것과 영접하고 전송하며 사신을 대접하는 예 등을 명나라의 구례(舊例)와 다름이 없도록 하라.

군중(軍中)의 포로들이 압록강을 건너고 나서 만약 도망하여 되돌아오면 체포하여 본주(本主)에게 보내도록 하고, 만약 속(贖)을 바치고 돌아오려고 할 경우 본주의 편의대로 들어주도록 하라. 우리 군사로 죽음을 각오하고 싸우다 사로잡힌 사람은 그대가 뒤에 차마 결박하여 보낼 수 없다고 말하지 말지어다. 내외의 제신과 혼인을 맺어 화호(和好)를 굳게 하도록 하라. 신구(新舊)의 성벽은 수리하거나 신축하는 것을 허락하지 않는다."

청 태종이 보낸 항복 조건은 가혹했다. 이제 명맥만 나라를 유지할 뿐 청의 속국이나 다름이 없었다. 청이 거병을 요구하면 몇만 명의 백성을 청나라 병사로 보내야 하고 세자와 왕자 대신의 아들까지 인질로 잡아가고 청의 병사가 개인별로 조선의 병사나 백성을 포로로 잡아서 끌고 가고 그 이외에도 해마다 금은을 비롯한 백여 가지가 넘는 조공 바쳐야 했다. 그래도 당장 임금이 죽고 나라가 망하는 것을 면하자면 항복하고 오랑캐라고 얕잡아 보았던 여진족과 군신의 관계를 맺어 그들의 신하가 되어 가혹한 요구 조건을 들어줄 수밖에 없었다.

　인조 임금은 청의 요구대로 용포를 벗고 신하의 옷으로 갈아입고 남한산성 정문인 남문으로 나오지 못하고 서문을 통해 백관들을 거느리고 나와 청나라 진영인 삼전도로 나아가 높은 단상에 앉아 있는 청 태종 홍타이지 앞에서 세 번 크게 절하면서 한 번 절 할 때마다 세 번씩 머리를 땅바닥에 찧는 삼배구고두예(三拜九叩頭禮)의 치욕적인 항복을 하고 군신의 관계 되어 조선은 청나라의 신하국이 되었다. 성이성은 삼전도의 굴욕 소식을 전해 듣고 기록하면서 피가 거꾸로 흐르는 것 같은 모욕감을 느꼈지만 어쩔 수 없었다.

　그동안 도원수 김자점은 전투 경험이 풍부한 함경도 군사와 중앙군사 이만여 명을 이끌고 나라의 운명이 경각에 달렸는데도 인조가 항복할 때까지 양평에서 움직이지 않았다. 일부 관료들은 나라가 망해 가는데도 본연의 임무를 버리고 가족들과 자신의 안위만 챙기는 이도 있었다.

　청나라 군사가 돌아가면서 닥치는 대로 약탈하고 눈에 띄는 대로 조선 백성들을 포로로 잡아갔다. 청나라 병사 개인별로 전리품을 챙기고 조선 사람들을 포로로 잡아서 끌고 갔다. 잡혀가다가 지치고 병들어 죽고, 여인들은 자살하는 사람이 많았다. 정확한 통계가 없지만 그렇게 잡혀간 조선인들이 오륙십만 명이라는 기록이 남아 있었다. 병자호란 당시 조선의 인구는 850만이고 만주 여진족의 수가 150만여 명이었다니 얼마나 많은 우리 동포가 포로가 되어 그들의 노예가 되었는지 상상할 수도 없는 숫자였다. 청나라 군대가 지나간 동네에는 노인과 어린아이뿐이었고 길거리에는 수습하지 못한 시신이 널려 있었다. 청군에게 포로가 되어 가는 조선의 백성들은 걸어서 심양까지 끌려가서 노예가 되어 강제노역으로 일했으며 여인들은 그들의 아내가 되거나 첩이 되어 심한 노동에 시달리며 학대당했다. 그리고 탈출하다가 잡힌 피로인들은 참혹한 형벌로 발뒤꿈치를 자르기도 했다. 청나라에는 조선인 피로인들을 사고파는 인간 시장이 있어 노예로 팔리기도 했다. 첩이 된 조선 피로 여인들은 본처에 의하여 상상을 초월한 학대를 당하여 청나라에서도 사회적 문제가 되자 청나라 당국에서는 조선인 아내를 학대하는 남편은 벌을 주고 조선인 첩을 학대하는 본처는 남편이 죽을 때 같이 생매장한다는 규정까지 만들었다고 했다. 조선의 가족들은 청나라까지 가서 속한가를 내고 포로로 잡혀간 가족을 데려오는데 처음에는 일이십 냥 하던 속한가 계속 올라 조정에서는 속한가를 한 사람당 100냥으로 정했지만, 고관들의 자녀를 데려올 때 포로의 청나라 주인인 본주들은 속한가를 올려 1,500냥까지 내고 풀려나자, 속한가가 1,500냥이 되어 가난한 백성들은 돈이 없어 포로로 잡혀간 가족을 구해 올 수 없었다. 그러자 조선인 포로들은 탈출하여 조선으로 돌아오는 사람도 있었다. 탈출하여 와도 청 태종이 정한 항복 조항에 따라 조선의 관아에서 붙잡아 다시 본주에게 돌려보내야 했다.

속환가를 내고 돌아온 피로인 중에 여인들은 바라보는 이웃들의 눈초리가 싸늘했다. 정절을 중히 여기는 조선 사회에서 여진족에게 잡혀가 갖은 고난과 학대를 겪다가 십여 년 만에 돌아온 여인을 따뜻하게 맞아 주지 못하고 환향녀라고 부르며 멸시하기도 했다. 그 환향녀가 지금까지 나쁜 의미의 화냥년으로 우리말에 굳어졌다. 정묘, 병자호란으로 생긴 말 중에 호래자식, 호떡, 호주머니와 같은 것들이 우리말이 되어 지금도 쓰이고 있다.

청나라는 세자와 빈궁, 왕자뿐만 아니라 대신들의 아들들도 인질로 끌고 갔다. 그리고 해마다 세폐를 감당할 수 없을 만큼 요구했으나 조선은 그들의 횡포를 속수무책으로 당할 수밖에 없었다. 명과 청의 전투에 이번에는 수만 명의 조선 젊은이들이 청나라 병사로 끌려가 명나라 군과 전쟁하게 되었다. 성이성은 남의 나라 전쟁터로 끌려가는 조선 젊은이들을 보면서 나라의 힘이 약해 수많은 백성이 포로가 되어 잡혀가고 강제로 남의 나라 죽음의 전쟁터로 끌려가는 비애를 느끼며 눈물을 흘렸다. 그렇게 끌려간 조선의 병사 삼만 명은 명나라와의 전투에 투입되었다. 홍승주가 도원수가 되어 청나라 군대가 된 조선 병사들은 송산 전투에 참전했다. 그 전투에는 인질로 잡혀간 소현세자와 봉림대군도 참전했다.

조선은 조공을 받아오던 오랑캐 청의 신하 나라가 되어 해마다 힘겨운 조공을 바치고 명과의 전쟁에 군대를 보내야 하는 그들의 온갖 부당한 요구에 시달렸다. 그러다 청나라가 중국을 통일하자 차츰 요구 조건이 완화되었으나 300년 후 19세기에 들어와서 아편전쟁과 청일전쟁으로 청나라가 쇠약해지자 조선은 청나라의 굴레에서 벗어나 비로

소 임금을 황제라 칭할 수 있고 조공을 바치지 않는 대등한 나라가 되었다. 그러나 그때 조선은 또 다른 외세 일본의 침략을 받아 나라는 기울어지고 있었다.

9. 지방 관장이 된 성이성

　병자호란으로 수십만 병사와 백성이 죽고 포로로 끌려가서 조선의 어느 가정에서나 가족이 희생당하지 않은 집이 없었지만, 나라는 잃지 않고 고통과 치욕 속에서 국가는 유지되고 있었다. 전쟁의 참화 속에서 살아남은 사람들은 가족을 잃은 슬픔을 안고 기근으로 끼니를 거르며 힘겹게 살고 있었다. 성이성은 병자호란 후 사헌부 지평으로 조정에서 근무하다가 봉서를 받고 영남지방과 호서지방, 호남지방에서 암행어사로 활동했다. 암행어사에서 돌아온 성이성은 조정에서 사간원 집의로 근무하는 중에 합천 현감 교지를 받고 합천으로 떠났다.
　어사로 암행하면서 길 다니는 것이 몸에 배어 십여 일이 넘게 걸리는 먼 지방을 가는 데는 이골이 나 있었다. 이렇게 산천경개를 보면서 가는 한가한 시간이면 전쟁으로 가족을 잃고 가난과 싸우며 힘겹게 살아가는 백성들을 보면 가슴 아프지만, 때로는 지나간 옛날 추억 속에 젊은 날 장래를 약속한 여인의 모습이 떠올랐다.
　호남 암행을 하면서 남원에서 스승 조경남을 만나고 퇴기 여진과 관노 동개를 만나서 들었던 춘향의 마지막 소식이 너무 가엾고 애달파 오랫동안 가슴이 아렸다. 이 땅에 천민으로 태어나 고난과 모진 박해를 당하다가 죽어 간 춘향을 생각하면 억울하고, 백성을 위해서 일해야 할 고을 사또의 횡포에 분노하면서 사랑하는 여인을 지켜주지도 못한 자신이 무력하게 느껴졌다. 암행을 마치고 돌아가는 길에 아무도 찾지 않는 새소리 바람 소리만 들리는 외로운 산골짜기에 있는 춘향의 묘를 찾아갔던 생각이 났다.

"서로 사랑하던 때가 어제 같은데 불혹을 넘어 지천명에 가까워져 오도록 나는 춘향 그대를 잊을 수 없는데, 그대는 백골이 되어 이 외로운 산골짝에 누워 내가 찾아오도록 얼마나 애타게 기다렸겠소?"

넋두리하면서 춘향의 묘 앞에 술을 따르면서 눈물을 흘렸던 때가 어제 같았다. 어명을 받고 나랏일을 수행하기 위해 가는 길에 사사로운 생각은 하지 않아야 한다고 하지만, 이렇게 말을 타고 몇 며칠을 가는 한가로운 시간에는 가슴속에 간직하고 있던 젊은 시절의 일들이 그리움이 되어 아련히 떠올랐다. 아내가 있고 자녀가 딸려도 마음속에 품은 첫사랑 여인을 잊을 수 없었다.

성이성은 지방 현감 교지를 받고 먼 길을 가면서 봉서를 받고 어사로 갈 때와 달라 마음의 여유가 있었다. 지나가는 고을마다 산은 나무가 없는 민둥산으로 황폐하고 들판의 곡식은 가뭄으로 타들어 가는 곳이 많았다.

임진왜란이 끝난 지 한 세대가 흘러 전쟁의 상처가 겨우 치유되고 있을 때 나라에 정묘호란과 병자호란 같은 외침으로 큰 변란이 일어나 어느 가정이나 남편 잃은 여인들이 슬픔을 안고 가난에 시달리며 힘겹게 살아가고 있었다.

성이성은 합천 현감으로 가면서 개인의 일에서부디 국가의 일까지 온갖 생각을 하면서 부임지로 향했다. 명나라 파병과 이괄의 난, 정묘호란, 병자호란 또 청나라에 파병으로 수십만 명 조선의 젊은 장정이 죽어 지금은 팔도강산 어느 고을 어느 동리에서나 병사로 동원되어 전사한 가족이 없는 집이 없었다. 백성들이 가장이나 아들, 남편을 잃고 슬퍼하며 가난과 고통을 참고 힘겹게 버티며 어려운 삶을 근근이 이어 가는 것을 보면 가슴이 아팠다. 명나라 군대로 끌려가 청나라와 싸우고, 이괄의 난 때는 내란으로 죽고 병자호란 때는 청나라 군사가 영남과 호남 쪽으로 내려오지 않았지만, 조선 팔도 각 고을 동리마다 수많은 장정이 동원되어 침략해 온 청과의 전쟁에서 희생되었고, 전쟁에 패해 임금이 삼전도의 굴욕을 당하면서 오랑캐가 세운 청나라에 신하의 나라가 되어 이번에는 수만 명이 젊은이들이 청나라 군대로 끌려가 명나라와 전쟁하면서 수없이 죽어 갔다. 힘없는 나라의 백성들은 아무런 명분도 없이 이쪽도 저쪽도 힘센 나라에 강제로 끌려다니며 그들의 전쟁에서 속수무책으로 죽어 갔다. 백성들의 삶이 궁핍하지만, 그래도 나라를 유지하자면 외세의 침략을 방어할 수 있는 군사력은 있어야 하는데 국가의 의사를 결정하는 임금과 정승판서가 층층이 있어 성이성은 자기의 주장을 펼 위치 있지 않았다. 성이성은 부임지로 가면서 나라와 백성들의 삶과 가족들의 생각과 젊을 때 사랑했던 평생 잊히지 않는 여인을 생각하며 부임지로 향했다.

한양에서 출발한 지 십여 일이 지나서 합천에 도착했다. 황강이 굽이쳐 마을을 감싸 흐르는 합천은 아름다운 고장이었다. 황매산 골짜기 계곡에서 흘러내리는 작은 하천들이 모여들어 황강을 이루고, 황강은 강원도 황지에서 발원하여 영남을 관통해 몇백 리를 흘러온 낙동강과 합류했다. 산은 나무가 거의 없어 황폐하여 민둥산이 되어 있으나 들이 넓고 강이 있어 자연환경을 잘 관리하고 노력하면 가뭄 없이 농사를 지을 수 있어 살기 좋은 고장으로 만들 수 있다고 확신했다.

성이성은 부임하여 현의 상황을 파악했다. 호서와 호남지방 어사로 다닐 때 각 곳 수령들의 정치하던 모습이 떠올랐다. 어떤 고을에서는 백성을 잘 다스리는 어진 사또가 있었는가 하면 어떤 곳에서는 민생은 돌보지 않고 사리사욕과 주색잡기에 빠진 고을 원도 있었다. 그런 고을의 백성들은 가난한 가운데에도 관청의 온갖 부당한 요구로 고난에 시달렸다. 성이성 현감은 어사 시절을 생각하며 어진 고을 원들의 행적은 본을 삼고 폭정을 하던 고을 원들은 반면교사로 삼았다. 고을에 도착하여 제일 먼저 고을의 양곡 창고를 조사하니 비축해 있어야 할 많은 곡식을 전임 현감이 축내어 놓았다. 비축 양곡은 흉년이 들면 백성들의 생명선이라 성이성 현감은 떠난 현감에게 변상시킬 수 없어 자신의 봉록으로 충당했다.

예부터 정치를 잘하려면 치산치수를 잘해야 한다고 했다. 황폐한 산을 푸르게 가꾸면 산 계곡에는 항상 맑은 물이 흘러 그 산자락에 펼쳐져 있는 들에는 물이 흔해 가뭄이 들지 않아 언제나 풍성한 수확물을 거둘 수 있을 것이었다. 성이성 현감은 부임하자 산에 나무를 심고 하천의 제방을 튼튼히 하여 가뭄이 들지 않고 장마철에는 홍수가 나지 않게 하천 정비 사업을 시작했다. 마을마다 젊은 청년들은 전쟁터에서 전사당해 여인들과 노동력이 떨어지는 늙은이들뿐이라 계획한 만큼 일이 진척되지 않았다. 그래도 이렇게 산에 나무를 심고 강둑을 만드는 사업을 시작하여 놓으면 다음에 오는 현감이 계속 이어 가서 앞으로 십 년 이십 년 후이면 황폐한 산이 푸르러지고 황강에는 많은 물이 흘러 가뭄이 사라지고 해마다 풍년이 들어 백성들이 양식 걱정하지 않아도 되는 풍요로운 고을이 되리라고 생각하면서 나무 심기와 하천 정비 사업을 계속했다.

싱그러운 여름철 매미 소리가 요란했다. 합천에서 계획했던 일들을 마무리하지도 못한 채 담양 군수 교지를 받았다. 담양은 어사로 호남 지방을 암행할 때 몇 번 지나다니며 민정을 살피던 곳이었다. 그때는 민의를 살피며 담양 군수가 선정을 베푸는지 악정을 하는지를 살피며 다녔는데, 이제는 담양 군수로 부임하니 어사들의 암행 조사 대상이 되었다. 하늘 향해 쭉쭉 뻗은 대나무 숲은 언제 보아도 싱그럽고 생기가 넘치는 푸른 젊음이 있었다. 대나무 숲을 보니 젊을 때 사랑했던 여인이 생각났다. 어느 겨울날, 눈 쌓인 대나무밭에서 서로 포옹하며 행복에 젖어 있었던 때가 어제와 같았다. 그녀가 내 곁에 있다면 얼마나 행복해할까? 이제 그녀는 하늘나라로 가고 아련한 추억 속에 그리움만 남아 있었다.

담양은 지난 장마에 강둑이 범람해 넓은 농토가 모래밭으로 변해 있었다. 가뭄이 들면 몇 알의 곡식이라도 거둘 수 있지만, 홍수가 나면 애써 가꾸어 놓은 작물은 흔적도 없고 농토는 물에 떠내려가 모래와 자갈로 뒤덮여 폐허가 되었다. 다시 농토로 만들려면 몇 달 심하면 몇 년을 걸려야 복구할 수 있어 홍수가 가뭄보다 피해가 더 컸다.

담양 군수로 부임한 성이성은 수해복구에 전념했다. 강가에 농장을 둔 마을은 남녀노소 가리지 않고 모두 동원되어 제방을 쌓았다. 지게 바소쿠리(벌채)에 흙과 자갈을 가져다 붓고 돌을 옮겨 쌓았다. 힘센 일꾼들은 종가래로 세 사람이 흙을 퍼 올리면 한 사람이 삽으로 할 때보다 대여섯 몫이나 할 수 있었다. 흐르는 물길이 부딪치는 곳에는 수십 명이 힘을 합쳐 큰 바위를 굴려 와서 쌓아 놓고 그 옆으로 작은 돌과 흙을 채웠다. 동네 석수장이들을 동원하여 바위를 정으로 깨어 만든 돌로 제방의 물길이 굽이치는 쪽에 튼튼하게 쌓고 제방 둑 옆으로는 물 버들을 심어 그 뿌리가 엉켜 흐르는 물에 흙이 유실되는 것을 막았다. 제방 위에는 큰 나무를 심지 않는 것은 큰비가 와서 나무가 넘어져 물길을 막으면 제방이 무너져 농토가 떠내려가기 때문이었다.

성 군수는 부임하고 2년 동안 매일 고을의 온갖 일을 처리하면서 마을마다 제방 쌓기에 매달려 자손 대대로 홍수 걱정 없이 농사를 지을 수 있도록 튼튼한 제방을 만들었다. 제방이 완공되자 성 군수는 제방 위에 나무를 심으면 경치도 좋고 뿌리가 튼튼하게 내려 제방을 보호할 수 있다고 말했다. 그러자 이방과 형방뿐만 아니라 아전들도 반대하며 말했다.

"제방에 키 큰 나무를 심었다가 나무가 자라 성목이 되고 많은 비가 와서 넘어지면 물길을 막아 농토가 모두 떠내려가서 큰 피해를 볼 것입니다."

"제방 위에 뿌리가 깊고 비바람에 강한 나무를 심으면 제방도 보호하고 여름철 농부들이 일하다가 쉴 수도 있고, 점심을 먹고 한낮에 너무 더워 일을 못 할 때는 나무 그늘에서 한잠씩 잘 수도 있어 여러 가지로 좋을 것이오."

성 군수가 주장하자 나이 많은 마을의 원로가 나서서 말했다.

"그렇지만, 예부터 조상들은 제방에는 큰 나무를 심지 않는다고 했습니다. 경치와 나무 그늘에 쉬는 것도 좋지만, 수해가 날 때 나무가 넘어져 한순간에 농토가 떠내려가면 도리어 큰 화가 될 것입니다."

관청의 관리들뿐만 아니라 지역의 나이 많은 원로들도 옛날부터 제방 위에 큰 나무를 심지 않았다고 반대하고 나섰다.

성이성 군수는 노인들의 생각은 고정관념에 길들여 있고 이방과 형방, 아전들뿐만 아니라 모두가 새로운 것을 두려워하며 옛것을 맹목적으로 따르는 것으로 생각했다.

"제방을 여러분의 손으로 2년 동안 노력하여 만들었습니다. 제방 위에 큰 수종의 나무를 안 심는다는 것은 많은 비가 와서 나무가 넘어지면 물길을 막아 수해를 입을 있기 때문이라는 것을 나도 알고 있소. 그러나 제방 위에 느티나무와 푸조나무, 팽나무 같은 뿌리가 깊고 그늘이 좋은 나무를 심으면 제방이 더 튼튼하여질 것입니다. 믿고 따라 주기 바랍니다."

상식을 깨는 성 군수의 말에 사람들은 반신반의했다. 그러면서 마을 원로인 노인들과 관청의 관리들도 성 군수의 의지가 워낙 확고해 그대로 따를 수밖에 없었다. 사람들은 성 군수의 뜻에 따라 뿌리가 깊은 수종 수백 그루를 제방 위에 심었다. 나무를 심으면서 성 군수는 말했다.

"이 나무들이 제방을 보호하는 것은 물론이고, 앞으로 몇백 년 후 우리 자손들 대대로 고목이 된 이 나무 밑을 거닐며, 맨손으로 돌을 쌓고 흙을 퍼다 날라 제방을 만든 지금의 우리를 기억할 것입니다."

몇 년이 지나자 쑥쑥 자라나는 나무들을 보며 사람들은 그때 군수의 말을 믿고 나무를 심기를 잘했다고 생각했다. 400여 년이 흘러 고목이 된 나무들은 강둑을 따라 길게 이어져 관방제림이라 불리며 국가 천연기념물로 지정되어 많은 사람이 찾는 명소가 되었다.

　진주목사 교지를 받고 출발했다. 남쪽 바닷가는 기온이 온화해 봄철 산벚꽃이 한양보다 보름은 앞서 피었다. 지방 관장으로 나오니 계획한 일들을 마무리하지도 못한 채 이동이 심했다. 인사를 담당하는 이조에서는 한번 고을 사또로 임명하면 오륙 년은 한자리에 머물며 정치를 하게 두어야 하는데 너무 자주 바꾸었다. 하기야 조정의 인사업무를 담당하는 이조에서나 나라를 운영하는 사람들이 생각하기에는 고을 사또가 한곳에 오래 머물며 움직이지 않으면 고인 물이 썩듯이 지방 토착 세력들과 결탁하여 부패하고 더 나아가 이괄의 난처럼 조정에 반대하는 세력으로 커서 역모로 나라를 위태롭게 할 수 있을지도 모른다는 생각 때문이었다. 위정자들은 지방 관리들이 한자리에 오래 머물며 지역 실정에 맞는 훌륭한 정치를 펴 그 지역이 발전하는 것보다 자기들의 보신과 임금의 안위를 더 큰 문제로 생각하고 지방 관리들의 인사이동을 자주 시키는 것 같았다.

　진주목사로 부임한 성이성은 고을 재정을 파악하고 고을 현황을 살피는데 이 고을에서는 사람들이 죽으면 바로 매장하지 않고 산기슭이나 밭 가에 짚으로 초분(草墳)을 만들어 몇 년 동안 두어 탈골이 된 뒤에 다시 매장하는 풍습이 있었다. 초분의 명칭도 초빈(草殯), 초장(草葬), 소골장(掃骨葬), 외빈(外殯) 등 동리에 따라 여러 가지로 불리며 사자의 시신에 이엉을 덮어서 몇 년 동안 땅 위에 그대로 두었다. 초분은 나중에 탈골된 시신을 다시 장례 지내며 매장해야 하고 또 쥐나 짐승들이 드나들어 여러 가지 불편한 점이 많았다. 성 목사는 사람이 죽으면 반드시 바로 땅에 매장하도록 지도하였으나 오랫동안 내려온 이 지방의 풍습을 하루아침에 고쳐지지 않았다.

성 목사는 소속된 각 현과 긴밀히 연락하며 기근이 들면 구휼미를 풀고 관아에서 멀리 떨어진 곳까지 사람을 보내 그들의 삶을 파악하여 백성들이 힘들어하는 것과 원하는 것이 무엇인지 알아내어서 처리했다. 그리고 이때까지 근무해 온 다른 고을처럼 하천에 제방을 쌓아 가뭄과 홍수에 대비했다. 고을의 백성들은 자기들의 삶이 조금씩 달라지자, 성 사또는 하늘이 보내준 인물이라며 좋아했다.

경상도를 암행하던 어사가 진주에 와서 민심을 파악하니 성이성 목사가 선정을 펼쳐 고을 백성들의 삶이 윤택해지고 어려움을 당하는 백성을 위해서는 관원들이 나서서 그 어려움을 해결해 주어 칭송이 자자했다. 어사는 성 목사가 진주 고을을 잘 다스려 백성들의 존경과 칭송을 받으며 공사가 분명해 고을 백성 누구도 부당한 일을 당하는 사람이 없는 훌륭한 정치를 하는 목사라고 조정에 장계를 올렸다. 어사의 장계를 받아본 임금님은 성 목사의 선정을 격려하며 말했다.

"성이성은 어사로 활동할 때뿐만 아니라 진주 목사로도 뛰어난 정치력으로 고을을 평안하게 잘 다스리고 있어 짐은 기쁘오. 팔도강산 지방의 관장들이 성이성 목사와 같이만 해 준다면 온 나라가 태평성대가 될 것이오."

임금의 말이 끝나자 대신들은 앉은 채로 절을 하며 합창하듯이 대답했다.

"성은이 망극하옵니다."

임금은 성이성 진주목사에게 비단 옷감(표리, 表裏)을 선물로 하사했다.

성이성은 창원 부사에 제수되었다. 창원에 부임해 보니 관군이 주둔하는 진영을 만드는 일에 백성들이 동원되고 또 무관들의 횡포에 온 고을 백성들이 시달리고 있었다. 그뿐만 아니라 도망친 노비를 잡아들이는 추쇄와 노비들이 주인을 배반하는 자가 많아 송사가 끊이지 않았다. 성 부사는 지방에 일어나는 각종 폐단을 상신 하여 조정에서 백성들에게 해를 끼치는 폐단을 막는 법을 만들어 창원뿐만 아니라 온 나라 백성에게 혜택이 가도록 했다.

창원은 해변 고을이어서 해산물 공납을 해야 하는데 그 공납을 감당할 수 없는 어부들이 가족을 데리고 도망가거나 자살하는 일이 있었다. 성 부사는 어민들의 공납을 면제해 주고 나라에 바치는 공납은 관에서 사서 대납하여 어민들의 부담을 덜어 주었다. 그러자 공납을 감당하지 못해 도망갔던 백성들이 다시 돌아와 피폐했던 고을이 활기를 찾기 시작했다.

어느 날 장 서방이라는 사람이 관가에 찾아와 사또 뵙기를 청해 성 부사는 장 서방을 만났다.

"사또님이 현명하시다는 이야기를 듣고 찾아왔습니다. 내 억울한 사정을 듣고 내 아들을 찾아 주십시오."

"왜 그대 아들이 다른 사람에게 납치라도 당했는가?"

장 서방의 억울하다는 사정을 이야기했다.

장 서방과 박 서방은 한 동리에서 태어난 죽마고우로 자라서 나이가 들자 같은 해에 결혼하였다. 5년이 지나자, 장 서방은 아들딸 세 명이

나 낳았는데 박 서방은 아이가 태어나지 않았다. 박 서방은 아무리 노력해도 아이가 들어서지 않아 초조했다. 어느 날 죽마고우인 장 서방을 찾아가 소원을 하나 들어 달라고 부탁했다.

"자네는 나와 같은 해에 결혼하고 아이가 셋이나 있지 않는가? 나는 아무리 노력해도 아이가 들어서지 않아."

"자네 고환이 쭉정이어서 모양만 갖추고 있지 씨가 없는 것 아닌가?"

친구니까 농담하니, 박 서방을 화도 내지 않고 진지하게 말했다.

"그래서 말인데 자네 씨 좀 빌려주게."

"예끼! 이 사람아, 빌릴 게 따로 있지 사람 씨를 어떻게 빌려?"

"자네, 우리 집에 와서 하룻밤도 아니고 잠깐만 품을 팔아 주게."

"이 사람아, 자네 사정이 딱하네만, 자네 부인이 들어줄까? 잘못되어 유부녀를 겁탈했다고 관아에 끌려가 곤장으로 죽도록 얻어터지게 될 게 아닌가?"

평생을 같이 살며 흉허물없이 지내는 친구니까, 이런 기막힌 이야기도 스스럼없이 했다.

"자네, 관가로 끌려가지도 얻어터지지도 않게 소문나지 않도록 우리 둘만 알고 조용히 하면 되잖아."

"그래, 자네 부인과 이야기했는가? 부인이 동의하던가?"

"우리 집사람이 동의 할 턱이 있는가? 자네하고 내하고 둘만 알고 하면 돼."

"자네 부인 모르게 어떻게 할 수 있는가?"

"내가 술을 먹여 집사람을 인사불성으로 만들어 놓을게. 그다음은 자네가 품을 팔아 우리 집사람에게 씨를 심어 주면 돼."

"이거 참 난처한데?"

"죽은 사람 오구도 넣어 주는데 친구 간에 씨 빌려주는 일이 무어 그리 대단한 일인가? 자네 씨는 밭만 있으면 하루에 열 군데도 더 심을 수 있지잖은가?"

장 서방은 "열 계집 싫어하는 사내가 없다."라는데 친구 부인과 재미를 보는 것이 속으로 좋았다. 더구나 친구 박 서방 부인은 자기 부인과 비교도 안 되는 미인이었다. 그런 미인을 친구가 씨를 빌려달라며 같이 자라는 것이었다. 이건 싫은 것이 아니라 너무 좋아 춤이라도 추고 싶지만, 겉으로는 난처한 표정을 지었다. 어차피 자기가 가지고 있는 사람의 씨는 얼마든지 많이 있어 밭만 있으면 하루에 열 곳뿐만 아니라 여기저기 마구 뿌리며 다니고 싶었다.

박 서방은 어느 날 맛있는 소고기와 독한 소주를 사 와서 아내에게 말했다.

"당신 같은 미인이 우리 집에 와서 5년 동안 아이도 없이 얼마나 고생하였소? 내가 아는 의원이 말하는데 술을 실컷 먹고 부부 관계를 하면 아기를 가질 수 있대. 그러니 우리 오늘은 취하도록 마시고 잠자리에서 아이를 갖도록 하세."

"정말로요? 그러면 취하도록 마셔야지요."

술을 먹지 않던 아낙, 박 서방 아내는 독한 술을 큰 잔으로 몇 잔이나 마셨으니, 반 시간도 안 되어 인사불성이 되었다. 박 서방은 아내를 방으로 안고 들어가 시집올 때 해온 원앙침 위에 옷을 벗겨 알몸으로 눕혀 놓았다. 그리고 울타리 밖에서 대기하고 있던 친구 장 서방을 불러 아내가 누워 있는 방으로 들여보냈다. 장 서방은 예쁜 친구의 아내가 나신으로 누워 있는 모습이 선녀같이 보여 너무 황홀했다. 그리고 5분이면 될 일을 한 시간이나 온몸을 애무하고 마음껏 주무르면서 두 번이나 씨를 넣어 주고 나왔다. 세상에서 장 서방과 박 서방 두 사람만 알고 씨를 받은 박 서방 아내도 모르는 비밀이었다. 장 서방이 돌아가자, 박 서방은 옷을 벗고 아내 옆에 누웠다. 아내는 날이 새도 아침밥도 하지 못하고 한나절이 되어서야 일어났다. 일어나 보니 옆에는 남편이 알몸으로 누워 있었다.

한 달이 지나자, 박 서방 아내는 헛구역질하며 임신이 확인되었다. 박 서방 아내는 너무 기뻐하며 남편에게 말했다.

"당신, 용하다는 의원 말이 맞네요. 진작 알고 술을 먹고 당신하고 잤으며 아이가 없다고 그렇게 오랫동안 고민하지 않아도 되었을 텐데요."

열 달이 지나 태어난 아이가 아들이었다. 아내는 날아갈 듯 기뻐했지만, 박 서방을 겉으로는 기뻐하는 체했지만, 자기 씨가 아니라 꺼림칙했다.

아이는 자라나면서 엄마를 닮아 미남에다가 머리가 좋았다. 서당에 가면 한 번만 가르쳐도 그대로 따라 하는 아이를 보고 훈장은 신동이라고 했다.

열여덟 살에 진사시에 합격하고 이어서 초시에 급제했다. 그러자 장 서방은 생각이 달라졌다. 자기 아내에게서 난 자녀들을 하나같이 못생기고 서당에서 공부도 못 하는데 씨를 빌려준 박 서방 아들은 동네에서 제일 미남이고 공부도 잘해 과거에 소년 급제하니 욕심이 생긴 것이었다. 박 서방을 찾아가 말했다.

"내 아들, 자네가 키우기는 했지만, 자네와는 아무 관계도 없는 내 아들이 아닌가? 이제는 내 아들 돌려주게."
"무슨 소리야. 우리 처음부터 약속하지 않았는가? 자네는 내 아들 씨를 빌려준다고."
"천륜이야. 피는 못 속여."
"줄 수 없어. 내 아들이야."
장 서방을 관가로 달려와 성 사또에게 아들을 찾아 달라고 호소한 것이었다. 이야기를 듣고 성 사또는 난감했다. 이걸 어떻게 판결하여야 하나? 언뜻 떠오르는 생각이 있어 말했다.
"내일 박 서방과 그의 아들을 직접 보고 결정하겠다. 내일 이 시각에 세 사람이 출두하도록 하라."
이튿날 세 사람은 관아에 출두했다. 장 서방은 의기양양해하고 박 서방은 이 세상 모든 것을 다 잃어버린 듯이 풀이 죽어 있었다. 성 사또는 두 사람에게 똑똑히 들으라고 하면서 아들에게 자초지종을 설명하며 말했다.
"너를 낳은 아버지는 장 서방이 맞다. 그러나 너를 기른 아버지는 박 서방이다. 나는 네가 어떤 쪽을 선택하든지 네 뜻대로 하도록 하겠다. 어떤 쪽을 택하겠는가?"
아들은 조금도 망설임 없이 기른 아버지 박 서방을 택했다. 박 서방은 아들을 끌어안고 너무 좋아하고 장 서방을 몹시 실망한 채 고개를 떨궜다.

성이성은 그동안 여러 지방 군수와 목사, 조정의 관료를 거쳐 평안노 강세 부사로 부임했다. 북방 국경 지방에는 어진족의 출몰로 수백 년 전 고려 때부터 장수와 병사들을 보내 지키던 곳이었다. 이괄도 북방 여진족을 지키다가 관군 만 이천 명을 이끌고 한양으로 쳐내려와 난을 일으켰다. 그 결과 북방을 지키던 군사가 거의 없어 경비가 허술한 틈을 타서 정묘호란과 병자호란을 겪으면서, 조선은 오랑캐라고 업신여기던 여진족이 세운 청나라의 신하 나라가 되어 온갖 고난과 고통을 받고 있었다. 그동안 청나라와 국교가 성립되었지만, 주위의 여진족은 옛날처럼 국경을 넘어와 약탈을 일삼았다.

 백성들은 여진족의 약탈로 애써 지은 농산물을 빼앗기고 마을은 불타고 주민들이 죽고 여인들이 납치당했다. 또 백두산과 묘향산 같은 주위 산에는 갖가지 귀한 약초가 많이 나고 나라의 대표적인 산삼 산지라 산삼 캐는 심마니 일을 생업으로 삼는 사람도 있었다. 각지에서 산삼 장사꾼들이 모여들고, 관리들까지 삼산 장사에 뛰어들어 한양과 지방의 관리들이 베와 비단을 가져다 맡기며 산삼을 거두어 가니 산삼 값이 치솟고, 국가에서는 매년 한 가정당 산삼 세 근씩을 채취하여 공물로 바치게 하니 온 고을이 시달리고 그 폐해가 극심했다. 나라에서 거두어 드린 산삼은 청나라에 조공으로 보내고 조정의 대신들에게도 나누어 주기도 했다. 농민들은 산삼 공물을 바치지 못하면 삼세를 납부해야 했다. 끼니를 거르면서 가난하게 살아가는 백성들은 피눈물을 흘리며 삼세를 납부했다. 고려시대 때부터 시행된 산삼공납제도로 산에 가면 지천으로 자라던 산삼을 수백 년 동안 채취하여 점점 구하기 힘들어 할당된 양을 채울 수 없었다. 관아에서는 산삼이나 삼세를 내지 못하는 농민들을 잡아다 곤장으로 다스려서 농민들은 농토를 팔아 산삼을 사서 할당된 양을 내기도 했다. 끝내는 팔 농토도 없어 살길이 막막해도 다음 해는 어김없이 삼세가 나오니 온 식구가 야반도주하여 정처 없이 떠돌아다니기도 했다.

성이성 부사가 부임해서 고을 실태를 살펴보니 백성들의 삶이 사는 것이 아니라 나라 안팎에서 시달리며 언제 끊어질지 모를 생명을 하루하루 공포와 가난, 걱정과 고통 속에서 실낱같이 연명해 가고 있었다. 밖으로는 여진족이 언제 쳐들어와서 재산을 약탈하며 남자들을 죽이고 여인들을 납치해 갈지 모르고 안으로는 산삼 세에 짓눌려 살던 집을 떠나 야반도주하여 산속이나 거리를 헤매는 백성들이 많았다.

성이성 부사는 고을을 여진족의 약탈로부터 보호하기 위해 마을마다 북방을 지키는 군관 한 사람씩 보내 마을 사람들을 훈련 시키고 무장하여 여진족의 침입에 대항하도록 했다. 여진족이 언제 어디에 나타날지도 몰라 북방을 지키는 병사들에게만 맡길 수 없었다. 마을 단위로 무장하고 여진족이 약탈하기 위해 몰려오면 마을 사람 남녀노소 모두 나서서 여진족과 싸워 물리치게 했다. 성이성 부사의 계획은 효과가 있었다. 국경 근처의 마을에 여진족이 쳐들어올 때 마을에 파견된 전투에 능한 군관의 지휘 아래 주민들이 창과 칼, 도끼와 낫까지 들고 달려들어 여진족을 몇 명 쓰러뜨렸다. 그리고 활을 이용하여 도망가는 여진족을 쏘아 죽이고 타고 온 말을 다섯 필이나 전리품으로 획득했다. 몇몇 국경 마을에서 여진족의 침입을 마을 자체 방어로 성공하자 여진족은 겁을 먹고 침범하지 못했다. 이때까지 수백 년 압록강 유역의 백성들은 대대로 시도 때도 없이 침략해 오는 여진족의 약탈과 방화, 살인, 납치의 공포 속에서 살아왔던 마을에 평화가 찾아왔다.

여진족은 사리졌지만, 신삼세가 문제었다. 여진족이 쳐들어올 때는 산이나 숲속에 숨어서 피할 수 있지만, 삼세는 피할 수 없어 여진족의 약탈보다 더 가혹하게 느껴지지도 했다. 성이성 부사는 조정에 산삼 세의 폐해를 상세하게 써서 임금님에게 장계를 올렸다. 임금은 성이성 부사의 장계를 보고 명령했다.

"강계 지방에 산삼 세를 면제하여 백성들이 편안하게 살도록 하라."

산삼 세가 면제되었다. 삼세 면제뿐만 아니라 관료들이 장사꾼을 동원하던 산삼 장사도 막아 버렸다. 산삼 장사로 많은 이익을 챙기던 한양과 지방 관료들은 성 부사를 미워했지만, 백성들은 기뻐했다.

산삼 세를 없애 고을 백성이 고통에서 벗어날 즈음 만주에서부터 메뚜기 떼가 날아왔다. 농민들은 메뚜기 떼를 막기 위하여 연기를 피우고 횃불은 만들어 하늘을 덮으며 몰려오는 메뚜기 떼 앞에서 휘둘렀으나 불가항력이었다. 피어오르는 연기와 휘두르는 횃불에 개의치 않고 메뚜기 떼의 거대한 무리는 소나기구름처럼 하늘을 검게 덮고 몰려와 농작물뿐만 아니라 잡초까지도 모두 먹어 버려 들판에 푸른빛의 잎이 사라졌다. 농부들은 쌀 한 톨 보리 한 됫박 수확할 수 없었다. 성이성 부사는 구휼미를 풀어 밤낮으로 강계 백성들의 구황에 힘써 고을 내에 굶어 죽은 사람이 한 사람도 없이 한 해 농사를 통째로 망친 메뚜기 떼의 재난을 극복했다.

기근에서 벗어난 고을에 조상 대대로 괴롭혀 오던 여진족의 침략과 수백 년 동안 해마다 산삼 공납과 삼세에 짓눌려 토지를 팔고 집 팔아 알거지가 된 채 고향에서 야반도주했던 사람들이 다시 모여들기 시작했다. 고을 백성들은 기근과 여진족의 습격과 산삼세에서 벗어나게 한 성이성 부사를 "백성들의 삶을 찾아 준 부처님이 환생했다."라고 하며 강계 백성들은 성이성 부사를 생불, 또는 관서 활불이라고 불렀다. 강계고을 백성들에게 성이성 부사는 삶을 극락처럼 편안하게 만들어 준 살아 있는 부처였다.

병자호란 때 십여만 명의 조선 병사와 수십만 명의 백성이 죽고 인조 임금이 삼전도의 굴욕을 당하며 항복하여 조선은 오랑캐라고 업신여기던 여진족 청나라의 신하 나라가 되었다. 조선을 침략했던 청나라 12만 군대가 돌아가면서 지나가는 한양에서부터 의주까지 마을은 약탈과 방화 납치로 초토화되고 병사들 개개인이 포로로 조선의 군인들뿐만 아니라 백성들을 잡아갔다. 잡혀간 백성들은 대부분이 여자들이었다. 조선인 포로들은 심양까지 몇천 리 길을 끌려가면서 지쳐 죽고 병들어 죽고 또 여인들은 가는 도중에 자살하는 사람이 많았다. 그렇게 잡혀간 여인들은 여진인의 아내가 되거나 첩이 되고 심지어 도덕 개념이 없는 오랑캐들이라 집안 기생을 만들어 할아버지에서부터 손자까지 온 집안 남자들이 번갈아 데리고 자기도 하는 짐승보다 못한 짓을 하기도 했다.

포로가 된 사람들의 가족이 청나라까지 가서 속한가를 주고 데려오기도 했는데 속한가를 치를 수 없는 가난한 집사람들은 도망쳐 만주벌판을 가로질러 압록강을 건너 탈출해 와도 나라에서 청 태종이 정한 항복 조항에 따라 조선 관군이 잡아 눈물겹게도 되돌려보내지기도 했다. 어릴 때 잡혀가서 고생하다 속환가를 내고 돌아온 여인들을 나라에서는 처녀로 인정하고 혼인하도록 했다.

성이성 부사가 처음 부임했을 때 일었다. 결혼한 김 여인은 청나라 병사에게 포로로 잡혀가서 심한 노동에 시달리다가 나라에서 대신 속한가를 내어주는 공속으로 풀려나 돌아와 남편을 찾아왔다. 남편은 청나라에 잡혀가 노예가 되었다가 풀려나 돌아온 아내가 오랑캐에게 정절을 잃었다고 이혼을 요구하며 집에서 쫓아냈다. 여인은 남편에게 매달려 울면서 하소연했다.

"전쟁 중이라 어쩔 수 없이 잡혀갔다 왔는데 내 탓이 아니잖아요. 십 년을 넘게 고생하다가 당신을 믿고 찾아온 날 버리면 나는 어디로 가요?"

"여자의 정절은 생명과도 같은데 당신은 오랑캐와 십 년을 붙어먹다가 왔잖나? 이유야 어떻든 내가 오랑캐와 십 년 동안 밤마다 그 짓을 한 엔네를 어떻게 받아들이란 말이야."

"붙들려 가서 죽지 못해 그들과 산 것은 맞아요. 그렇지만 나는 당신을 한시도 잊은 적도 마음속으로 배신한 적도 없어요."

"마음속으로 배신한 적이 없다? 몸이 오랑캐에게 매일 밤 더럽혀졌잖아. 나는 오랑캐가 데리고 잔 여자와 살 수 없어. 여러 말 할 필요 없어 이 집에서 썩 나가."

김 여인은 울면서 집을 나왔다. 어디 갈 곳도 의지할 곳도 없었다. 태어난 고향 친정이 수십 리 밖이지만, 병자호란 때 불타고 식구들은 모두 청나라 병사들에게 도륙당해서 혈혈단신이었다.

김 여인은 울면서 관가를 찾아왔다. 성이성이 부사로 부임하고 하루만에 일어난 일이었다. 여인은 성 부사에게 하소연하였다.

"사또 나으리, 소인은 청나라 병사에게 잡혀 심양까지 가서 십 년 넘게 포로로 노예가 되어 생활하다가 풀려나 돌아왔습니다. 그동안 오직 조선에 있는 남편만을 생각하고 악착같이 살아서 남편 곁으로 왔습니다만, 남편은 오랑캐와 살았다고 집에서 쫓아냈습니다. 저의 친정도 청나라 병사에게 도륙당하고 집도 불타서 소인이 돌아갈 곳도 없습니다. 소인은 어떻게 하여야 하겠습니까? 사또 나리 소인의 사정을 굽어살펴 주시옵소서."

성이성 부사는 인평대군을 따라 청나라 사신단의 사은겸 진하사의 사장관으로 가면서 병자호란 때 피로인으로 청나라에 잡혀가 노예처럼 일하던 조선 여인을 본 기억이 났다. 그때 사신의 일행 중 한 명의 딸이 잡혀가 농장에서 노예처럼 일하는 것을 보고 속한금이 없어 데려오지고 못하고 부녀가 부둥켜안고 통곡할 때 사신단 일행이 이 기막힌 광경을 보고 모두가 눈물을 흘렸던 기억이 어제 일 같이 생생하게 떠올랐다. 모든 것이 나라의 힘이 없어 백성이 겪는 고통이고 비극이었다.

청나라 태종 홍타이지는 병자호란 때 한양의 남한산성을 두 달 동안 포위하여 치욕의 삼전도의 삼배구고드래로 인조의 항복을 받아 내고 돌아가며 병사 개개인에게 보상하는 차원으로 조선의 백성을 납치하여 포로로 끌고 가서 노예로 삼도록 했다. 병사들은 대부분 조선의 젊은 여인들을 눈에 띄는 대로 잡아서 끌고 갔다. 열두세 살에서 삼십이 넘은 결혼한 여인까지, 아기가 있어도 사정이 없었다. 그렇게 끌려가서 노예가 되어 시장에서 가축처럼 팔리기도 하고 오랑캐의 아내가 되고 또 첩이 되어 학대받으며 낮으로는 고된 노동에 시달렸다.

여인을 지켜 주지 못한 것은 위정자들을 비롯해 나라와 남자들의 책임이었다. 그렇게 당하고 고난받은 여인은 그래도 남편에게 돌아올 생각을 하며 온갖 치욕을 다 참아 가며 견디다가 풀려나 남편을 찾아 왔는데 남편은 아내가 정질을 잃었다고 쫓아낸 것이었다.

나라에서는 처녀로 잡혀가서 오랑캐 가정 기생이 되어 여진족 집의 할아버지와 아버지 손자까지 온 집안 남자들의 성 노리개가 되어 온갖 고역을 치르다가 돌아온 여인도 처녀로 인정하여 결혼하도록 하고 결혼한 부인이 잡혀갔다 돌아와도 부인으로 인정하여 이혼하지 못하게 했다.

성이성 부사는 김 여인의 남편을 불러서 말했다.

"너의 아내가 청나라에 잡혀간 것은 첫째로 나라가 너의 아내를 지켜 주지 못했고. 둘째로 남편인 네가 오랑캐에게 아내가 잡혀갈 때 생명을 다해 지켜야 하는데 그러하지 못했다. 너의 아내가 오랑캐의 나라에 잡혀가서 고난을 받다가 온 것은 너의 아내 탓이 아니다. 나라에서는 임금의 명으로 청나라에 잡혀갔다가 돌아온 여인들은 그동안 있었던 일은 모두 사면하고 처녀로 잡혀갔다 왔으면 처녀로 부인으로 잡혀갔다 왔으면 부인으로 하라는 어명을 내렸다. 네가 네 아내를 쫓아냈으니 너는 임금님의 어명을 어긴 죄를 지은 것이다. 내 마땅히 너를 곤장으로 다스려야 하나 네가 무지해서 저지른 일이니, 이번 한 번만은 용서한다. 만약에 앞으로 너의 아내를 박대하거나, 이 일로 구박하는 일이 있으면 내가 임금님 대신 직접 너의 죄를 물을 것이니 명심하렸다."

여인의 남편은 아무 말도 할 수 없었다. 옆에는 죄인을 벌 주는 형틀이 있었다. 남편이 사또의 명령에 대답이 없자 성 사또는 옆에 서 있는 포졸들을 보고 말했다.

"여봐라! 저자를 형틀 위에 묶어라."

포졸들이 여인 남편의 양팔을 잡아끌었다. 다급해진 여인의 남편은 당황하면서 말했다.

"사또님! 분부대로 하겠습니다. 다시는 아내를 집에서 나가라고 하지 않겠습니다."

"집에서 같이 사는 것만으로 부부가 아니다. 앞으로 이 일에 대해서는 네 아내에게 말을 꺼내면, 너는 바로 어명을 어긴 죄로 다스릴 것이다. 다 나라의 힘이 없어서 네 아내는 죽도록 고생하다 돌아온 가련한 여인이다. 불쌍하게 생각하고 전보다 더 사랑하며 힘 드는 일은 같이 해결하며 오순도순 살아가도록 하여라."

"예, 사또 나리! 분부대로 평생 아내를 불쌍히 생각하고 살아가겠습니다."

성 사또는 부부를 돌려보냈다. 그리고 어사가 되어 암행할 때처럼 그 집 부부의 일들을 염탐하여 김 여인이 남편에게 구박받지 않는지 살펴보고 있었다.

성 사또는 고을 내 청나라에 피로인으로 잡혀갔다 돌아온 사람들을 살피며 그들의 생활에 애로가 있으면 관에서 도와주도록 했다. 피로인들 중에 남자들은 돌아오면 아내는 그동안 아이들을 키우며 힘들게 가난과 싸우며 가정을 이끌어 가고 있어 별 문제가 없었다. 여인 피로인이 돌아오면 문제였다. 여인은 한 몸으로 두 남편을 섬길 수 없다는 것과 정절을 생명보다 중히 여기는 조선 사회의 분위기에 따라서 청나라에 포로로 잡혀가서 정절을 잃었다고 문제 삼았다.

열두 살 어린 나이에 청나라 포로가 되어 끌려간 정옥녀는 18년이 지나서 주인인 본주의 눈을 피해 탈출했다. 심양에서 만주벌판을 걸어오면서 배가 고파 밭의 옥수수를 몰래 꺾어서 날로 먹고 풀뿌리도

캐어 먹으며 남쪽을 향해 걸었다. 길을 걷다가 지치고 날이 저물면 바위틈이나 길가 빈 움막에서 잠을 잤다. 옷은 때가 묻어 낡고 찢어져 걸레처럼 너덜너덜했다. 들짐승처럼 바위틈이나 들판에서 노숙하고 나무 열매를 따 먹으며 오직 태어난 조선을 향해 걸었다. 고향에 가면 부모 형제도 어릴 때 친구도 있고 이웃도 있어 모두가 반겨 주며 행복하게 살 것 같았다. 청나라 병사에게 잡혀갈 때 끌려가는 옥녀를 보고 울부짖던 가족들의 모습이 눈에 선했다. 옥녀는 울며 몸부림쳤으나 청나라 병사는 심하게 매질하면서 끌고 갔다. 그렇게 포로로 잡혀간 옥녀는 청나라 시장에서 노예로 팔렸다. 아직 열두 살밖에 안 되니 사 간 오랑캐 집에서 아기를 돌보고 빨래와 밥을 하며 자랐다. 사오 년이 지나 처녀티가 나자, 그 집 홀아비가 된 나이 많은 남자가 옥녀를 겁탈했다. 옥녀는 밤에는 그 늙은 남자의 아내가 되고 낮에는 노예가 되어 힘겨운 일을 하며 십수 년을 살아왔다. 그렇지만 고향이 그립고 가족과 이웃이 그리워 탈출하여 조선을 향해 걸었다. 한 달이 넘게 걸려 압록강에 도착하여 뱃삯이 없어 조선인 사공에게 사정하여 압록강을 건너 고향에 도착했다. 피로인이 탈출하여 오면 관군이 잡아 청나라로 넘겨야 하지만, 20여 년이 지나니 느슨하여 단속이 심하지 않았다.

고향에는 식구들도 집도 옥녀를 아는 이웃들도 없었다. 옥녀가 잡혀가고 청나라 병사들이 마을 사람들을 모두 학살하고 집을 불태워 버렸던 것이었다. 고향에는 낯선 사람들이 살고 있었다. 어디 발붙일 곳도 정 붙일 곳도 없었다. 거기다가 사람들은 청나라에서 돌아온 환향녀라고 멸시했다. 남의 집 농사일을 거들어 주고 끼니를 해결하며 잠자리는 헛간을 이용했다. 사람들은 환향녀 옥녀를 무시하며 아무렇게나

대했다. 그러던 어느 날 옥녀는 젊은 사내에게 겁탈당했다. 그리고 다음 날도 다른 사내가 그 짓을 하고 갔다. 옥녀는 동네 사내들이 마음대로 해도 되는 화냥년이 되고 말았다. 이십여 년을 포로 생활을 하며 밤낮으로 그리워하며 목숨을 걸고 탈출하여 온 조국 고향이 옥녀에게는 지옥이었다. 옥녀는 나이 많은 노인이지만, 남편이 있어 그 오랑캐 동네 사람들은 옥녀에게 이러지는 않았는데 고향에 돌아와 이렇게 될 줄은 꿈에도 몰랐다. 먹고살기 위해 하는 노동이 힘들기는 노예가 되어 일하던 청나라나 조국 조선 고향이나 마찬가지였다. 옥녀는 울면서 압록강을 넘어 떠나왔던 심양으로 돌아갔다.

성이성 부사는 옥녀 이야기를 뒤늦게 듣게 되었다. 마을에 포졸들을 보내 옥녀를 괴롭힌 사내들을 찾았으나 모두 그런 일이 없이 옥녀가 가족과 고향의 사람들이 모두 죽어 아는 사람이 없어 외로워하다가 마을 떠났다고 했다. 심증을 가지만 당사자가 없어 확인할 수 있는 물증을 잡을 수가 없어 마을 사내들을 벌 줄 수 없었다.

옥녀 사건이 화근이 되었는지도 모른다. 성이성 부사가 호남과 호서 지방의 암행어사로 활동하며 부정한 사또들을 봉고파직하고 나랏법을 어기는 사람들을 잡아 옥에 가두었던 암행어사였다는 사실이 알려졌다. 강계 백성들은 여진족의 습격을 막아 주고 감당할 수 없던 산삼세를 면제해 주며 갖가지 백성들의 힘들고 괴로운 일을 해결하여 준 성이성 부사를 부처님이 환생하였다고 생불이라 칭송하지만, 죄를 저지른 사람들은 성이성 부사가 암행어사 출신이었다는 것이 큰 위험이 되었다. 성 부사가 암행어사 시절에 관리들의 비리뿐만 아니라 이웃을 괴롭히는 평민의 범죄행위도 용서하지 않고 끝까지 추적해서 잡아냈다는 소문에 죄를 지은 사람들은 큰 부담과 위협으로 느꼈다. 그들은 자기들의 범죄 행위가 들통날까 전전긍긍했다. 조정에 성이성 부사를 모함하는 상소문이 비밀리 올랐다.

"강계 부사 성이성은 조정의 허락이나 보고도 없이 백성들을 무장시켜 군사훈련을 시키고 관청 창고의 곡물을 마음대로 소비하여 국고를 손실하였으며, 있지도 않은 사건을 만들어 마을 남자들을 겁박하는 부사로서 심히 의심스러운 행동을 하오니 굽어살펴 주시옵소서."

창고의 곡식은 산삼 세를 내지 못해 야반도주했다가 여진족의 침략이 사라지고 산삼 세도 없어졌다는 소식을 듣고 다시 살던 마을로 돌아온 백성들이 당장 끼닛거리가 없어 관아에 저장되었던 곡식을 풀어 그들이 굶어 죽지 않도록 나누어 준 것이었다.

조정 대신들은 상소문을 받고 놀라며 걱정했다. 성이성은 암행어사로 또 지방 관장으로 임금의 신임을 받는 관료였다. 강계에서 관청 몰래 백성들이 보내온 상소문을 잘못 임금께 올렸다가는 도리어 화를 입을 수 있을지도 모른다는 생각이 들었다. 그러나 조정에 알리지도 않고 고을을 다스리는 사또가 그 지위와 권력을 이용하여 백성들을 무장시키고 군사훈련을 하였다는 것은 역모를 도모하려는 대역죄였다. 군대를 사유화할 수 없는데 반역의 역심을 품지 않고는 허락 없이 백성을 무장시키고 군사훈련을 시킬 수 있겠는가? 삼십여 년 전 이괄이 평안도 북방 여진족의 침입을 막는 장군으로 북방을 지키던 관군 만 이천 명을 이끌고 한양으로 쳐들어와 대궐을 점령하지 않았는가. 그때 선대왕 인조는 난을 피해 남쪽 공주로 피난 간 일이 있었는데, 이건 분명 역모의 징조라고 생각했다. 영의정은 임금님을 알현하고 강계 고을 백성이 비밀리에 보낸 상소문을 올렸다. 상소문을 받아서 읽어 본 임금이 말했다.

"이 상소문은 모함인 것 같소. 주민에게 군사훈련을 시키고 있다는 것은 여진족의 습격을 막기 위한 것일 것이오. 성이성은 내가 잘 알고 있소. 그는 천금을 안겨도 옳은 일이 아니면 거들떠보지 않을 사람이오. 이 상소문은 분명 흑막이 있을 것이오. 얼마 전 평안도에 간 암행어사가 올린 장계를 보았소. 성이성 부사는 주민을 훈련해 여진족을 막아 강계 지역이 몇백 년 만에 평화가 찾아왔다는 소식을 전해왔소. 영의정은 상소문을 다시 살펴보도록 하시오."

"폐하, 소신이 걱정하는 것은 돌다리도 두들겨 보고 가라는 것입니다. 선대왕 때 북방을 지키라고 보낸 공신인 이괄이 흑심을 품고 북방의 군대를 끌고 내려와 대궐을 점령하여 선대왕이 남쪽으로 몽진 가지 않았습니까. 열 길 물속은 알 수 있지만 한 길 사람 속은 알 수 없는 법입니다. 옛날 말에 믿는 도끼에 발등 찍힌다는 말이 있지 않습니까? 군사 문제는 약간의 의심이 가는 일도 사전에 싹을 잘라 뒷날 나라의 큰 우환을 없애야 할 것입니다."

"영의정의 마음이 그렇다면. 어떻게 처리하는 것이 좋을 것 같소."

"성이성 강계 부사를 파직시켜 군사를 모을 수 없는 곳으로 유배 보내도록 하십시오. 폐하."

"짐의 생각은 그게 아닌데, 영의정이 그렇게 생각하니 일단 영의정 생각대로 행해 보시오."

그날 조정을 떠난 파발은 평안도 강계를 향해 말을 달리고 있었다.
성이성 부사는 여느 때나 다름없이 장마 때 홍수를 막기 위하여 강둑을 튼튼하게 보완하는 공사를 하는 주민들과 같이 현장에서 일하고 있었다. 성 부사는 지방 관장으로 가는 곳마다 산에 나무를 심어 산림을 가꾸고 강과 하천의 둑을 튼튼히 쌓으며 치산치수에 힘썼다.

멀리 파발마 세 마리가 깃발을 흔들며 달려오고 있었다. 조정에서 보내 오는 급한 전갈인 것 같았다. 성이성 부사는 '무엇일까?' 하고 바라보았다. 파발마는 성 부사 앞에 멈추어 섰다.

"성이성 부사는 어명을 받으시오."

무슨 일일까? 어명이라니 대궐이 있는 남쪽을 향하여 큰절을 올리고 어명을 받들기 위해 꿇어앉았다. 어명을 가지고 온 포도청 관리들은 어명이 적힌 교지를 펼쳐 들고 읽었다.

"강계 부사 성이성은 들어라. 너는 부사 직분을 넘어 백성들을 선동하여 무장시키고 관아 창고의 곡물을 마음대로 사용했으며 주민들에게 무고한 죄를 뒤집어씌워 불안하게 한 죄로 봉고파직하고 의금부로 압송한다."

참 어이없는 어명이었다. 항변도 변명도 할 기회도 없고, 당장에는 어떻게 할 수 없었다. 주위에서 홍수를 대비해 같이 제방을 쌓던 많은 강계 백성은 조정에서 성 부사를 죄인으로 압송하는 것을 이해할 수 없었다. 성이성 부사는 그 자리에서 바로 말을 타고 한양으로 향했다. 주민들을 엎드려 울면서 말했다.

"성 사또님! 수백 년 조상 대대로 힘들게 살아온 우리를 이렇게 편안히 잘 살도록 하여 주셨는데 이제 부사님이 가면 우리는 누굴 믿고 살아갑니까?"

여기저기서 울음소리가 났다. 훌쩍이던 울음소리는 이내 통곡으로 바뀌었다. 성 부사는 통곡하는 강계 백성들을 뒤로하고 떠났다. 그러나 삭탈관직하여 소달구지 감옥에 실려 가는 것이 아니라 관복을 입은 채로 말을 타고 한양으로 향하고 있었다. 그것은 임금이 영의정한테 특별히 부탁하여 배려한 것이었다.

강계 백성들은 성 어사의 억울함을 의금부에 호소했다.

"우리 사또님은 강계를 외적으로부터 막아 주고 대대로 짓눌려 오던 산삼 세를 면제시켜 주었습니다. 성 부사의 은혜로운 정치는 강계가 생긴 이래 처음입니다."

강계 사람들은 산삼 이백 근을 모아 의금부에 보내어 뇌물을 써서 성 어사를 빼내려고 하였다. 성 부사는 소식을 듣고 놀라며 말했다.

"그렇게 하는 것이 도리어 나를 궁지에 빠뜨리는 것입니다."

성 어사는 산삼을 가지고 의정부에 찾아가려는 강계 사람들의 달래 돌려보냈다.

의금부에서 충청도 도담으로 귀양지가 결정되어 성 부사는 도담을 향하여 귀양길에 올랐다.

10. 청백리 성이성

성이성은 "옳은 일(義)이 아니면 행하지 말고 길(道)이 아니면 가지 말라"라는 아버지의 가르침을 받으며 자라났다. 불의를 보면 스스로 손해가 되어도 지적하여 고치게 하였다.

이괄의 난이 일어나자 성이성은 아버지 성안의와 어가를 호송하며 열악한 환경에서도 임금님을 끝까지 모셨다. 이괄의 난이 진압되고 아버지 성안의는 제주목사 교지를 받고 부임했다. 제주는 육지에서 멀리 떨어진 섬으로 해산물은 풍부하나 토질이 화산암이어서 농작물이 잘 자라지 않아 늘 양식이 부족했다. 대부분 주민이 어업에 종사하며 곡식은 거의 육지에서 들여오고 제주에서 잡은 각종 어류와 조개는 육지로 보냈다. 바다에 의지하여 살아가는 어부들은 기상관측이 발달되지 않은 때라 고기잡이 나갔다가 갑자기 날씨가 사나워져 바람이 심하게 불면 높은 파도에 배와 함께 바다 밑으로 가라앉아 돌아올 수 없었다. 홀로된 여인들은 바닷가에서 돌아오지 않는 남편을 기다리다 망부석이 되었다는 전설이 마을마다 한이 되어 남아 있었다. 남편을 앗아간 바다이지만, 여인들은 늙은 부모와 어린 자식들과 먹고살아 가려면 바다에 의지할 수밖에 없었다. 해녀가 되어 물질하는 바닷속은 언제 죽을지 모르는 저승으로 가는 문이었다. 여인들은 바닷속에서 소라와 전복, 멍게 같은 해산물을 건져 올려 생계를 꾸려 갔다. 물질하면서 바닷속에서 참았던 숨을 물 위로 올라와 몰아쉬는 해녀들의 숨비소리는 생과 사의 경계선인 저승 문턱에서 발버둥 치며 힘겹게 이승으로 돌아오며 내뿜는 가쁜 숨소리였다. 해녀 대부분은 바다로 고기잡이 나간 남편이 배와 함께 돌아오지 못하자 가족의 생계를 위하여 남편을 앗아간 저승인 바닷속에서 벌어 와서 이승의 식구들을 먹여 살리고 있었다. 성안의 목사는 깊은 바다에서 생명을 걸고 소라나 전복, 멍게를 건져 올리는 해녀들의 힘든 생활을 보고 그들이 잡은 해산물은 세금을 면제해 주고 그때부터 전복과 소라를 먹지 않았다.

성이성은 아버지가 제주목사 근무를 마치고 고향으로 돌아올 때 같은 배에 타고 있었다. 멀리 수평선만 바라보이는 망망한 바다 한가운데 들어서자 심한 바람이 몰아치고 파도가 크게 일어났다. 파도는 점점 거세어져 평생 바다에 기대어 살며 노를 젓는 노꾼들도 배 중심을 잡기도 힘들어 당황했다. 이대로 가다가는 배 위의 사람 모두가 배와 함께 바닷속으로 가라앉아 물귀신이 되고 말 것 같았다. 성이성은 선원들을 보고 말했다.

"배 안에서 실은 물건 중에 사물이 아니고 관가에서 쓰는 물건이 있는지 찾아보아라."

선원들은 배 안을 들러 보고 말했다.

"짐을 실을 때 쓰던 장대 두 개가 실려 있습니다."

"장대 두 개는 비록 보잘것없는 물건이지만, 관가의 물건인데 개인이 가지면 안 되는 것이다. 내어다 버려라."

선원들은 장대를 바다에 버렸다. 그러자 바람이 잔잔해지고 파도가 잦아들었다.

사공들은 노를 저어 육지로 향했다. 바다에 버려진 장대 두 개가 배 뒤쪽의 물결 속에서 계속 배를 따라오고 있는 것이 아닌가. 배가 육지에 도착하자 그때까지 배 뒤에는 바다 한가운데서 버린 장대가 두 개가 따라와서 붙어 있었다. 성이성은 신기해하며 말했다.

"너희가 나를 따르려 하니 내가 거두어 주리라."

장대를 물에서 건져 내어 짐을 옮기는 데 쓰고 마차로 수백 리 길을 짐과 같이 옮겨 봉화 집까지 가져왔다. 그 진귀한 장대를 집안에 들여 천장 대들보 밑 가로대 나무 위에 보물처럼 올려 두었는데, 그 장대는 수백 년이 지난 지금까지 전설이 된 이야기를 간직한 채 그곳에 보관되어 있었다. 성이성 아버지 성안의 목사는 집에 도착하자 조정에서 우부승지로 임명했으나 병을 핑계로 사양하고 출사하지 않았다.

성이성이 조정에서 사간원 정원으로 근무할 때 인조 임금은 돌아가신 아버지 정원군을 왕으로 받들어 선대의 왕과 함께 종묘에 위패를 모시려고 하였다. 인조 임금의 아버지에 대한 애틋한 효심이었지만, 사리에 맞지 않아 조정에서는 그에 대한 찬반이 엇갈려 여러 해 동안 논란이 거듭되던 끝에 마침내 인조의 아버지 정원군은 원종(元宗)으로 추숭(追崇)되었다. 성이성은 왕에게 간언하는 간관(諫官)으로서 그 부당함을 강경하게 상소하였다.

"…바른말 하는 선비는 물러가고 뜻이나 맞추는 사람은 승진하니, 충간(忠諫)의 길은 막히고 영합이 풍습을 이루게 되면 전하의 큰 욕망은 달성할 수 있으려니와, 전하의 나랏일은 장차 어찌 될 것입니까?"

왕의 아버지에 관한 일이라 비록 사리에는 어긋나지만, 왕의 의지가 강해 잘못하면 목숨을 잃을 수도 있었다. 그래서 대부분의 조정 관료는 왕이 아닌 대원군을 왕으로 추숭하고 종묘에 들이려는 왕의 뜻을 따르고 있었다. 성이성은 임금이 하는 일이지만, 위험을 무릅쓰고 부당함을 상소로 올리고 벼슬에서 물러났다. 그러자 왕은 성이성을 사간원 상서로 임명하였으나 나가지 않았다. 그 후 사서로 복직하여 각종 문서나 역사를 편집하는 수찬이 되었다.

인조 6년(1628) 조정안의 파당인 대북의 무리가 모여 인조를 몰아내고 인성군을 왕으로 추대하려는 역모를 모의하다가 발각되었다. 인성군은 자결하고 그의 아들 용도 연좌제에 의하여 처형이 확정되었다. 성이성은 인성군의 아들을 살려 줄 것을 인조에게 간곡히 청하였다. 역모에 관한 일이라 잘못 나섰다가는 같이 죽임을 당할 수 있는 일이지만, 위험을 무릅쓰고 왕께 간하여 용을 구원하였으며 같은 사건으로 연좌되어 사형이 정해져 죽음을 기다리던 종친들이 모두가 죽음을 면하게 되었으나 자신의 공을 드러내지 않았다.

율곡, 우계, 성혼 등 선현들을 문묘 봉안의 찬반으로 영남의 선비들 간에 의견이 대립할 때 누군가 왕의 비답을 가짜로 꾸며 퍼뜨린 사건이 있어, 왕을 능멸하는 일로 큰 문제가 되었다. 사람들은 필시 큰 화가 미치리라고 몸을 사렸으나 성이성이 나서서 사건의 애매함을 변명하여 영남 사림에 닥칠 큰 화를 면하게 했다.

조정의 권신들이 서로 파당을 지으며 알력 하며 인품이 뛰어나고 강직한 성이성을 서로 자기들의 파당에 끌어늘이려고 하며 이소정당으로 임명하려 하였으나 부모의 병을 이유로 당파에 휩쓸리지 않고 사직하였다. 이듬해 명조정랑으로 복직되어 조정에 들어가자, 대신들이 또 자기들 파당에 넣으려고 애썼으나 사사로운 감정에 흔들리지 않고 모든 일을 엄정하게 처리하는 성품을 알고 모두 물러섰다.

 암행에서 돌아온 성 어사의 눈으로 바라본 조정은 부패하고 관료들은 파당을 지어 자신들의 이익에만 몰두했다. 조정에는 김자점, 김휴, 심기원을 비롯하여 서인들이 득세하여 정사를 좌지우지하고 있었다. 김자점은 서인들의 좌장으로서 세력이 막강했다.
 김자점은 병자호란 때 도원수로서 인조 임금이 남한산성에서 12만 청나라 군사에게 포위되어 있을 때 2만여 명의 병력으로 거느리고 양평에서 움직이지 않았다. 경상도 4만 병력이 쌍령 전투에서 청의 군사에게 전멸당하고 광교산 전투에서 수만 명의 관군이 몰살당해도 도원수 김자점은 인조 임금이 삼전도의 항복을 한 후에야 나타났다. 그럼에도 김자점은 나라의 요직을 맡아 막강한 권력을 행사하고 있었다. 조정에서는 아무도 서인의 좌장인 김자점의 잘못을 지적하거나 견제할 수 없었다.
 성이성은 암행어사로 지방에 나가 지방 관장들뿐만 아니라 국법을 어기고 불법을 저지르며 백성의 삶을 불편하게 하는 자는 누구나 엄히 다스렸다. 암행어사로 나가서 온갖 수난을 겪으며 나라의 법도를 바로 세우며 백성들을 위해 일하다 온 성 어사의 눈에는 조정에서 하는 일들이 법도를 벗어난 못마땅한 것이 한둘이 아니었다. 임금이 사리 판단이 분명하여 조정 대신들의 잘못을 바로잡아 주면 좋으련만, 서인들이 국정을 혼란하게 하여도 하나하나 따져 보고 점검하는 것이 아니라 그들의 위세가 막강하여 그들이 하는 일들을 제재하지 못하고 있었다.

성이성 어사는 서인의 거두 김자점을 비롯해 심기원과 김류는 나라를 어지럽히고 임금을 바른길로 인도하지 못한 불충의 죄를 물어 탄핵 상소를 올렸다.

"김자점과 심기원이 임금님을 잊고 나라를 저버린 죄는 위로 하늘에 닿습니다…."

사람들은 계란으로 바위 치기이며 임금까지도 서인과 싸잡아 비난하는 어처구니없는 일이라고 생각했다. 조정의 하급 신하가 정승급의 대신을 탄핵한 것이었다.

김자점은 어릴 때 얼굴에 붉은 점이 두 개 있어 붙여진 이름이었다. 김자점은 단종 난 때 세조의 암살모의를 밀고 하여 사육신사건을 일으킨 김질의 후손으로 지네의 기운을 타고나서 어떤 상황에서도 살아남는 처세술이 있었다. 병자호란 때 도원수로 2만여 명의 군사를 이끌고 양평 산속에서 전쟁이 끝날 때까지 움직이지 않는 것은 역적죄에 해당하는 중죄이지만, 난이 끝나고 그 주위의 배경과 능란한 처세술로 정승의 반열에 올랐다.

성이성은 이렇게 탄핵 상소를 올리면 자기에게 불이익이 돌아오고 잘못하면 목숨까지 잃을 수 있지만, 개의치 않았다. 인조 임금은 이때까지 성이성의 직언을 믿음으로 받아들였지만, 이번에는 대신들을 탄핵할 뿐만 아니라 임금인 자신까지 비난하니 그냥 넘어갈 수 없었다. 임금은 성이성을 그날로 파출하였다. 그래도 귀양을 보내거나 형벌을 내리는 것이 아니라 직위에서 물러나게 한 것은 그동안의 믿음 때문이었다. 성이성은 이렇게 될 줄을 알면서도 정승과 임금이라도 잘못되었음을 지적하는 강직한 신하였다. 임금은 성이성을 직위에서 물러나게 하면서도 한편으로 성이성 같은 신하가 꼭 필요하다고 생각하며 대신들의 분노가 가라앉으면 다시 등용하리라고 생각하고 있었다.

성이성은 지방 관장으로 나가면 산림 녹화에 힘쓰며 장마를 대비해 하천 제방을 만들었다. 합천 현감으로 부임하면서 창고에서 비축미 점검하니 전임 현감이 비축 곡식을 축내어 놓았다. 비축 양곡은 흉년이 들면 백성들의 생명선이라 성이성 현감은 떠난 현감에게 변상시킬 수 없어 자신의 봉록으로 충당하였다. 그는 여러 고을 관장으로 부임하면서 어려운 일을 해결하고 송사에 공정하고 공과 사가 엄격했다. 성이성은 지방 관장으로 가는 고을마다 선정을 펼쳐 백성의 삶을 편안하게 하여 그를 살아있는 부처님이라고 부르기도 했다. 그가 떠난 후에 고을 사람들은 그의 선정을 못 잊어 비를 세웠다.

> 사문에 우리 수령께서 천성이 강직하고 밝으셨고
> 청렴한 마음으로 스스로 검소하셨네
> 다스림에 공정하고 송사에 이치 맞아
> 온 고을의 어려움이 사라졌네
> 형벌 줄고 세금 가벼워져 관리 백성 모두 편안하네
> 몇 해를 다스렸지만 영원히 잊을 수 없네

청백리라 하면 황의 정승이 떠오른다. 그는 24년 동안 정승으로 나랏일을 하면서 항상 검소한 생활을 했다. 조그마한 초가집에서 가난한 서민들과 같이 거친 음식을 먹으며 검소하게 생활하고 사람을 대할 때에는 상하와 신분의 귀천이 없었다.

청백리는 사불삼거를 철저하게 지키며 관리 생활에 본이 되는 사람들이었다. 사불은 네 가지 하지 말아야 할 것으로 첫째가 관리로서 국가에서 주는 녹봉 이외 부업으로 수입되는 일을 하지 않는다. 둘째로 재산을 늘리기 위해 땅을 사지 않는다. 셋째로 관리가 되고 나서는 집을 늘리지 않는다. 넷째가 재임 기간 중의 지역의 명산물을 먹지 않는다는 것이었다.

세 가지 거절해야 하는 것은 첫째가 윗사람의 부당한 요구를 들어주지 않는다. 둘째가 부득이 윗사람의 요구를 들어주었을 때 그에 대한 답례를 거절한다. 셋째가 경조사 부조를 거절한다.

성이성은 관직에 있으면서도 세도가와 가까이하지 않았다. 인평대군이 성이성의 인품이 뛰어남을 보고 여러 차례 내방하였으나 예의로 단 한 차례 답방하고 더는 찾아가지 않았다. 그는 번화하고 화려한 것을 좋아하지 않으며 관직 생활 중에 기녀들을 가까이하지 않고 자신의 공을 말하지 않았다. 그는 애민과 청렴, 절제로 관직 생활을 하며 어느 때나 나랏법을 준수하여 아무도 그에게 사사로운 청탁을 하지 못했다. 그는 조정에서 관료로 생활 중에 정승이나 임금의 잘못도 직언하고 상소문을 내어 몇 번 파출되어 관직에서 물러나 있었으나 임금도 그의 강직함과 성실함을 알고 오래지 않아 다시 조정으로 불러들여 나라를 위해 일하게 했다.

성이성은 평소에는 글 읽기를 좋아하고 찾아오는 사람에게는 지위가 아무리 낮은 평민이라도 한결같이 후하게 대했다. 그가 관장으로 최선을 다하며 고을을 위해 일하다가 임무를 마치고 떠나온 뒤에는 고을 백성들은 그를 잊지 못했다. 그는 퇴임 후 향촌에 와서 초당에 살면서 관문에 발을 끊고 고을의 수령이나 관료들이 찾아와도 만나지 않았다.

평생 나랏법을 지키며 청빈하게 살아온 성이성은 죽은 후 수십 년이 지난 숙종 21년에 청백리로 선정되어 청렴하게 살다 간 공직자로서 이름을 역사에 남겼다.

11. 춘향을 그리워하며

　임금의 명으로 두 번째 호남 암행을 마치고 돌아오면서 성 어사는 춘향의 묘를 찾았다. 8년 전 처음 춘향 묘에 와서 눈물 흘리던 때와는 달라 담담한 마음으로 춘향의 죽음을 받아들일 수 있었다. 살아 있으면 환갑이 가까이 될 나이이지만, 성 어사의 마음속에 춘향은 열여섯 살을 예쁜 모습 그대로 남아 있었다. 젊은 날 사랑하며 같이 보낸 아름답고 즐거웠던 그 일 년이 어제 일처럼 기억 속에서 잊히지 않았다.
　삼십칠 년 전 열여섯 성 도령은 광한루에서 춘향을 처음 보는 순간, 그녀의 아름다운 모습에 혹해 이 여인과 아침저녁 마주 바라보며 평생을 같이하리라고 생각했다. 그때 나비 날개 같은 고운 비단옷을 입고 수줍은 미소를 머금은 춘향의 모습은 하늘의 선녀 같다고 생각했다. 성 어사는 그때를 떠올리며 춘향의 무덤 앞에 앉아 넋두리하고 있었다.
　"춘향! 육례는 올리지 못했지만, 우린 부부가 되었고 나는 예쁜 그대와 함께하며 봄이 가고 무더운 여름이 와도, 낙엽 지는 가을 지나고 눈 내리는 긴긴 겨울밤에도 그대 곁에서 세상일 모두 잊고 지내던 때가 행복했소. 지천명 넘은 지금도 그때가 그리워지는구나. 춘향과 같이 히는 시간이 나에게는 즐거움이었고 그대와 나란히 걸으면 이 세상은 낙원이었소.

　내가 아버님을 따라 남원을 떠날 때, 춘향은 훗날을 기약하면서도 얼마나 슬퍼했소? 우리 서로 헤어진 후 그대는 내가 얼마나 보고 싶었겠소? 둘이 덮고 자던 원앙 침, 같이 베던 옥 베개를 홀로 누워 덮고 베고 자면서 밤마다 얼마나 외로워했겠소? 그대는 내가 과거에 급제하도록 칠성님께 빌면서 그날이 빨리 와서 데리러 오도록 얼마나 기다렸겠소. 하루가 한 달 같고 한 달이 일 년같이 길게 느껴지는 세월이었겠지? 나도 춘향과 헤어지고 외롭고 보고 싶은 생각 억누르고 참으면서 열심히 과거 공부를 하고 있었다오. 찬물 세숫대야에 발 담그고 밤잠을 좇아 가며 한시라도 빨리 그대 춘향을 만나려고 열심히 공부했지만, 과거란 내게는 그렇게 호락호락하지 않아 십 년이 지나고 또 육 년이란 세월이 더 지나서야 급제하였소. 우리가 처음 만났을 때 나이만큼의 시간이 지난 중년에 들어선 이립이 넘어선 나이가 되어서 과거에 급제하였소, 과거에 급제하고 어사화를 쓰던 날 춘향 그대와 약속을 지키려고 제일 먼저 연락했지만, 춘향은 저세상으로 떠났다는 소식에 나는 넋을 잃었소.

　춘향! 그동안 오지 않는 나를 애타게 기다리면서 얼마나 원망하였소? 변 사또 그자는 백옥 같은 춘향의 정절을 짓밟으려 온갖 악행을 하였구나. 그래도 끝내 수청을 거절하며 죽음으로 정절을 지킨 춘향! 그 모진 형벌 다 참고 옥살이를 견디어 내며 기나긴 나날들을 고통 속에서 나를 기다리며 보냈을 춘향의 모습이 눈에 선하여 내 가슴은 쓰리고 아프구나.

　나는 한양 가서 과거에 급제하여 그대를 데려온다는 약속 지키려고 책상머리에 앉아 밤잠을 줄여 가며 공부할 때, 춘향은 서방인 나를 생각하며 사또의 폭력에 죽음으로 항거하였다는 이야기를 뒤늦게 듣고 눈물이 앞을 가렸소. 그 포악하고 무도한 사또의 폭력으로 형틀 위에서 모진 매를 맞던 그대 춘향의 모습을 상상하면 내 가슴이 무너지고 변 사또, 그자가 죽도록 밉소. 살이 터지고 피가 튀는, 남자도 견디지 못할 고통을 연약한 여자의 몸으로 당했다니 하늘도 노하지 않을 수 없구나. 그 엄청난 고통을 참으며 끝까지 그대의 뜻을 꺾지 않고 정절을 지켜낸 춘향을 보고 세상 사람들은 열녀라고 칭송하지만, 그 힘든 고통을 어찌 다 견디었소? 생각할수록 눈물이 앞을 가린다오. 나는 춘향이 그렇게 형틀 위에서 고문당하며 생사를 걸고 사또의 부당한 요구에 항거할 때 그런 것도 까마득히 모르고 한가하게 책상 앞에서 과거 시험 공부만 하고 있었소. 밤이면 감옥 창살 너머로 흘러드는 별빛을 바라보며 오매불망 기다려도 오지 않은 서방을 얼마나 원망하였소.

춘향! 나는 그대가 나를 그리워하며 남긴 시를 지금도 읽어 보면 눈물이 앞을 가린다오. 날아가는 기러기를 보고 편지를 전해 달라며 애원하는 그대의 모습 떠올리며 춘향이 외로움 속에서 얼마나 몸부림쳤는지 알 것 같소. 지금은 이 세상에 없지만, 그래도 그립고 애타게 보고 싶은 춘향!

내가 그대의 무덤 앞에 앉아서 그대를 생각하면서도 춘향, 그대가 이렇게 그리운데 그대는 그 모진 형벌 다 참아 내고 옥에 갇혀 큰 칼을 목에 차고 그 힘든 고통과 괴로움 속에서도 얼마나 울었겠소? 춘향, 그대는 그렇게 형틀 위에서 매를 맞으며 옥살이로 얻은 병으로 살아서 나를 만나지 못하고 끝내 죽어 갔구나. 기다리던 나의 급제 소식도 듣지 못하고 저세상으로 서럽고 억울한 길을 떠나면서 얼마나 외롭고 슬퍼하며 몸부림치며 울었겠소?

춘향! 내가 어사가 되어 어느 고을 암행 중에 가난한 고을 백성을 착취하고 주지육림에 빠져 관기 수청에도 성차지 않아 고을의 여인에게 수청을 강요하며 유부녀를 겁탈하는 방탕한 사또를 봉고파직 하였소. 씨를 뿌린 대로 거둔다고 한양 의금부로 압송시키며 임금님께 올릴 장계를 쓰면서 이 자가 과거에 남원에 사또로 있으면서 춘향을 죽게 한 자였다는 것을 알고 나는 놀라고 의분에 찼소. 그는 제 버릇 고치지 못해 춘향이 죽고 수십 년 후까지도 나라가 백성의 삶을 보살피라고 준 권력으로 백성들의 재물을 강탈하며 주색잡기에 빠져 밤마다 기녀를 갈아가며 수청 들게 하고 고을 여인까지 겁탈하고 있었소. 그러다가 내 손에 잡혀서 한양 의금부로 압송되어 나라에서 내리는 큰 벌로 끝내 사형을 면하지 못할 것이오. 춘향! 이제 모든 것 내려놓고 구천을 떠돌고 있는 그대의 영혼은 하늘나라 극락으로 돌아가오.

향단과 방자는 혼인하여 생활하다 돌림병인 역병에 걸려 세상을 떠났고 나의 장모, 춘향의 어머니도 향단 방자와 같이 역병으로 세상을 떠났소. 하늘나라 극락에서 월매 어머니와 방자와 향단을 만나 같이 잘 지내고 있으리라 생각하오. 나도 어느새 나이 들어 검던 머리는 희게 변해 노인이라는 소리를 듣고 있소. 춘향도 살았으면 그 곱던 얼굴에 주름살이 생기고 삼단 같던 검은 머리는 파 뿌리가 되어 희게 변해 있을지도 모르오. 세월을 거슬리지 못해 늙어 가고 있어도 내 마음속에 춘향, 그대는 아직도 열여섯의 활짝 핀 청초한 매화꽃과 뜰 아래 우아하고 탐스럽게 피어난 목단꽃 같고 고관대작의 정원에 화려하게 핀 장미꽃같이 느껴진다오. 지난날 이팔청춘 때 그대의 집 별당에 차린 우리 신방에서 은하수 기울어 삼경이 되어도 첫닭이 울고 둘째 닭이 회를 치며 울어 여명이 지나고 밝아오는 아침까지 우리 둘만의 황홀한 밤을 보내던 그때가 그립소.

백옥같이 어여쁘고 양귀비같이 아름다운 춘향과의 추억은 내 기억 속에 생생한데 그대는 백골이 되어 이 산중에 외롭게 누워 있구나. 그대의 백은 여기에 묻혀 숱한 세월 나를 기다리고 있겠지만, 그대의 혼은 저승에서 월매 어머니와 향단과 방자를 만나 생활하며 저 하늘 어느 별에서 밤마다 나를 내려다보고 있겠지. 춘향, 나는 이제 그대와 헤어져 한양으로 가야 하오. 한양에 가면 그동안 암행한 일들을 암행록에 써서 임금님께 올리고 또 조정의 어떤 부서나 어느 지방 관장으로 나갈지 모른다오. 한양이 천 리 길이라 그대의 무덤을 찾는 것도 어쩌면 오늘이 마지막일지도 모르오. 나도 이제는 나이 들어 멀지 않는 세월에 춘향이 있는 그곳으로 가게 될 것이오. 우리 그때 만나거든 이승에서 못 올린 육례도 올리고 죽음 없는 그곳에서 영원히 서로 바라보며 여느 집 부부처럼 여보 당신 부르며 살아가요. 잘 있으시오 내 영원한 사랑 춘향."

성 어사는 무덤 앞에서 일어나 떨어지지 않는 발걸음을 옮겨 묘축을 내려섰다. 이제 나이가 있어 호남지방에 어사로 오는 것도 이번이 마지막이 될 것 같았다. 성 어사는 돌아오면서 몇 번이나 춘향의 묘를 바라보며 무거운 발걸음을 옮기고 있었다.

강계에서 파출 당한 성이성 부사는 한양 의금부로 압송되었다가 충청도 단양으로 귀양길에 올랐다. 부사로서 백성들을 위해 최선을 다한 것이 역모로 몰려 대역죄인이 된 것이었다. 그래도 임금의 신임이 있어 죄인으로 삭탈관직당한 채 소달구지 감옥에 실려 가는 것이 아니라, 말을 타고 가는 것만도 다행이었다. 평생 신명을 바친 관직에서 이렇게 물러나니 허망하지만, 모든 것을 체념하고 현실을 받아들이며 지난날의 일들을 되돌아볼 수 있었다.

고향 봉화가 생각났다. 아내와 자식들은 어사로 다닐 때는 암행을 마치고 돌아올 때까지 떨어져 지내 왔고, 지방 관장이 되어 갈 때는 한곳에 오래 정착하지 못하고 자주 이사하며 생활해 왔다. 한강을 건너오며 강가에 긴 모래밭을 바라보니 어릴 때 내성천 모래 백사장에 맨발로 뛰어다니며 천민인 노비 아이들과 같이 물고기 잡고 놀던 생각이 났다. 그리고 소년이 되어 고을 부사로 가는 아버지를 따라간 남원에서 생활은 잊을 수 없었다. 남원은 성 부사에게 제2의 고향이었다.

남원 생각만 해도 춘향의 모습이 먼저 떠올랐다. 첫사랑의 기억은 오래간다지만, 춘향은 환갑 진갑 다 지나도록 평생을 살아오며 성이성의 가슴속에서 떠나지 않는 여인이었다. 지금은 이 세상에 없지만, 성이성 부사에게서 지워지지도 잊을 수도 없는 늘 마음속에 품고 사는 여인이었다. 이렇게 귀양살이를 떠나는 길에 그녀와 같이했으면 얼마나 위안이 되고 마음에 의지가 될까? 이루어질 수 없는 꿈이지만, 상상 속의 춘향은 언제나 열여섯 예쁜 모습으로 성이성의 가슴속에 살아 있었다.

파출 되어 한양을 거쳐 단양 오백 리, 며칠을 가야 하는 귀양길에 오르고 보니 인생살이가 허무하고 세상사가 모두 부질없었다. 어사가 되어 지방을 암행하던 때와 군수나 부사가 되어 고을 백성들을 위하여 열정을 다하여 일해 왔는데 한순간에 죄인이 되어 그동안 쌓은 공이 와르르 무너지니 모든 것이 허망했다. 고을 백성들을 위해 최선을 다해 일한 것이 이렇게 죄가 될 줄은 몰랐다. 억울하고 어처구니없지만, 어디에다 하소연할 수도 없는 어명이라 모든 것을 체념하며 받아들이는 수밖에 없지만, 그래도 언젠가는 임금님도 자신의 진심을 알아줄 날이 있으리라고 생각하며 스스로 위안했다.

몇 날 몇 밤을 걸어서 치악산자락 굽이굽이 흘러내린 깊은 골짜기를 지나고 제천을 지났다. 이제 단양 고을이었다. 단양군수는 성 부사가 비록 나라에 죄를 지어 귀양 왔지만 멀지 않아 사면되어 조정으로 복귀하리라는 것을 알고 숙소를 배정하고 죄인을 감시하여야 하지만, 모든 것에 신경 써서 편리를 봐 주었다.

단양은 경치가 뛰어난 고장이었다. 성이성 부사는 귀양 생활이지만, 군수의 배려로 고을 내를 자유롭게 돌아다닐 수 있었다. 시중드는 관노 한 사람과 감시하는 포졸 한 사람과 같이 단양 팔경 구경에 나섰다. 도담삼봉은 한강 원류인 남한강 가운데 산처럼 우뚝 솟은 세 봉우리가 보는 이의 감탄을 자아냈다. 강 위쪽 산에 있는 석문을 들어서면 마귀할멈이 아흔아홉 마지기의 다랑논에 농사를 짓고 있다는 전설이 전해지고, 사인암 깎아지른 절벽은 도락산을 감싸 흘러내리는 물이 빚은 걸작품이고 암반이 널리 깔린 위 바위는 선녀들의 놀이터인 듯이 하선암, 중선암, 상선암이 있었다. 팔경은 중국의 동정호 남쪽 소수와 상수가 합류되는 지역에 있는 경치 좋은 여덟 곳을 소상팔경이라는 부르는 데서 유래했다.

옥순봉과 구담봉의 그림자를 품고 흘러가는 남한강물 건너편에 작은 무덤이 있었다. 같이 가는 나이 든 포졸이 그 무덤에 관한 이야기를 했다.

"저 무덤은 퇴계 선생이 단양군수로 있을 때 사랑했던 열여덟 살 난 기녀 두향의 무덤입니다."

"퇴계 선생이 기생을 사랑했다니 처음 듣는 이야기이네."

"군수 퇴계와 18세인 기녀 두향이 서로 사랑을 했답니다."

성리학자이고 대제학으로 추앙을 받으며 위엄 있었던 퇴계 선생이 딸보다 어린 기녀를 사랑했다니 성 부사는 이해가 되지 않았다. 그러면서 평생을 마음속에 담아두고 사는 춘향이 생각나서 포졸에게 말했다.

"퇴계 선생이 단양군수 때는 48세라 18세의 두향은 손녀 벌인데 서로 사랑했다니 이해가 안 되네. 자세히 이야기해 주게."

포졸은 퇴계 선생과 두향 이야기를 했다.

퇴계는 본처 허 씨가 일찍 죽고 안동 권씨를 후처로 맞이했다. 후처인 안동 권씨는 정신이 올곧지 못했다. 퇴계가 단양군수로 부임하자 기녀인 열여덟 살 두향은 퇴계를 사랑했다. 퇴계도 천민이지만 꽃처럼 한창 피어난 두향을 사랑했다. 서른 살이나 나이 차이가 있었고 대제학까지 지낸 대학자인 퇴계도 나이와 신분을 뛰어넘어 사랑에 빠졌다. 군수 퇴계와 기녀 두향은 가끔 남한강 구담봉 옆 강선대를 거닐며 반상의 신분과 나이를 초월해 사랑을 키웠다. 두향은 기녀이지만 학문을 익혀 시를 짓고 거문고를 타는 학식과 재능과 미모를 갖춘 기녀였다.

퇴계는 풍기 군수로 교지가 내려오자 두 사람은 헤어지지 않을 수 없었다. 생각 같아서는 두향을 데리고 가고 싶지만, 군수로 또 주위의 추앙을 받는 학자로 그렇게 할 수 없었다. 마지막 헤어지는 날 퇴계와 두향은 눈물로 마주 앉았다. 퇴계는 필을 들어 짧은 시를 두향에게 써 주었다.

> 죽어서 이별은 소리조차 없지만
> 살아서 이별은 슬프기 그지없구나

퇴계는 "기약 없이 떠나가니 두려울 뿐이다"라고 말하자 두향이 붓을 들어 사랑하면서도 이별해야 하는 임, 퇴계를 위하여 시를 썼다.

> 이별이 하도 설워 잔 들고 슬피 울 제
> 어느덧 술 다하고 임마저 가는구나
> 꽃지고 새 우는 봄날을 어이할까 하노라

밤새도록 이별을 설워하며 지내다 날이 밝아 헤어질 때 두향은 사랑하는 퇴계에게 매화 화분 하나와 남한강에서 주운 수석 두 점을 주었다.
"사랑하는 사또님! 떠나가셔도 이 수석과 매화분을 소녀 보듯 하옵소서. 봄이 되어 매화나무에 꽃망울이 부풀어 올라 꽃이 피어나고 가지마다 싹이 트면 두향인 듯 보옵소서. 소녀는 사또님을 따라가지 못하오나 매화 되어 사시사철 밤낮으로 사또님 곁에서 사랑하는 임을 바라보겠나이다. 이 수석은 백년 천년 지나도 변치 않는 소녀의 마음이라 생각하옵시고 사또님 곁에 두옵소서. 소녀는 매화꽃이 되고 때로는 수석 되어 한 백 년을 사또님 곁에 있겠나이다."

퇴계는 말없이 두향이 주는 매화분과 수석을 받아 고이 싸서 이삿짐에 실었다.

퇴계는 아흔아홉 굽이굽이를 높은 죽령을 넘으며 두향을 생각했다. 양반과 천민 계급이 철저한 조선이지만, 생각 같아서는 두향을 데리고 오고 싶었다. 퇴계는 기녀 두향을 향하는 애틋한 마음을 안고 풍기 군수로 부임했다. 풍기는 영천(영주) 옆이라 고향인 도산이 가깝고 어릴 때 삼촌에게 공부하면서 첫 부인 허 씨를 만나고 또 허 씨 부인이 죽어 영천 이산 산자락에 묻혀 있었다.

이산은 성 부사의 외가가 있는 곳으로 성 부사가 태어난 고향이었다. 성 부사는 백여 년 전 앞 세대인 퇴계와는 같은 지역에서 태어나고 공부했던 지연이 있었다. 거기다가 천민인 기녀를 사랑하고 그 사랑하는 여인과 헤어져 마음속에만 담아 두고 평생을 살아가는 공통점이 있다고 생각하며 두향과 퇴계의 이야기가 춘향과 성이성 자기의 이야기와 같이 느껴졌다.

퇴계는 풍기 군수를 마치고 고향인 도산으로 돌아가 계상서당과 도산서당에서 후학을 가르쳤다. 그의 방에는 두향이 준 매화분과 수석이 있었다. 봄이 되면 매화는 봉오리를 터드리며 활짝 꽃이 피었다. 헤어질 때 한 두향의 말이 생각났다.

"봄이 되어 매화꽃이 피어나고 싹이 트면 두향인 듯 보옵소서."

매화꽃 송이 속에 두향의 얼굴이 아롱거리고 매화꽃 향기를 맡으면 두향의 체취가 느껴졌다. 자식을 낳아 기르는 아내가 있지만, 두향을 잊을 수 없었다. 수많은 제자를 가르치는 방 안에서 언제나 매화분과 수석은 두향이 되어 퇴계를 반기며 옆을 지켰다. 퇴계는 노년에 사랑하는 두향을 생각하며 매화 시를 많이 썼다. 백수도 넘게 쓴 매화 시는 한 권의 매화 시첩이 되었다.

> 들려오는 소문에 신선도 우리마냥 외롭다네
> 임이 오는 날 매화꽃 향기 피우리니
> 임아, 마주 앉아 꽃향기 즐길 그날을 기다리며
> 백옥 같고 흰 눈 같은 임의 심성 고이 간직하리

*

> 누렇게 빛바랜 책 속에서 옛 성현의 말씀을 보면서
> 빈방에 홀로 초연히 앉아서
> 매화 핀 창가의 봄소식을 다시 보니
> 그대는 거문고에 마주 앉아 줄 끊겨다 한탄 마라

두향은 퇴계가 떠나자, 기적에서 이름이 빠져나와 퇴계와 거닐던 남한강 강가에 움막을 짓고 그리운 임 퇴계를 생각하고 거문고를 타면서 하염없이 흘러가는 강물에 외로움을 띄워 보내며 나날을 보냈다.

그렇게 22년의 세월이 강물 따라 흘러가고 열여덟 앳되던 두향도 세월 따라 귀밑머리가 희게 변하는 불혹인 중년이 되었다. 그 오랜 세월 오직 사랑하는 임 퇴계를 사모하며, 그리움을 구담봉 산그림자를 품고 흘러가는 남한강물에 띄워 보내며 살아왔다.

　퇴계는 칠십이 된 어느 날 운명의 시간이 다가왔다. 많은 제자가 당대 최고의 학자이고 스승인 퇴계의 운명을 슬픔으로 지켜보고 있었다. 퇴계는 제자들에게 말했다.

　"저 매화분과 수석을 밖으로 들어내어라."

　매화분은 퇴계에게 두향이었다. 매화분은 젊고 앳된 여인 두향이 자기를 보듯이 늘 곁에 두고 보라며 준 선물이었다. 퇴계는 마지막 숨이 넘어가는 모습을 사랑하는 두향에게 보이고 싶지 않았다. 제자들이 매화분과 수석을 문밖으로 들어내었다. 노 스승 퇴계는 눈을 감으며 힘겹게 입을 열었다.

　"저 매화 화분에 물을 주어라."

　마지막 말을 마치고 퇴계는 숨을 거두었다. 조선의 성리학자인 퇴계는 이승에서 마지막으로 평생을 연구한 학문, 성리학의 진리보다 사랑하는 두향을 생각하며 조용히 눈을 감았다.

　두향이 사랑하는 퇴계가 세상을 떠났다는 소식을 들은 것은 두 달 뒤였다. 두향은 저승으로 떠난 임과 마지막 작별 인사를 위해 소복을 차려입고 죽령 재를 넘어 도산으로 퇴계의 무덤을 찾아갔다. 장례를 치른 지 한 달이 넘었다. 두향은 사랑하는 임의 무덤 앞에 엎드려 오열했다. 이팔청춘 두향은 불혹에 가까운 사또를 만나 사랑했다. 사랑하던 임 퇴계와 열여덟 꽃다운 나이에 헤어지고 22년을 수절하고 살아온 두향이었다.

　"사랑하는 사또님, 소녀가 왔어요. 평생을 사또님의 따뜻한 눈길과 부드러운 손길을 추억하며 혼자서 살아온 소녀입니다. 이제 소녀는 사또님을 당신이라고 부를게요. 사랑하는 당신, 소녀는 곧 당신 곁으로 따라가겠어요."

두향은 오랫동안 솔바람 소리만 들려오는 아무도 없는 산자락 퇴계의 무덤 앞에 엎드려 흐느껴 울고 있었다. 이때까지 22년을 남한강 강가에 혼자 살면서 소백산 죽령 넘어 낙동강 강가 도산에 사랑하는 임이 살고 있어 불어오는 바람결도 밤하늘의 별도 임과 같이 느끼고 바라본다고 생각하며 지내 왔는데 이제는 임 없는 이 세상에 혼자라는 생각에 두향은 외롭고 쓸쓸했다.

두향은 사랑하던 사또 퇴계의 묘를 찾아 오가며 며칠이 걸렸다. 날이 저물어 죽령의 바위틈에서 밤을 보냈다. 부엉부엉 우는 부엉이의 울음소리가 무섭고 낮에도 산적이 나타난다는 죽령 산마루를 여인 혼자 넘는다는 것은 겁나고 무섭고 위험한 일이지만, 사랑하는 임에게 이승에서 마지막 인사를 위해 모든 위험을 무릅쓰고 다녀오는 길이었다.

단양 남한강 장회나루 건너 혼자 사는 집으로 돌아온 두향은 살림살이를 정리하고 퇴계와 거닐던 강가를 혼자서 거닐었다. 강가의 모래와 물결에 닳은 돌 모두가 그대로인데 이 세상에 사랑하는 임 없이 홀로라는 생각에 두향의 두 볼 위로 눈물이 흘러내렸다. 흘러가는 물소리에 다정하던 임의 음성이 들리는 것 같았다. 따듯한 가슴으로 안아주며 쓰다듬어 주던 부드러운 임의 손길을 느끼며 두향은 남한강 물속으로 걸어 들어갔다. 물은 가슴을 넘어 머리까지 차올라 두향은 물속으로 사라졌다. 천국에 가서는 세상 사람들 눈치 보지 않고 임과 함께 여느 집 아낙과 같이 마음껏 여보 당신 부르며 살아가리라고 생각하며 두향의 의식은 점점 흐려져 갔다.

마을 사람들이 남한강에 빠져 죽은 두향의 시신을 발견한 것은 이튿날 아침이었다. 두향이 수절하며 홀로 살아가는 사연을 아는 마을 사람들은 두향의 시신을 퇴계와 두향이 거닐던 강서대가 바라보이는 강섶에 묻어 주었다.

늙은 포졸이 성이성 부사에게 한 퇴계와 두향의 이야기는 여기까지였다. 성이성은 백여 년 전의 사람인 두향의 이야기를 들으며 춘향을 생각했다. 신분도 연령도 차이가 나서 손녀 같은 두향과 퇴계는 서로 사랑하며 평생을 살다 간 이야기가 춘향과 자신의 이야기와 같이 느껴졌다. 춘향은 살아 있었다면 아내로 맞아들여 지금은 같이 늙어가며 행복하게 살아갈 것이었다. 그러나 춘향은 이 세상 사람이 아니다. 춘향도 두향도 이승을 떠났다. 환갑 진갑 다 지나고 칠십 줄에 들어서는 성이성이지만 이승에 남아서 춘향을 그리워하고 있었다.

배를 강 건너 두향의 묘 앞에 대었다. 성이성 부사는 두향의 묘 앞에서 춘향을 생각했다. 두향도 춘향도 사랑하는 임을 생각하고 정절을 지키며 이승을 살다가 떠난 여인들이지만, 춘향은 두향보다 더 험한 세상을 살다가 갔다. 두향의 이야기를 듣고 보니 변 사또의 탐욕에 끝까지 정절을 지키다가 죽어 간 춘향이 더 그리워졌다. 두향의 묘 앞에서 앉아서 건너편을 바라보았다. 사랑하던 남자, 퇴계와 거닐던 장소를 바라보며 두향의 영혼은 무슨 생각을 하고 있을까.

남한강물을 소리 없이 흘러갔다. 청춘도 강물처럼 흘러가는 세월 따라 지나가고 성이성은 노년에 접어들어도 평생 잊히지 않는 사랑하는 여인, 춘향을 가슴에 안고 그리움을 삭히며 살고 있는 자신이 두향과 다름없다는 생각이 들었다.

12. 계서초당에 온 임금

　성이성은 단양 귀양에서 풀려나 고향으로 돌아왔다. 평생을 몸 바쳐 나라와 백성들을 위해 임금님의 눈과 귀가 되어 암행어사로 활동하고 조정과 지방 관장이 되어 일했건만, 마지막에는 죄인이 되어 귀양살이 하며 관직 생활을 끝내야 하는 것이 아쉬웠다. 너무 열정적으로 백성을 위하고 나라를 위해 일한 것이 도리어 화가 되어 삭탈관직에 귀양살이까지 하게 된 것이었다. 성이성은 태어난 고향 이산으로 돌아와 초가집을 짓고 계서초당이라고 칭하며 초야에 묻혀 살고 있었다. 인근에는 조선 개국공신인 정도전의 아버지 고려판서 정운경의 묘소가 있어 정도전이 삼 년 동안 시묘살이를 하면서 후학을 가르쳤던 서당이 있는 근처였다. 귀양에서 풀려나서 고향에서 은거하고 있는 성이성에게 조정에서는 요직을 맡아 달라는 연락이 왔으나 나이 67세로 더는 국사를 맡기는 힘들어 고사했다. 관료로 있을 때도 그랬지만 관직에서 물러난 그의 생활은 검소했다. 성이성은 초당에서 책 읽고 주위에서 찾아오는 학동들에게 글을 가르치며 모처럼 한가한 생활을 하고 있었다.
　성이성은 지난 관직 생활 35년간을 돌이켜 보았다. 조정에서 여러 직책을 두루 거치며 일하다가 네 번의 암행어사가 되어 지방에 파견되었고 또 몇 번이나 군수나 부사가 되어 남쪽 바닷가와 북쪽 국경 지역인 압록강까지의 고을을 다니며 최선을 다해 일했다. 마지막 관직 생활 안게 부사에서 파직되어 귀양살이한 것이 아쉽지만, 그건 자신이 잘못해서가 아니라 너무 열성적으로 일하다가 주위 사람들에게 받은 오해를 벗어나지 못했기 때문이라고 생각하며 스스로 위안했다. 지나고 보니 후회도 원한도 없었다.

고향으로 돌아와 산기슭에 작은 초가집 정자를 지어 글을 읽으며 초야에 묻혀 생활하는 성이성은 젊고 활기차게 일하던 때가 어제같이 느껴졌다. 젊음이 다시 온다면 온 나라 백성이 관리의 권력에 휘둘리지 않고 전란 없이 안전하며 배고프지 않게 사는 나라를 만들고 싶었다.

성이성은 과거에 급제하기도 전에 성균관 사성이었던 아버지 성안의와 같이 이괄의 난을 피해 피난 가는 인조 임금의 어가를 호위하던 때가 어제 일처럼 떠올랐다. 너무 갑자기 일어난 변란이라 피난 갈 채비도 못하고 궁궐을 호위하던 병사들은 난을 막으러 출동하고 주위의 신하들도 뿔뿔이 흩어져서 임금의 행렬은 이삼십 명이 모시는 초라한 행차였다. 일만 이천 명의 북방을 지키던 강력한 군대가 조정을 향에 처내려오자, 중신이라는 자들은 명령을 직접 받지 않았다는 구실삼아 모두 제 살길을 찾아 도망가고 충신 몇 명만 남아서 임금님을 호위하고 있었다. 워낙 다급한 피난길이라 임금님의 수라를 만들 상궁도 밥을 지을 쌀도 없었다. 끼니때가 되어도 임금님의 수라를 해결할 수 없었다. 성이성은 조정의 관원은 아니지만, 아버지를 따라 피난 가는 임금을 모시면서 일행 중에 나이 제일 젊었다.

성이성은 민가에 들어가 먹을 것을 구했다. 집마다 양식이 떨어져 나물죽으로 연명하고 있었다. 어떤 집에 들어가나 노부부가 그래도 나물이 섞이지 않는 흰죽을 끓여 먹고 있었다. 성이성은 노인에게 말했다.

"나라에 변고가 일어나 임금님이 몽진 가는 중이라 수라를 챙길 수 없습니다. 노인장 미안하지만, 임금 수라를 지어 줄 수 있으신지요."

"나라님이 수라를 못 드셨다면 지어 드려야지요, 그렇지만 임금님께서 죽을 드실 수 있을는지요?"

"임금님은 백성이 먹는 음식을 다 먹을 수 있을 겁니다."

늙은 아내는 부엌에 나가 제사에 쓰려고 아껴 두었던 쌀로 죽을 끓였다. 노인은 흰죽을 담은 그릇 앞에서 절을 하면서 말했다.

"소인이 만든 죽으로 수라를 드시고 기운을 차리시어 난을 물리치고 백성들이 편안하게 살아가는 나라를 만들어 주십시옵소서."

성이성은 죽을 가지고 와서 인조 임금님께 드렸다. 임금님은 죽을 드시고 기운을 차렸다.

말먹이가 부족하여, 임금이 타고 가는 말이 움직이지 못하면 큰일이었다. 말이 있는 집에 들러 말먹이를 구해다 먹이기도 하였다.

날이 저물어 하룻밤을 쉬어 갈 때는 동네에서 제일 큰집에 들어가 임금님의 잠자리를 마련했다. 충성스러운 백성들은 자기들은 이웃으로 잠자리를 옮기고 임금님과 일행에게 집을 통째로 내어 주었다. 이부자리는 동네에서 혼인 준비로 마련한 한 번도 덮지 않은 새 원앙 침금을 구해다 임금님 침수를 마련했다. 백성들은 난을 피해 남쪽으로 피난 가는 임금님을 위해 온갖 정성을 다했다.

피난 중에 비가 왔다. 임금님은 농민들의 우비인 짚으로 만든 도롱이를 입고 비를 피했다. 피난길은 모든 것이 부족하여 힘들고 피로했으나 인조 임금은 수행하는 사람들에게 한마디 불평도 없었다. 그러면서 혼잣말처럼 했다.

"짐이 덕이 없어 나라에 변고가 생겼구려. 종묘사직을 이대로 끝낼 수 없소. 도성을 지키는 관군이 반드시 이길 것이오."

그렇게 며칠이 걸려 도착한 곳이 공주 관아였다. 공주 관아에 들어가서 비로소 임금님의 수라도 침수도 정상으로 챙길 수 있었다. 성이성은 과거에 합격하여 출사하기도 전 인조 임금의 피난길을 호송하며 힘들었지만, 그때를 생각하며 보람을 느꼈다.

어느 날 현종 임금이 한양을 떠나 초야에 묻혀 살고 있는 성이성의 초당을 찾아왔다. 왕조실록에는 나오지 않지만, 현종은 젊은 패기에 조정을 떠나 한 달 동안 영남을 거쳐 호서지방으로 지방을 암행했다. 현종 임금은 호위무사 둘만 데리고 전국을 다니며 백성의 사는 모습을 직접 보고 백성들이 먹는 음식을 먹으며 지방 관장들이 고을을 잘 다스리고 있는지도 살펴보았다.

국왕이 극비리에 순행하는 것을 지방 관서장들도 눈치를 채지 못했다. 다만 조정에서 내려오는 파발에 고을 사또들은 무엇인지도 모르고 그대로 따를 뿐이었다.

경상도와 충청도 관찰사에게 조정으로부터 긴급명령이 내려왔다. 소백산 죽령 높은 고개에는 가끔 산적들이 나타나 행인들의 물건을 약탈하고 때로는 죽이며 여인들을 납치했다. 양반의 부인이거나 상민 여인이거나 가리지 않고 잡아서 그들의 은신처인 산채로 끌고 갔다. 산적들이 백성들에게 큰 피해를 주지만 워낙 산이 높고 험해 소탕할 수 없었다. 어느 날 조정에서는 소백산 산적들을 일망타진하라는 명령이 내려왔다. 산적의 세력이 너무 강해 관군 수십 명으로는 당해 낼 수 없었다. 충청도 관찰사의 명령을 받은 단양군수는 관군을 동원하여 산 밑에 대기하게 하고 나이 많은 할머니를 한 분을 험한 소백산 산 위로 올려 보냈다. 할머니는 아들 둘을 잃어 정신이 이상한 할머니가 되어 온 산을 돌아다니며 아들의 이름을 불렀다. 할머니의 맏아들 이름은 다자구이고 둘째 아들은 들자구였다. 할머니는 밤낮 산을 헤매며 "다자구야, 들자구야" 하고 외치며 아들을 찾아다녔다. 산적들은 정신이 나간 할머니가 아들을 찾아온 것으로 알고 산적 중에 다자구와 들자구가 있는지 조사하고 할머니에게 말했다.

"할머니 아들 다자구와 들자구는 산으로 들어오지 않았습니다. 산을 내려가이소."

"아니야, 이 산 어디엔가 두 아들이 있어. 나는 아들을 꼭 찾아서 내려갈 거야."

산적 두목이 말했다.

"할머니 머리가 돌아서 그러니 신경 쓰지 말라."

산적들은 민가에서 빼앗아 온 돼지를 잡고 술을 진탕 먹고 붙잡아 온 여자들을 차례로 희롱하다가 술에 곯아떨어져 자고 있었다. 할머니는 산적들이 모두 술에 취해 잠이 든 것을 보고 첫째 아들 이름만 불렀다.

"다자구야, 다자구야…."

기다리고 있던 관군들이 일제히 산을 올라 산적 소굴인 산채에 가서 술에 취해 자고 있는 산적들의 목을 베어 일망타진하고 납치되어 있던 여인들을 구출하여 소백산 죽령에 평화가 찾아왔다. 다자구야는 산적들이 다 잔다는 것이고 들자구는 산적들이 잠이 안 든 사람도 있다는 뜻으로 산 밑에 잠복하고 있는 관군에게 보내는 신호였다.

조정에서는 소백산 죽령에 산적이 많은 것을 알고 임금이 영남으로 가기 위해 죽령을 넘다가 혹시나 변을 당할지 몰라 사전에 산적을 일망타진하였던 것이었다. 죽령을 넘어 경상도로 온 현종은 부석사에 들렀다가 영천(영주)을 거쳐 봉화 쪽으로 향했다. 영천에서 삽재를 넘어서면 성이성의 초당이 있었다. 현종은 영남지방을 암행하면서 성이성을 꼭 찾아보고 싶었다.

현종은 세자일 때 부왕 효종의 신임을 받던 성이성을 보아 오다가 등극하자마자 국경지대인 강계 부사로 보내 여진족이 침입하여 백성을 죽이고 식량을 약탈하며 여인들이 납치하는 것을 막도록 하였다. 그리고 2년이 지난 후 비밀리에 올라온 성이성의 역모 상소를 받은 것이었다. 정승들은 선대왕 인조 때 북방 강계를 지키던 이괄 장군이 만이천 병력을 동원하여 도성으로 쳐내려왔던 일을 생각하며 병사에 관한 일이면 작은 일도 지나칠 수 없다고 했다. 그러나 젊은 왕은 성이성 부사를 믿었다.

현종은 그 후에 강계 암행을 나갔다가 돌아온 어사를 불러 성이성의 역모 사건을 물어보았다.

"북방을 지키는 수천 명의 군사로는 넓은 지역 어디로 여진족이 침입해 올지 몰라 여진족을 다 막을 수 없었습니다. 여진족이 침입하여 사람을 죽이고 양식과 가축을 약탈하고 여인들을 납치한다는 소식을 듣고 관군이 달려가면, 여진족은 떠나고 마을에는 죽은 남자들의 시체만 즐비하고, 양식과 재산은 탈취당하고, 여인들은 모두 납치되어 갔습니다. 성이성 부사는 마을마다 남녀노소 모두 활과 조총 쏘는 훈련을 시키고, 칼과 심지어 농기구인 도끼와 낫을 들고 쳐들어오는 여진족과 맞서 싸워 마을을 지키게 하였습니다. 그렇게 강계 고을의 마을마다 주민들이 무장하여 여진족들이 쳐들어오면 활과 조총으로 대항하니 여진족들이 겁을 먹고 쳐들어오지 않아 고려 때부터 수백 년 동안 이어 오던 여진족의 약탈이 없어져 고을 백성들이 평화롭게 살고 있습니다. 또 산삼세를 면제하고 과세를 공평하게 하며 송사를 공정하게 처리하고 환향인을 돌보며 중국에서 날라 온 메뚜기 떼로 흉년이 들자, 구휼미를 풀어 아사자가 없도록 하였습니다. 이렇게 북방 강계를 살기 좋은 곳으로 만들어서 그곳 사람들은 성이성 부사를 살아 있는 부처라고 부르며 관서활불이라고 추앙하고 있습니다. 성이성 부사가 파출되어 귀양 갈 때, 잡혀가는 성이성 부사를 보고 강계 백성들이 통곡하였습니다."

평안도 암행을 마치고 돌아온 어사는 성이성 부사에 대해서 왕의 물음에 길게 답했다.

현종은 영의정이 하던 말이 생각났다.

"열 길 물속은 알 수 있지만, 한 길 사람 속으로 알 수 없는 법입니다. 옛날 말에 믿는 도끼에 발등 찍힌다는 말이 있지 않습니까? 군사의 일이란 약간의 의심이 가는 일도 사전에 싹을 잘라 뒷날 나라의 큰 우환을 미리 막아야 합니다."

현종은 생각했다. '영의정의 말이 맞기는 하지만, 성이성 부사는 아니었어. 그는 여진족의 약탈로 나라 전체에서 가장 신경 쓰이는 강계 부사로 가서 누구도 이루지 못한 일들을 했어. 성이성을 강계 부사로 몇 년만 더 근무하게 하였으면 나라의 큰 우환인 여진족의 침략을 영원히 막을 수 있을 것인데….'

성이성 부사는 단양 귀양살이에서 풀려났다. 현종은 그를 조정으로 출사하라고 불러 올렸으나 나이가 많아 관직을 맡을 수 없다며 출사하지 않고 고향에 은거하고 있었다.

현종은 영남 암행 중 영천에서 안동으로 가는 길에 성이성이 초야 묻혀 사는 집에서 하룻밤을 자면서 그와 이야기하고 아직 활동할 수 있는 건강이면 조정으로 부를 생각이었다. 성이성은 어떤 일도 믿고 맡길 수 있는 현종 임금에게 몇 안 되는 신하 중의 한 명이었다.

성이성은 초당에서 언제나처럼 책을 읽고 있었다. 오늘따라 아침에 까치 세 마리가 대문 앞에 와서 짖어 댔다. 옛날부터 아침에 까치가 울면 반가운 손님이 온다고 했는데 까치 소리에 마음이 설렜다. 춘향이 살아 있다면 소식이 오겠지만, 이제는 칠십을 바라보는 고령이지만 아직도 반가운 사람을 생각하니 이팔청춘 때 사랑하던 여인 생각이 먼저 났다. 공연히 마음이 설레어 세수 후 의관 정제하고 '귀한 사람이 온다면 누구일까?' 하고 기다렸다.

오후가 되어 멀리 동네 앞길을 따라 말 세 마리가 천천히 걸어오고 있었다. 조정에서 파발마를 보내면 달려올 텐데 아주 천천히 오면서 그중 한 사람이 촌로에게 무엇을 묻자, 촌로는 성이성의 초당 쪽을 가리키는 모습이 보였다. 성이성은 자기를 찾아오는 사람들이 분명하다고 생각하며 뜰 아래로 나가 기다렸다.

앞에는 갓 쓴 젊은이고 옆의 두 사람도 갓을 썼지만, 무인 같아 보이는 나이 든 사람이었다. 늘 조정에서 임금을 호위하는 무사들을 보아와 직감으로 조정에서 온 사람들이라고 느껴졌다. 갓을 쓰고 단정한 선비 차림을 한 젊은이는 어디서 많이 본 듯하여 임금님이나 대군이 아닐까 하고 생각했다. 그러나 임금님이 천 리 먼 길 이곳까지 올 리는 만무하다고 생각하고 읍을 하고 기다리는 데 옆에 있던 나이 든 사람이 말에서 내려 성이성 옆에 와서 낮은 목소리를 말했다.

"성 부사, 주상 전하이십니다."

성이성은 그제야 젊은 주상의 얼굴을 알아보고 엎드려 예를 올리며 말했다.

"주상전하, 머나먼 이곳 소인의 처소까지 어인 일이시옵니까?"

"내가 성 부사를 보고 싶어 왔소. 어떻게 지내는지 알고 싶고. 연세 연만하신데 건강은 어떠하오."

"전하, 머나먼 이곳까지 오신 성은이 망극하옵니다. 소인은 보시다시피 늙어서 이렇게 초야에 묻혀서 책을 읽으며 지내고 있습니다."

"지난번 강계 부사 파출은 미안하오. 조정 일이란 임금도 마음대로 할 수 없는 일이 있소."

"전하. 누추하지만, 소인의 처소로 드시옵소서."

"내 그러지 않아도 성 부사와 하룻밤 보내며 세상 돌아가는 이야기를 듣고 싶었소."

"성은이 망극하옵니다. 전하"

젊은 현종 임금은 나이 많은 성이성 부사의 안내로 방에 들어와서 정좌하였다. 검소하게 사는 성 부사라 방에는 집필 묵과 작은 책상 하나와 방석 두 개뿐이었다. 호위무사 두 사람은 초당의 옆방으로 들라고 하니 알았다면서 대문과 집 주위를 지키고 있었다.

초당에는 식사를 만드는 부엌 시설이 되어 있지 않아 이웃 친척에게 귀한 손님이 왔으니 저녁과 아침, 밤참으로 술상을 준비하게 하였다. 저녁상이 차려져 왔다. 조밥에 쌀이 간혹 섞여 있고 시래기 된장국에 풋나물 무침과 호박전을 구운 것이 전부였다. 임금님이 오셨다는 이야기 할 수 없어 아주 귀한 손님이라고 하니 없는 쌀을 구해서 좁쌀에 썩은 것이었다. 성 부사는 민망하고 황공해서 어쩔 줄 모르는데 젊은 임금은 아무렇지도 않다는 듯이 드셨다.

"전하. 소인이 대접이 소홀해서 몸 둘 바를 모르겠습니다."

"괜찮소. 백성들은 이렇게 먹지도 못하고 나물죽으로 살고 있는 것을 알고 있소. 이만하면 성찬이오."

저녁을 먹고 현종 임금과 성이성은 마주앉아 이야기했다. 조정에서는 상상도 할 수 없는 일이었다. 임금과 신하가 친구처럼 마주 앉아 이야기를 주고받을 수 없었다. 젊은 임금은 할아버지뻘 되는 신하를 마음속으로 공경했고 늙은 신하는 임금님과 이렇게 마주하는 것이 황공할 따름이었다.

현종 임금이 말했다.

"성 부사는 평생을 관직 생활을 하면서 어사가 되어 암행 한때도 많았잖소. 이제 짐도 평복을 입고 암행을 하여 보니 생각지도 않은 일들이 많았소. 저잣거리에서 장사꾼들에게 '이 젊은 양반아'라는 막말도 들고 주막집에서 백성들과 같이 앉아 국밥이 밥도 먹어보고 참 좋은 경험을 많이 하였소. 성 부사도 어사 시절이 어땠소?"

"소인은 암행어사로 나갈 때 어떤 때는 거지꼴로 다니기도 했습니다. 우장이 준비되지 않아 비가 오면 흠뻑 맞을 때도 있었답니다."

"장계에서 올라오는 것을 보면 가끔 암행어사 출두를 하여 자기 직분을 잊어버리고 고을 백성들을 잘못 다스리는 관방장을 벌 줄 때가 있던데 성 부사도 어사 시절 그런 일이 있었소."

"예 전하, 한 번은 어명을 받아 백성을 다스리는 관방장이 도리어 백성들을 착취하고 세금을 나라에서 정한 것보다 몇 곱이나 많이 거두어 백성들의 원성을 사며 생일잔치를 크게 하면서 인근 열두 고을 사또들이 다 모여 있어, 암행어사 출두로 엄하게 다스린 일이 있습니다."

"그랬소, 나라에서 백성들을 위하라고 내려보낸 지방 관장이 도리어 백성의 짐이 되면 안 되지요. 백성 중에 열녀나 효부들도 있잖소."

"고을마다 열녀와 효부가 있습니다. 그리고 병자호란과 명나라, 청나라에 파병되어 전사한 병사들이 많아 지방의 어느 마을에서나 청상으로 아이들을 키우며 시부모를 모시고 홀로 농사를 지으며 가난하게 살아가는 여인들이 많았습니다. 남편을 잃고 홀로 된 여인들이 어렵고 힘들게 사는 모습을 볼 때마다 너무 애처로웠습니다."

"그렇소, 선대왕 효종 임금이 왕자일 때 청나라에 볼모로 잡혀가서 고생하고 돌아와 즉위하자 북벌 운동으로 청나라를 정벌하려고 군대를 양성하였으나 끝내 뜻을 이루지 못하고 승하하셨소. 나라에 군사를 길러 강병이 되면 지금 조공을 바치고 있는 청나라를 정벌할 수 있을 텐네 백성들의 살림살이가 너무 어려워 병사를 많이 모아도 거기에 따르는 제정을 감당할 수 없는 일이오. 언젠가는 청나라의 굴레에서 벗어나야 하지만, 지금 조선은 청나라를 넘어서기에는 힘이 너무 모자라오."

"전하, 소신이 생각하기에도 청에 대항하기는 지금은 때가 아닌 것 같습니다."

"경의 말이 옳소. 경과 같이 이렇게 허심탄회하게 이야기할 신하가 많았으면 좋겠소."

"전하, 항공하옵니다. 소신은 나이가 들어 이제는 국사를 맡을 형편이 못되옵니다."

"안타까운 일이오. 세월이 인생을 그렇게 만드는데 어찌 인간이 막을 수 있겠소."

젊은 임금과 늙은 신하는 밤늦도록 이야기했다. 그리고 새벽녘에 잠이 들었다.

아침이 되자, 현종은 일어나 초당 뒤 산자락 오솔길을 걸어 산 중턱까지 올랐다. 호위하는 무사들은 좀 떨어져 오면서 주위를 살폈다. 성이성은 임금과 같이 산에 올랐다. 현종 임금이 말했다.

"이곳이 경이 태어난 곳이오."

"예, 전하! 이곳에서 임진왜란 때 아버님은 의병장이 되어 전쟁터로 나가고 어머님이 친정에 와서 저를 낳았다고 합니다."

"그렇소, 들이 넓어 좋은 곳이오. 오면서 보니 소백산 너머는 산으로 둘러싸인 넓은 들이 많아 살기 좋은 곳이겠다고 생각했소."

"예, 전하! 이곳은 정감록에 나오는 전국 명승지 열 곳 중 세 곳이나 인근에 있습니다."

산에서 내려오자, 아침상이 차려왔다. 어제저녁보다는 좀 나아 닭을 잡아 닭개장을 끓여 왔다. 임금님은 아침 수라를 들면서 말했다.

"닭을 잡았구려. 내가 와서 폐가 많겠소."

"아닙니다. 전하, 수라가 너무 부실하여 송구할 따름입니다."

"이만하면 백성들에 비하면 아주 성찬이오."

"황공하옵니다. 전하."

아침 식사 후에 현종은 호위무사를 데리고 떠나면서 말했다.

"성 부사 잘 자고 가오. 올 때는 성 부사를 조정으로 데리고 갈 생각이었지만, 이제 좀 편안하게 사시면서 건강 챙기오. 그동안 나라를 위해 많은 일을 하였소. 그리고 오래오래 건강하게 사시며 천수를 누리시오."

"예 전하, 가시는 먼 길 옥체 강녕하시옵소서."

현종은 호위무사 둘을 거느리고 이산들을 가로질러 가는 뒷모습을 안 보일 때까지 성이성은 바라보고 있었다. 천 리 길을 찾아와 하룻밤을 자고 가는 젊은 임금이 다스리는 조선은 앞으로 영원히 발전하며 백성이 잘사는 태평성대가 될 것 같았다. 아득히 점처럼 멀어져 가던 현종 일행은 산모퉁이를 돌아 보이지 않자, 성이성은 땅에 엎드려 배례하며 말했다.

"이렇게 천 리 먼 길을 찾아 주어 성은이 망극하옵니다. 만수무강하옵소서."

사람들은 현종이 떠난 며칠 뒤에야 임금님이 다녀간 줄을 알았다. 그리고 현종이 아침에 일어나 산자락에 오른 초당의 뒤 산을 왕산 또는 임금이 다녀갔다고 왕래산이라고 부르고 임금이 자고 간 계서초당을 어와정이라고도 불렀다.

13. 이산에서 영원히 잠든 어사

　성이성은 아들딸 낳고 평생을 같이 살던 조강지처 금 씨 부인이 세상을 떠나고 계서초당에서 생활하고 있었다. 낮으로는 찾아오는 학동들에게 글을 가르치고 밤으로는 촛불을 밝혀 놓고 책을 읽으며 모처럼 여유로운 생활이었다. 이렇게 한가한 시간이면 어릴 때 기억과 함께 젊은 한때 부부의 연을 맺은 춘향이 생각났다. 춘향이 살아 있어 같이 노년을 보내면 얼마나 좋을까? 그러면서도 한편으로 자기만 바라보고 평생을 아들딸 기르며 살다가 먼저 저세상으로 떠난 부인에게 미안한 생각이 들었다. 그렇지만 춘향은 잊을 수 없는 여인이었다. 부인은 인생의 동반자로 고맙고 이 세상에서 가장 믿을 수 있는 여인이고 평생을 같이 살아오면서 힘들고 어려운 고비고비를 함께 넘기며 고운 정 미운 정 다 들었지만, 마음속에는 젊어서 사귄 첫사랑 춘향처럼 애틋하게 느껴지지는 않았다. 부인은 부모님이 정해 준 배필로, 얼굴 한번 보지도 못하고 중매쟁이 이야기만 듣고 양가 어른들이 사주단자로 궁합을 보고 결정하여 혼인 식장인 대례 때 처음 만나 부부가 되었다. 애절한 사랑도 없이 서로 만나 생활하며 태어난 아이들을 기르면서 부부로 평생 살아왔다. 부인은 든든한 가정의 버팀목이며 아이들의 어머니고 집안의 며느리이며 인생의 동반자였지만, 죽도록 사랑해서 만난 그런 사이는 아니었다. 아내는 초년에는 며느리로서 집안 활력의 중심이었고 노년에 들어서는 아이들의 혼인 잔치를 비롯한 대소사를 알아서 처리하고 지시하는 집안의 안 어른이었다. 그러던 아내가 저세상으로 떠나니 허전하고 온 집안이 텅 빈 것같이 쓸쓸했다. 성이성은 이승에서 고생만 하다가 간 아내를 두고 첫사랑 춘향을 생각하는 것이 미안했다. 그러나 춘향은 마음속에서 지워지지 않는 여인이었다. 아내도 남편이 다른 여인을 가슴에 품고 사는 줄 알고 같이 살자고 했지만, 춘향은 이 세상을 떠나고 없었다. 이제 아내는 떠나고 아이들은 장성해 출가해서 모두 가정을 이루었다.

성이성은 몸은 늙어도 마음은 젊을 때 그대로였다. 아내가 살아 있을 때도 가슴 한쪽에는 언제나 첫사랑의 여인 춘향이 자리 잡고 있었다. 나랏일을 하며 조정이나 어사로, 지방 관장으로 나가서 바쁘게 일하면서도 조용히 생각할 수 있는 혼자만의 시간이면 아내보다 춘향의 모습이 먼저 떠올랐다. 어쩌면 춘향이 먼저 저승길을 떠나 이 세상에 없는 사람이라서 더 애틋하게 그리웠는지도 모른다. 아내는 평생 자식 낳아 기르며 같이 살아왔지만, 태어나서 처음으로 순정을 바쳐 사랑하며 동정을 바친 첫 여인 춘향을 마음속에서 지울 수 없었다. 아내도 춘향도 지금은 모두 이 세상 사람이 아니었다. 이제 몸이 늙어 기억력이 떨어지고 기력도 점점 줄어들어 언젠가는 저승으로 가겠지만, 이승에서 살아오며 맺었던 인연들이 잊히지 않았다.

화려한 어사화를 쓰고 귀향하던 때가 어제 같았다. 조정에서 일하던 사간원은 입법과 언론, 출판과 부정한 관료를 고발 탄핵하여 결과적으로 임금인 전하에게까지 싫은 소리를 해야 하는 기관이었다. 호남 어사에서 돌아와 조정의 중신인 김자점과 서인의 무리를 탄핵하다가 파출되기도 했다.

성이성은 조정과 어사와 지방 관장으로 근무하며 생활하는 것보다 힘들고 새로운 경험을 한 것은 인평대군이 청나라 진하사를 갈 때 기록관으로 외교문서에 관한 직무를 담당하는 서장관으로 연경에 가면서 대군을 수행한 때가 생각났다.

국경을 넘어 만 리 길을 몇 달 동안 말을 타고 갔다. 압록강을 건너자, 청나라 땅이었다. 왕자의 수행원인 일행이 말을 타고 가는데 청나라 사람들이 말을 타고 왕자 일행의 곁을 유유히 지나갔다.

역관이 중국말로 명령했다.

"조선의 왕자님이시다. 말에서 내려서 걸어가라."

"너희들의 왕자가 우리와 무슨 상관이냐?"

그들은 코웃음을 치며 지나갔다.

명나라 사신으로 갈 때와는 분위기가 사뭇 달랐다. 병자호란에 패전해서 조선은 청의 신하 나라가 되고 몇 년 되지 않았는데도 청나라 백성들까지 조선의 왕실을 우습게 생각하고 있었다.

성이성은 연경을 다녀오면서 병자호란 때 잡혀간 피로인들의 눈물겹고 비통한 사연을 "연행일기(燕行日記)"에 기록으로 남겼다.

"길가 오랑캐 세 명이 밭을 일구고 있는데 여인 한 명이 흙덩이를 부수고 있었다. 이 여인이 바로 서울 예남의 딸이었다. 예남이 사신의 일행으로 가다가 갑자기 병자호란 때 잡혀간 딸을 만나 서로 만나 부둥

켜안고 울음바다가 되었다. 딸의 속한금을 내고 사 가자니 몸값으로 지불할 돈이 없고, 떠나가자니 이별하기 어려웠다. 부녀는 헤어지면서 통곡했다. 같이 가는 사신 일행이 이 광경을 보고 모두 눈물을 흘렸다. 또 어떤 피로인 청년이 열세 살 때 잡혀 와 한인의 집에 팔려 가서 심한 노동에 시달리다가 작년에 도망치다가 잡혀 곤장 백 대를 맞았다고 했다. 지금도 도망칠 기회를 엿보고 있다는 그는 같이 가는 군관 이준환과 재종형제였다. 이준환은 훗날 속환해 주겠다고 약속하고 길을 떠나자, 그 사람은 땅바닥에 주저앉아 오열했다.

일행은 연경으로 가는 도중에 길가 논밭에서 일하는 정묘호란과 병자호란 때 잡혀간 피로인들을 자주 만났다. 피로인들은 청나라에서 노예가 되어 농장에서 심한 노동에 시달리고 있었다. 그들은 사신단을 만나면 모르는 사이라도 안부를 물으며 애틋했다. 청나라 오랑캐 주인이 피로인을 풀어 주는 몸값을 무리하게 많이 요구해 대부분 피로인이 고향 조선 땅으로 돌아올 수 없었다."

송참을 지난 뒤로는 집마다 조선에서 포로로 잡혀간 피로인이 있었다. 속하가가 없어 고국을 그리워하며 노예로 비통하게 살고 있었다. 전쟁에 패배한 조선의 참담한 현실이지만, 당장에 해결할 방법이 없었다. 중국 땅에 들어서서 연경으로 가면서 피로인들이 노예가 되어 일하는 모습이 가슴 아팠다. 함께 가는 사신단도 온갖 고난을 다 겪었다. 인평대군은 조선의 왕자이자 사신이었지만, 식사를 거를 때도 있고 길거리에서 노숙하며 가는 곳마다 푸대접이었다.

인평대군을 수행하여 청나라 사신의 일원으로 가면서 성이성은 전쟁에 패배한 힘없는 나라의 비애를 느꼈다. 앞으로 자손 대대도 얼마나 오랫동안 오랑캐였던 청나라 신하의 나라로서 조공을 바치고 비위를 맞추며 굴욕을 당해야 하나? 고려와 그 위 고구려 때는 우리가 그들을 지배하고 조공을 받아 왔던 나라였다. 조선은 국력을 길러야 이런 수모를 당하지 않을 것인데, 그날이 언제일지 까마득하게 느껴졌다.

낙향하여 한가한 시간을 보내고 있는 성이성은 찾아오는 학동들에게 글을 가르치고 때로는 지난날의 일들을 회상하며 시간에 얽매이지 않는 자유로운 생활을 하고 있었다. 관직에서 물러난 사람들은 배산임수의 경치 좋은 곳이나 넓은 들판 전경이 바라보이는 산 위에 정자를 짓고 유유자적한 여생을 즐기는데 성이성은 자신이 태어난 이산의 산비탈에 초당을 짓고 자라던 봉화의 집을 왕래하며 생활했다. 봉화의 심산유곡과 낙동강이 산을 감돌아 굽이쳐 흐르는 강가는 경관이 수려하여 관직에서 은퇴한 사람들이 지은 정자가 유독 많았다. 그러나 성이성의 초당은 내성천에서 멀리 떨어져 있어 초당 앞에 강물이나 냇물이 흐르는 것도 아니고 경관이 좋은 곳도 아닌, 태어난 동네 한쪽 외진 산자락이었다. 집도 기와로 지은 팔각정이나 육각정이 아닌 방 두 개에 마루 하나 딸린 흙벽에 초가로 지어 기거하며 검소한 말년을 보내고 있었다.

나이 들어 노년이 되면 추억을 먹고 산다더니 지난날의 일들이 떠올랐다. 어사로 활동하며 오랫동안 옷을 갈아입지 못해 때에 절은 의복에 잠자리가 마땅치 않아 주막집 봉놋방이나 남의 집 헛간에서 잠을 자기도 했다. 산속에서 비를 만나면 바위틈에서 비를 피하고 짚으로 만든 도롱이를 쓰고 빗속을 걸었다. 그렇게 임금의 눈이 되고 귀가 되고 발이 되어 한양에서 멀리 떨어진 지방을 누볐다. 탐관오리를 봉고파직 하기도 하고 열녀 효부에게 상을 내리기도 했다. 지방을 돌면서 나라의 법을 어기는 사람과 탐관오리를 척결하다가 조정에 돌아오면, 조정 대신 중에는 지방의 탐관오리 못하지 않는 이도 있었다. 그런 대신들에게 임금님을 바르게 보좌하지 못하였다고 탄핵 상소를 올렸다. 계란으로 바위 치기인 줄 알면서도 성 어사는 옳은 일이면 실행에 옮겨 끝내 파출 당하면서도 굽히지 않았던 지난날의 일들이 생각났다. 성이성은 지금 다시 그런 위치에 있다고 해도 탄핵 상소를 올릴 것이라는 생각이 들었다. 추억은 아름답다고 했는데 지난 일을 생각하면 어떻게 그런 일을 헤쳐 나왔나 싶었다. 말 한마디 행동거지 하나에 파출 되고 귀양 가며 심지는 목이 달아날 수 있는 조정에서 바르다고 생각한 소신을 끝까지 굽히지 않았던 자신이었다.

지방 관장 교지를 받고 갈 때는 봉서를 받고 어사로 갈 때와는 달라 지나가는 고을과 주위의 산천경개를 구경하며 갈 수 있는 여유가 있었다. 나무 한 그루 없는 헐벗은 산을 바라보며 울창한 산림을 가꿀 구상을 하고, 물 없이 메마른 하천을 보면 장마철 홍수에 대비할 생각을 하며 임지로 향했다. 고향 생각과 살아온 지난날들을 돌이켜 보면서 천리 길을 몇 며칠씩 말을 타고 갈 때도 있었다. 그럴 때마다 생각나는 사람은 혼인하여 아들딸 낳고 사는 부인이 아니라, 열여섯 청춘 때 평생을 약속하고 부부의 연을 맺은 여인이었다. 신관 사또의 부당한 요구를 거절하고 정절을 지키다가 옥살이에 모진 매를 맞고 끝내 병들어 죽었다고 생각하면 억울하고 지켜 주시 못한 것이 늘 미안하고 안타까웠다. 사리사욕에 눈이 어두운 고을 사또는 나라에서 준 권력을 사욕으로 이용하여 백성을 잡아다가 형틀에서 곤장을 칠 수도 죄인으로 만들 수도 옥에 가둘 수도 있었다. 성이성은 담양 군수로 가면서 억울하게 죽은 춘향을 생각하며 마음이 심란했다.

"춘향! 미안하오. 내가 어려움이 있어도 그대를 한양으로 데리고 갔어야 했는데 그대는 사또의 간악한 요구를 끝까지 거절하며 정절을 지키다가 짧은 생을 마치고 세상을 떠났구려."

부임지 담양 고을은 춘향이 살던 남원 옆 고을이라, 젊은 날의 생각에 더 애틋했다.

성이성은 지방 관장으로 가는 고을마다 가뭄과 홍수에 대비하고 백성들을 규제해 오던 각종 제도를 개선하며 구휼미를 풀어 굶는 사람이 없게 하고 송사는 누구에게나 공평하게 처리하며 활기차게 일하던 지난날들이 생각났다.

가까운 영천(영주)에 있는 천년고찰 부석사는 이야기만 들었지 가보지 못했다. 호남지방 암행 중 단봉사 스님을 만나 밤늦도록 화엄 사상을 이야기하며 시간이 나면 꼭 들러 보리라 생각했던 기억이 났다. 낙향하여 몇 년이 지났는데도 가지 못했는데 더 늦기 전에 시간을 내어 부석사로 향했다. 입춘이 지나 봄이 다가오는 겨울의 끝자락인 정월 하순이지만 눈이 내렸다. 암행을 다니면서 눈비를 맞으며 다니던 생각을 하며 눈길을 걸어 부석사를 향했다. 젊은 날 눈 내리는 광한루 오작교를 같이 거닐던 여인이 생각이 났다. 어사가 되어 광한루에 들러 퇴기 여진과 관노 동개를 만나던 날도 눈이 내렸다. 나이 고희가 되어 인생의 황혼기에 들어선 성이성이지만, 눈 오는 날이면 옛 추억 속 여인의 모습이 떠올라 나이를 잊고 있었다.

발목까지 푹푹 빠지는 눈길을 걸어서 부석사 일주문을 들어섰다. 평생을 관직 생활로 객지에서 바쁘게 생활하다 보니 고향 근처에 있는 화엄종찰 부석사에 이제야 온 것이었다. 저승에 가면 염라대왕이 "부석사에 가 보았느냐?"라고 묻는다는데, 아무도 나들이 온 사람이 없어 혼자인 산사는 눈이 내려 더 고즈넉하고 운치가 있었다.

일주문 지나고 천왕문 지나 무량수전으로 가는 우측 길섶에 선묘정이라는 작은 우물이 있었다. 선묘는 중국 유학 중이었던 젊은 의상 스님을 사모하던 여인이었다. 의상 스님이 공부를 마치고 신라로 돌아올 때 바다에 몸을 던져 용이 되어 스님이 탄 배를 보호했다는 전설 속의 그 선묘이고 그의 이름을 딴 우물이었다. 사람이 용이 될 수 없고 용도 세상에 존재하지 않는 인간들이 만들어 낸 상상 속의 동물이다. 그런데 왜 선묘가 용이 되었다는 전설이 있고 여기에 선묘 우물이 있을까? 천 년 전 신라 때 중국으로 유학 갔던 의상 스님이 선묘라는 사랑하는 중국 처녀를 데리고 온 것이 아닐까? 그래서 의상을 따라온 선묘는 보살이 되어 이 우물에서 물을 길어 밥하고 빨래하며 의상대사를 평생 옆에서 바라보고 사모하며 살지 않을까? 유학에서 돌아온 의상 스님은 국사가 되었는데 신라 국사인 큰 스님이 중국 유학을 마치고 돌아오면서 사랑하는 여인을 데리고 왔다고 하면 세인의 비난을 받을 것 같아 선묘는 의상대사 옆에서 평생을 살면서도 숨겨진 여인이었을 것이었다. 사모하는 임을 옆에서 바라보아야만 하는 애달픈 사랑, 선묘는 한세상을 그렇게 살았으리라. 성이성은 이렇게 생각하면서 스님도 사랑하는 여인을 데리고 왔는데, 자기는 사랑하는 춘향을 양반가의 체면과 법도에 얽매이지 말고 한양으로 데려왔으면 주색에 빠진 사또의 횡포에 희생되지 않았을 텐데 하는 안타까운 생각이 들었다.

　소리 없이 내리며 쌓여 가는 눈길을 걸어 부석사 뒤 산죽이 우거진 숲 사이를 얼마간 오르니 조사당이 있었다. 눈비를 맞지 않는 추녀 밑에 의상대사가 짚고 다니던 지팡이를 꽂아 놓은 것이 살아서 천 년이 지난 지금까지 봄이 되면 노란 꽃이 피고 싹이 튼다고 했다. 옛사람은 가고 없어도 그들이 남겨 놓은 전설과 심어 놓은 나무는 남아서 천 년을 살면서 숱한 상상과 그때의 이야기를 전해 주고 있었다. 성이성은 암행어사 시절 단봉사 스님과 화엄사상을 이야기하던 생각을 하며 온종일 부석사를 둘러보고 눈길을 헤치며 집으로 돌아왔다. 암행어사로 민생을 살필 때는 겨울 눈길도 쉽게 다녔는데 나이 드니 예전 같지 않아 지치고 힘들었다.

　추운 날씨에 무리해서일까? 몸살감기 기운이 있었다. 방에다 군불을 따뜻하게 지피고 누웠으나 전신에 열이 나고 식은땀이 났다. 이렇게 아파 누워 있으니, 자식들과 아내가 생각났다. 먼저 저세상으로 간 아내 금 씨 부인이 떠올랐다. 평생을 같이 살면서 아이들을 키우고 말없이 내조한 현모양처인 성실한 부인이었다. 언제나 남편만 바라보던 부인이었는데 살아오면서 "사랑한다."라는 말 한마디 해 주지 못했다. 이어서 춘향이 생각났다. 춘향은 첫사랑이고 처음으로 부부의 연을 맺은 여인이었고 살아오면서 늘 잊히지 않는 여인이었다. 성이성은 춘향과 만나던 젊은 날이 어제같이 느껴지며, 칠순이 된 늙은 몸이지만 눈감으면 아련한 이팔청춘 그때의 선녀처럼 예쁜 여인 춘향의 모습이 떠올랐다.

열여섯 젊은 성 도령은 광한루에서 춘향을 처음 보는 순간 '세상에 이렇게 아름다운 여인이 있다니?' 이야기 속 하늘의 선녀가 지상에 내려온 것 같았다. 성 도령은 한눈에 반해, 이 여인과 평생을 같이하리라고 생각했다.

"이 여인과 낮과 밤을 마주하며 일생을 살아가리라."

성 도령은 춘향을 만나고 집에 돌아와 글을 읽어도 잘 읽히지 않았다. 책을 폈으나 머릿속에는 온통 춘향 생각뿐이었다. 예쁘고 다소곳하면서도 그 당당한 말소리, 그녀의 말소리는 천상의 옥구슬이 굴러가는 소리같이 맑고 청아했다. 책을 보아도 온통 춘향의 모습만 떠오르고 책 속의 글귀 하나하나에 춘향의 얼굴이 겹쳤다. 성 도령은 사랑의 열병으로 밤낮 춘향 생각뿐이었다. 춘향을 만나지 않고는 아무것도 할 수 없을 것 같았다.

그렇게 좋아하며 그리워하던 춘향과 부부가 되었다. 춘향과 함께한 일 년은 행복의 연속이었다. 그 행복도 오래가지 않아 아버지가 승진 교지를 받고 남원을 떠나게 되어 춘향과 헤어졌다. 헤어지면서 춘향이 하던 말이 평생을 살아오면서 잊히지 않았다.

"서방님, 걱정 말고 한양 가서 소녀를 잊고 과거 공부에 매진하소서. 그리고 과거에 급제하거든 소녀를 불러 주소서. 그날이 십 년이고 이십 년이고 소녀는 호호백발 할머니가 될 때까지라도 서방님이 데리러 오는 날을 기다리고 있겠나이다."

그렇게 헤어지고 성이성이 과거시험에 합격하기도 전에 춘향은 저

세상으로 떠났다.

　수십 년 후 성이성은 호남지방 어사가 되어 남원을 지나면서 아무도 찾지 않는 춘향묘에 들러서 술잔을 따라 놓고 넋두리하며 "수절원사 춘향 지묘"라고 쓰인 비목을 쓰다듬으며 눈물을 흘렸던 일이 기억났다.

　"춘향. 내가 왔소. 과거에 급제하고 어사가 되어 왔건만, 그대는 백골이 되어 말없이 여기에 누워 있구려. '십 년이고 이십 년이고 호호백발 할머니가 될 때까지 기다리겠'다는 언약 다 내려놓고 그대는 아무도 찾지 않는 이 산골짝에 외롭게 누워 있구나. 그대의 영혼은 하늘나라 어느 별에서 밤마다 나를 내려다보고 그리워하고 있소? 음탕한 사또의 수청 요구에 정절을 지키려고 모진 형벌을 다 견디며 옥중에서 나를 얼마나 애타게 기다렸겠소? 나는 살아오면서 한시도 춘향, 그대를 잊은 적이 없었다오. 사계절 더위와 추위 속에 이곳 산자락에서 누워 수십 년을 내가 오도록 기다리며, 얼마나 외로웠겠소? 이제 오가며 춘향, 그대에게 들릴 테니 우리 마음속으로나마 첫날밤 서로의 맹약 지키도록 하오."

　성이성은 춘향 묘 앞에서 넋 놓고 울던 때가 어제 같은데 벌써 삼십여 년의 세월이 흘렀다. 성이성은 앓아누워 꿈속에서 춘향을 만났다.

　병환이 깊어져 자녀 손자들이 모두 모였다. 성이성은 이승에서 마지막 자녀들의 얼굴을 하나하나 둘러보며 5남 3녀, 자녀 중에 먼저 세상을 떠난 차남과 3남 두 아들이 눈에 밟혔다. 밖에는 흰 눈이 펄펄 내리고 있었다. 성이성은 자리에 누워 아들과 며느리 손자들에게 둘러싸여 스르르 잠들듯이 눈을 감았다.

성이성은 파란 관복에 어사화 관을 쓰고 광한루 오작교 위 서 있었다. 춘향이 다가왔다. 열여섯 그때 그대로 예쁜 모습이었다.
"서방님!"
춘향은 서방님을 부르며 달려왔다. 성 어사도 춘향에게 달려가 두 사람은 얼싸안았다. 그러면서 춘향이 속삭였다.
"서방님을 다시 만날 오늘을 오십 년 넘게 기다렸어요."
"그래 춘향, 우리 다시는 헤어지지 말아요."
"몇 년 전에 저승에 온 형님을 만났어요."
금 씨 부인이 오고 있었다.
성이성은 두 여인에게 이끌려 걸어갔다. 주위 나무에는 전설 속의 천도복숭아가 주렁주렁 달려 있고 지상에서 보지 못했던 꽃들이 만발해 있는데 공작보다 더 화려한 천상의 새가 날아가고 있었다. 머리에 쓰고 있던 어사화가 떨어졌다. 성이성이 어사화를 주우려 하자 금 씨 부인이 말했다.
"그건, 우리 후손들이 두고두고 보며 기억하게 이승에 두고 가요."
오작교 아래로 은하수가 넘실거리며 흘러갔다. 성이성은 양손을 두 여인에게 잡힌 채 훨훨 춤추듯 오작교를 넘어 은하수를 건넜다.
내란과 전쟁으로 얼룩졌던 혼란기에 자라서 관료로 살아온 성이성은 양반과 천민의 신분이 엄격했던 조선 사회에서 기녀의 딸과 애틋한 사랑을 간직한 채 70세의 일기로 이승을 떠났다. 그는 암행어사와 조정과 지방 관료로 평생을 살아왔지만, 그것보다 젊은 날 반상을 뛰어넘는 그의 사랑 이야기는 춘향전이 되어 사람들의 심금을 울렸다. 성이성의 장례에는 지방 관료를 비롯하여 많은 사람이 참석했으나 상여는 검소했다. 운구행렬은 상두꾼들의 구슬픈 상엿소리가 울려 퍼지는 가운데 계서초당을 출발해서 골짜기를 지나 능선 넘어 장지로 향했다. 아직 2월 초순이라 봄은 이르지만, 그의 상여 뒤에는 흰 나비 두 마리가 나풀나풀 따라가고 있었다.

장지에 도착한 그의 관은 사람들의 애도 속에 하관되어 이승에서의 사랑과 희로애락을 뒤로한 채 솔바람 소리만 들리는 외진 산자락에서 영면에 들어갔다.

몽룡(성이성)전

ⓒ 안문현, 2025

초판 1쇄 발행 2025년 11월 3일

지은이	안문현
펴낸이	이기봉
편집	좋은땅 편집팀
펴낸곳	도서출판 좋은땅
주소	서울특별시 마포구 양화로12길 26 지월드빌딩 (서교동 395-7)
전화	02)374-8616~7
팩스	02)374-8614
이메일	gworldbook@naver.com
홈페이지	www.g-world.co.kr

ISBN 979-11-388-4873-2 (03810)

- 가격은 뒤표지에 있습니다.
- 이 책은 저작권법에 의하여 보호를 받는 저작물이므로 무단 전재와 복제를 금합니다.
- 파본은 구입하신 서점에서 교환해 드립니다.